Semnonenhain

Diana Schlößin

ISBN: 978-3-947062-00-3

Schönschrift Verlag, Eberswalde,Diana Schlößin,
Carl-von-Ossietzky-Straße 18, 16225 Eberswalde,
www.schoenschrift-verlag.de
Print on demand: create space, USA
Cover: Yvonne Less, Art 4 Artists,
www.art4artists.com.au
Coverhintergrund: athies-stock.deviantart.com
Foto Götterstein: Jan Schlößin
Lektorat: Katharina Menzel

   Bibliografische Information der Deutschen Nationalbibliothek: Die Deutsche Nationalbibliothek verzeich-
net diese Publikationen der Deutschen Nationalbiblio-
grafie; detaillierte bibliografische Daten sind im Internet über: http://dnb.d-nb.de abrufbar.

Für meinen geliebten Freund und Ehemann

„Zu Samhain wird,

was du ersehnst,

am Götterstein sich finden,

ob Nerthus Segen,

ob Hels Fluch,

Nornen dich daran binden."

Marada 11 v. Chr.

1.

Wie Feuer fraß sich sein Schlag von ihrer Wange durch ihre Zellen, brannte sich förmlich in ihr Gehirn. Für einen Moment lähmte sie die Fassungslosigkeit. Dann atmete sie geräuschvoll ein und zischte: „Wie konntest du!"

Er lachte höhnisch.

Sie taumelte zurück. Dass er es nicht bedauerte, riss ihr das Herz entzwei. Der Mann, den sie liebte, dem sie vertraut hatte, verachtete sie. Sie schüttelte sich, um einen klaren Kopf zu bekommen.

„Reiß dich zusammen, verliebte Kuh!", schalt sie sich eindringlich. „Mit Schlägen kennst du dich schließlich aus. Handle!"

Als er sich abwandte, um erneut auszuholen, machte sie auf dem Absatz kehrt, floh ins Schlafzimmer, schmiss die Tür hinter sich zu und hatte abgeschlossen, ehe er begriff, was geschah. Dass er vor Zorn raste, wurde ihr mit jedem seiner wütenden Schläge, mit denen er die Tür malträtierte, klarer. Ihre morbide Faszination legte sich schlagartig, als das Holz knackte. Sie zog ihren Rucksack aus der hintersten Schrankecke hervor.

Diesmal war sie vorbereitet. Sie warf sich ihr graues Wollcape über, zog ihre grünen Loints an und öffnete das Fenster. Das Schlafzimmer lag im ersten Stock und als Kinder waren sie und ihr Bruder immer aus Jux hinausgesprungen. Doch als sie jetzt nach unten blickte, kam es ihr ziemlich hoch vor. Sie kletterte zögerlich auf das Fensterbrett. „Los, Angsthase, spring!", versuchte sie sich zu ermutigen. Deutlich nachdrücklicher überzeugten sie die Geräusche der quietschenden Angeln hinter ihr. Sie fiel auf weichen Rasen und rannte auf die Straße. Kurzentschlossen wandte sie sich nach rechts.

Dort würde sie den größten Vorsprung haben. Am Rohrpfuhl, so hieß die Straße, mündete sie in einer Sackgasse. In dem Moment, als sie an der Straßenabsperrung vorbei auf die Freienwalder Straße lief, zersplitterte die Holztür. Sie bog nach rechts ab und rannte so schnell sie konnte in Richtung Stadtzentrum. Flüchtig bemerkte sie Kerzen in einigen Fenstern. Leises Bedauern durchfuhr sie, weil sie für ihre Verstorbenen dieses Mal keine würde aufstellen können.

„Emma!", sein wütendes Gebell durchschnitt die kühle Luft. In seinem Schrei lag der Schwur, dass er nicht aufgeben würde, bevor er sie zu fassen bekam. Eisig rieselte ihr die Vorahnung den Rücken hinab. Sie sprintete los. Sie betete stumm: „Bitte mach, dass er das Auto nimmt!" Sie wusste, dass sie so eine bessere Chance hätte.

Sie war gerade auf Höhe der Gersdorfer Straße, als der Motor seines BMW X aufjaulte. Sie wusste, dass er in diesem Zustand zu allem fähig war. Sie versuchte, noch schneller zu rennen. Sie hatte mehr als die Hälfte der Strecke zurückgelegt. Ihre Bronchien brannten und sie bekam Seitenstechen. Beim Anfahren quietschten die Reifen so laut, dass sie erschrocken zuckte. Erst jetzt bemerkte sie, dass keine Menschenseele unterwegs war. Dröhnend entfernte sich der BMW.

Er musste außen entlang fahren. Doch so wie es klang, hatte er mindestens hundert Stundenkilometer drauf, er würde so bald vorn an der Freienwalder Straße ankommen. Sie begann tonlos zu beten: „Gott, bitte hilf mir. Lass mich entkommen."

Als sie hochschaute, sah sie die Tankstelle. Der alte Friedhof begann direkt dahinter. Das würde er nicht wissen. In ihrer Kindheit war sie oft auf dem Friedhof herumgestrichen. Meist allein. Nur einmal mit anderen Kindern. Sie waren in eine verwitterte Gruft gestiegen. Sie lief über die Straße und bog links in den Sandweg ab.

Da hörte sie den BMW hinter sich näher kommen. Ihr wurde schlecht. Sie musste jetzt bergauf laufen. Aber sie konnte nur noch gehen, weil Panik ihr die Luft abschnürte. Sie lief zwischen die Bäume und versuchte krampfhaft, das alte Gittertor zu finden. Er raste über die Kreuzung direkt auf sie zu. Sie entdeckte etwas Massiveres im Maschendrahtzaun. Das musste das Tor sein. Sie sah im Augenwinkel, dass der BMW fast auf ihrer Höhe war. Sie musste sich mit aller Kraft gegen das Tor stemmen, um es aufzudrücken. Anschließend begann sie wieder zu rennen. Sie bog wild mal hierhin, mal dorthin ab. Er knallte die Autotür zu, dass die Scheiben klirrten. Sie raste panisch weiter. Der moosige Boden schluckte seine Schritte.

Sie lauschte verzweifelt, als sie um die nächste Ecke bog. Er stand drohend vor ihr, seine kalten Augen verengt. Sie drehte sich ruckartig um, doch ehe sie fliehen konnte, hatte er sie an ihrem langen Zopf gepackt. Da geschah alles gleichzeitig. Er zog sie hart zurück. Sie wimmerte, griff sich an die Schläfen. Er machte einen Schritt auf sie zu und wickelte ihren Zopf um seine rechte Hand und zwang sie auf den Boden.

Ihre Knie sanken in das weiche Moos. Dabei sah sie den Revolver seines Großvaters in seiner Linken aufblitzen. Sie hatte die goldenen Intarsien auf dem dunklen Griff immer bewundert. Die Waffe verschwand aus ihrem Sichtfeld. Das eisige Metall des Laufs an ihrer Schläfe ließ sie frösteln. Ergeben schloss sie die Augen und schwankte doch unter der Todesahnung. Sie hörte ihren Henker keuchen, als er sich durchrang, es hier und jetzt zu beenden.

Sie streckte Halt suchend ihren rechten Arm nach dem nächsten Grabstein aus. Ihr Kopf summte, als befände sich ein Hornissennest darin. Kaum berührten ihre Finger den kühlen rauen Stein, explodierte ein rotes Feuerwerk in ihrem Kopf. Getroffen sank Emma zu Boden, das Cape schwebte im Fallen. Es wurde dunkel und still um sie.

2.

*A*u.", ich wimmerte, als meine Schulter hart auf dem Boden auftraf. Um mich drehte sich alles. Ich hörte, dass jemand weich neben mir landete. Warum war ich nicht tot? Jemand sprach mit mir. Ich versuchte mich zu konzentrieren.

Doch mein Kopf schmerzte so stark, dass ich nur die weiche Sprachmelodie erfasste. Es war die Stimme eines Mannes. Aber ganz sicher war es nicht Peter. Erleichtert atmete ich aus. Der Mann beugte sich zu mir hinab und drehte mich vorsichtig zu sich herum.

Dann sog er scharf die Luft ein. Ich musste furchtbar aussehen. Er verharrte.

„Liuba?"

Ich hatte keine Ahnung, was das heißen sollte. Aber ich hörte, wie seine Stimme in der Frage brach. Gern wollte ich ihn trösten. Ich wollte meine Augen öffnen. Doch es ging nicht. Stattdessen stach es in meinen Schläfen. Ich stöhnte.

„Ek afbringu thik hinana." Er schob seine Hand langsam in meinen Nacken und hob meinen Kopf an, um seinen rechten Arm unter meinen Hals legen zu können.

Mit seinem anderen Arm fuhr er unter meine Knie. Er hob mich ein Stück hoch und ging gebeugt mit kleinen Schritten rückwärts. Zumindest vermute ich, dass er gebeugt ging, weil ich ihn, außer an seinen Armen, nicht berührte. Er hielt wieder an, legte mich ab. Ich hörte etwas zu Boden gleiten. Er hob es auf. Etwas Warmes berührte mich weich an der Stirn.

Dann schnaubte ein Pferd leise. „Ja, siu ist wund, Donar." sagte er.

Er hockte sich neben mich und nahm mich vorsichtig auf seine Arme. Diesmal richtete er sich ganz auf. Meine Wange schmiegte sich an seine Brust. Er roch nach Tannennadeln und Holzfeuer. Dann setzte er sich in Bewegung. Es ging noch höher. Bevor ich wusste, was er tat, spürte ich das unwillige Tänzeln eines Pferdes unter mir. Ich begann hektisch zu atmen. Ich hatte eine Heidenangst vor Pferden.

„Rowa, Liuba, rowa", flüsterte er sanft in mein Haar.

Er schob mich so zwischen seine Schenkel auf das Pferd, dass mein Gesicht an seinem Hals lag. Sein Blut pulsierte ruhig an meiner Stirn. Seinen rechten Arm schlang er schützend um mich. Er beugte sich nach vorn und ergriff etwas mit der Linken. Bestimmt die Zügel, dachte ich gerade, als er schon leise mit der Zunge schnalzte und das Pferd langsam lostrottete. Das gleichmäßige Schaukeln wiegte mich in den Schlaf. Nur ab und an hörte ich ihn „Liuba mina, Liuba mina" murmeln. Es klang so verzweifelt, dass sich mein Herz zusammenzog, wann immer seine Worte zu mir durchdrangen.

So ritt er mit mir durch die Nacht. Ich hatte inzwischen jedes Zeitgefühl verloren. Der Weg schien endlos zu sein. Irgendwann hörte ich nichts mehr.

Als ich meine Augen das nächste Mal aufschlug, lag ich in einem dämmrigen großen Raum. Es roch nach Stall und verbranntem Holz. Auf mir lag eine schwere, graue Pelzdecke. Mein Kopf hämmerte leise. Ein kleines Mädchen mit hellblonden Zöpfen spielte leise mit Holzmurmeln. Ich beobachtete sie eine Weile. Sie blickte auf und sah mir mit ihren hellblau leuchtenden Augen in meine Seele. Ich sah, dass sie sich an etwas erinnerte.

Dann sprang sie auf und ließ mich in dem großen Raum allein. Die Decke wurde von zwölf Balken getragen. Im Zentrum, von Feldsteinen eingefasst, brannte ein heimeliges Feuer. Dadurch erschien alles in einem angenehmen Orange. Tageslicht fiel nur durch zwei dreieckige Aussparungen in den Giebeln. Die Wände waren aus Lehm. Ich blickte mich neugierig um. Von meinem Lager abgesehen, gab es noch zwei weitere links von mir. Beide waren mit Tierfellen bedeckt. In einer Ecke stand ein Dreibein, an dem ein rußiger

Metallkessel hing, daneben ein Regal mit Geschirr. Wo war ich hier nur hingeraten? Ich rieb mir ungläubig die Augen.

Ich hörte, wie das Mädchen aufgeregt rief: „Fadar, fadar, waknod."

Es klang nicht Deutsch. Jedenfalls nicht richtig. Irgendwie war die Melodie verschoben und die Betonung. Aber auch die Worte.

Dennoch war ich mir sicher, dass ich diese Worte schon einmal gehört hatte. Mir fiel ein, wie der Dozent sie mit uns besprochen hatte. Aber das war unmöglich. Wenn ich recht hatte, dann sprachen sie Westgermanisch. Das aufsteigende Unbehagen lief mir frostig über die Arme und hinterließ eine Gänsehaut. Ich schüttelte unwillig meinen Kopf.

Der vorher dumpfe Schmerz begann heftig zu pochen.

Das Mädchen und ein Mann betraten das Haus. Er musste sich bücken, um durch die niedrige Tür zu schreiten. Als er sich erhob, spielten Lachfältchen um seine Augen und er trat näher. Wenn das noch dasselbe bedeutete, wie in meiner Zeit, drohte mir zumindest keine Gefahr.

„Hailatju thik, wib!", grüßte er mich.

Die Begrüßung dürfte ich hinbekommen. Ich dachte kurz darüber nach und antwortete dann: „Hailatju thik, man!" Er schaute mich merkwürdig an. Ich war mir ziemlich sicher, dass ich das richtig gesagt hatte. Das konnte ja heiter werden. Mein Mund wurde trocken. Ich leckte über meine Lippen und merkte, dass sie aufgesprungen waren: „Thurstus", brachte ich mühsam hervor. Ich hoffte, dass ich diesmal das richtige Wort gefunden hatte. Der Mann drehte sich von mir weg und goss etwas aus einem Krug in einen Becher.

Anschließend hielt er ihn mir hin. Ich ließ erleichtert meine Schultern sinken, richtete mich mühsam auf und nahm den Becher in beide Hände. Misstrauisch schnupperte ich daran. Ich meinte mich zu erinnern, dass die Germanen Gerstenbier tranken. Doch mir stieg der herbe Geruch von Kräutertee in die Nase. Ich nippte vorsichtig daran. Er war warm und schmeckte nach Fenchel, Melisse und Johanniskraut. Offenbar wollte da jemand meine Stimmung verbessern und mir helfen, mich zu entspannen. Ich trank zügig den Becher leer.

Dann sah ich den Mann wieder an. Er beobachtete mich aufmerksam.

„Mathu anastandan?", fragte er.

Ich gewöhnte mich an den Singsang. Er wollte, dass ich versuchte aufzustehen. Langsam schob ich die Decke von mir weg und hängte meine Beine über die Kante. So weit, so gut. Sacht richtete ich mich auf. Mir wurde schummerig. Ich schloss meine Augen. Da machte er einen Schritt auf mich zu, fasste meinen Arm und stützte mich. Ich holte tief Luft. Dann öffnete ich meine Augen und sah seine besorgte Mine direkt vor mir. Seine Augen blickten eindringlich in meine. Das Blau war so hell wie der Sommerhimmel, nur ein dunkler Kreis umschloss seine Iris.

Als unsere Blicke sich trafen, zischte er erschrocken und wich vor mir zurück. Er wandte sich an das Mädchen: „Wari that wib", er machte auf dem Absatz kehrt und wollte gerade das Haus verlassen, als eine alte Frau auf der Schwelle erschien. „Hail Egmont", sprach sie ihn an. „Hail Marada"

„Ist dein Gast wohlauf?"

„Es hat den Anschein", er rieb sich abwesend über die Stirn.

Ich musste mich sehr anstrengen, aber ich konnte sie verstehen. Da mir wieder schlecht wurde, ließ ich mich auf das Lager plumpsen. Das lag vermutlich an der Erkenntnis, dass ich sehr weit weg von zu Hause war. Ich hatte einen Schock. Ich tat, was man bei einem Schock tut. Ich legte mich auf den Rücken und hielt meine Beine in die Luft. Das Blut strömte aus meinen Beinen, was ich dankbar registrierte. Ich hatte schon von Zeitreisen gelesen, aber sie als bloße Spinnerei abgetan und jetzt schien ich mittendrin zu stecken. Ich schüttelte ungläubig meinen Kopf.

Dabei erhaschte ich einen Blick auf die anderen. Marada, Egmont und das Mädchen starrten mich mit großen Augen an. Offenbar hatten sie so etwas noch nicht zu Gesicht bekommen. Ich ließ meine Beine sinken.

Marada löste sich als Erste aus ihrer Starre. Sie kam auf mich zu und sprach mich an: „Hailatju thik, Liebes. Fühlst du dich besser?"

Tja, also verstehen konnte ich sie, aber zu antworten war eine eher langwierige Aufgabe. Ich wünschte, ich hätte besser aufgepasst.

Da mir keine passenden Worte in den Sinn kamen, nickte ich lächelnd und hoffte, dass das noch das gleiche bedeutete, wie in meiner Zeit.

„Gut." Marada tätschelte meine Hand. Egmont trat zu Marada. Ich musterte ihn interessiert. Sein Haar hatte er zu einem Pferdeschwanz zusammengebunden. Er war eher sehnig als muskulös und seine wachen Augen musterten mich. Irgendetwas schien ihm an mir zu missfallen. Ich blickte an mir herunter. Ich trug meine rote Leinentunika und die braune Hose. Meine Füße waren nackt. Damit unterschied ich mich gar nicht so sehr von ihm. Er trug ebenfalls eine Tunika und eine eng anliegende Hose. Über seine linke Schulter hatte er ein großes braunes Wolltuch geworfen und es auf der rechten Schulter mit einer silbernen Fibel geschlossen.

Ob es an der roten Farbe meiner Tunika lag? Vielleicht kannten sie kein weinrot. Ich sah Marada an. Sie trug ein braunes Wollkleid. Trugen Frauen hier etwa keine Hosen? Mist. Auch in meinen Rucksack hatte ich keine Röcke oder Kleider gepackt. Ich konnte ja auch nicht ahnen, dass ich an einen Ort reisen würde, der so rückschrittlich war. Ich sah mich suchend in dem Raum um. Der Rucksack stand neben dem Kopfende meines Lagers. Ich wusste nicht, ob mir der Inhalt hier etwas nützen würde, aber ich war froh ihn zu sehen. Das gab mir das Gefühl, dass ich nicht völlig verrückt war und mir meine Vergangenheit nur einbildete.

„Marada, wir müssen uns unterhalten", sagte Egmont bestimmt.

„Und das werden wir. Doch jetzt kümmern wir uns erst einmal um unseren Gast." Marada lächelte mich freundlich an. Egmont biss knirschend seine Zähne aufeinander. Dann fluchte er leise und stürmte ohne ein weiteres Wort aus dem Haus.

3.

*M*arada sah mir meine Besorgnis an und beschwichtigte mich: „Mach dir keine Sorgen. Er ist nur etwas aufgebracht. Der Ratsschluss der Göttin scheint anders ausgefallen zu sein, als er erwartet hatte."

Ich hatte keinen Schimmer, worüber sie da redete.

Doch Marada hatte anscheinend nicht vor, es weiter auszuführen. Sie seufzte einmal und sah anschließend an mir hinunter. „Hast Du ein Kleid?"

Ich schüttelte bedauernd meinen Kopf.

„Wohlan! So werde ich dir eines borgen müssen." Sie sah das Mädchen an. „Gwendolin, bitte geh zu Almudis und lass dir mein dunkelblaues Kleid und zwei silberne Fibeln aus meiner Truhe geben. Kannst du das tun?"

„Ja, Ano", Gwendolin nickte ernsthaft. Dann flitzte sie aus dem Haus.

Marada betrachtete mich nachdenklich. Sie legte ihren grauhaarigen Kopf schief.

Dann kam sie zu einem Schluss. „Kannst du verstehen, was ich sage?", ihre faltigen Augen warteten auf ein Zeichen. Ich überlegte, wie ich ihr antworten sollte. Da kam sie mir zuvor. „Lass es uns doch so halten: Nicke für 'Ja' und schüttle dein Haupt für 'Nein'."

Ich nickte zum Zeichen, dass ich verstanden hatte.

„Gut", sagte sie zufrieden. „Also kannst du verstehen, was ich sage?"

Ich nickte.

„Aber du sprichst unsere Sprache nicht?"

Ich nickte wieder.

„Kommst du von weit her?"

Was sollte ich darauf sagen? Zeitlich auf jeden Fall. Aber es konnte sein, dass wir bei meinem Haus um die Ecke waren. Ich entschloss mich dazu, trotzdem zu nicken. Dann würde ich später nicht so viel erklären müssen.

Marada überlegte eine Weile, bevor sie die nächste Frage stellte: „Sprichst du Latein?"

Sie wirkte sehr zaghaft. Als würde sie sich darum Sorgen machen. Ich sprach Latein. Aber konnte ich das sagen, ohne in Gefahr zu geraten? Ich überlegte. Ich wollte Marada nicht anlügen. Also zeigte ich es ihr, hielt meine Hand hoch und führte Daumen und Zeigefinger eng zusammen.

Zunächst sah sie mich ratlos an. Aber dann schien ihr zu dämmern, was ich meinte. „Du sprichst nur ein wenig Latein?"

Ich nickte wieder.

„Bist du eine Keltin?"

Ich schüttelte den Kopf.

„Wenn ich nur wüsste, woher du kommst." Sie betrachtete mich noch immer nachdenklich, als Gwendolin hereingeflitzt kam. Sie hatte einen großen Korb dabei, den stellte sie vor Marada ab. Ihr Gesicht glühte vor Eifer.

„Danke, Gwendolin." Marada bedachte sie mit einem liebevollen Lächeln. „Du kannst jetzt spielen gehen."

Gwendolin lief in eine Ecke und holte ihre Murmel wieder heraus. Innerhalb einer Sekunde war sie völlig in ihr Spiel versunken. Mein Herz wurde weich bei ihrem Anblick.

Marada riss mich aus meiner Träumerei: „Komm, wir müssen dich vor dem Essen in der Halle umkleiden." Sie beugte sich über den Korb und zog einen langen dunkelblauen Wollschlauch daraus hervor.

„Leg deine Hose ab."

Ich schüttelte den Kopf. Ich hasste es, keine Hosen zu tragen. Marada überlegte, wie sie damit umgehen sollte, und meinte seufzend: „Vielleicht ist das Kleid lang genug." Sie raffte den Schlauch zusammen. „Strecke deine Arme über den Kopf und beuge dich nach vorn. Du bist ziemlich groß."

Ich war bestimmt fünfzehn Zentimeter größer als sie. Aber ich hatte gedacht, dass das daran lag, dass sie schon alt war. Ich tat jedenfalls wie mir geheißen und sie schob den Schlauch über mich.

Dann schlug sie das obere Ende dreißig Zentimeter um.

„Halte das doch bitte fest", forderte sie mich auf.

Während ich das Kleid am oberen Rand hielt, holte sie zwei silberne Fibeln aus dem Korb. Wieder bei mir angelangt, zog sie den Stoff in der Mitte über meiner linken Schulter zusammen und befestigte eine Fibel darin. Das Gleiche wiederholte sie auf der anderen Seite. Dann trat sie einen Schritt zurück und begutachtete mich. Ich wand mich nervös unter ihrem aufmerksamen Blick.

Doch Marada nickte zustimmend und sagte nur: „Jetzt deine Haare."

Sie ging zu einer Kiste und holte einen hellgelben Hornkamm heraus.

„Setz dich auf das Lager."

Nachdem ich dort Platz genommen hatte, nahm Marada meinen geflochtenen Zopf in die Hand. Zu spät fiel mir ein, dass ich einen Haargummi darin hatte. Ich blickte über meine Schulter und fing Maradas erstaunten Blick auf. Dann hielt sie mir den Haargummi hin. Als ich ihn entgegennahm, sagte sie: „Den steckst du besser gut weg." Dabei sah sie bedeutungsvoll auf das knisternde Feuer.

Ich stand hastig auf und warf ihn hinein. Ich hätte ihn lieber behalten, aber mir war bewusst, dass meine Sicherheit davon abhing, ob ich mich unauffällig eingliederte. Auch in dieser Zeit kannten sie Schadenszauber und eines solchen verdächtigt zu werden, weil man einen Haargummi besaß, war er dann doch nicht wert. Anders sah es mit den Sachen aus, die ich in meinem Rucksack hatte. Unwillkürlich sah ich in die Richtung, wo er an der Wand lehnte.

Marada räusperte sich und zeigte auf das Lager. Ich setzte mich. Sie kämmte mein Haar aus. Es fiel mir in großen, goldenen Wellen über den Rücken und endete unterhalb meiner Hüften.

Marada trat einen Schritt zurück. Sie schien über etwas nachzudenken. Schließlich fragte sie mich: „Bist du verheiratet?"

Ich schüttelte entsetzt den Kopf. Mit zweiundzwanzig fand ich mich noch viel zu jung, um zu heiraten. Zumindest in meiner Zeit war das eher die Ausnahme.

„Dann lassen wir dein Haar offen."

„Danke, Marada." Ich lächelte. Sie schien einen Moment überrascht, meine Stimme zu hören. Aber sie schien zu verstehen.

„Ich habe dich noch gar nicht gefragt, wie dein Name lautet. Wie heißt du, mein Kind?"

Ich erhob mich und sagte: „Emma."

„Welch schöner Name." Marada blickte wieder an mir hinunter. „Ein schöner Name für eine schöne junge Frau." Ihre Worte trieben mir das

Blut in den Kopf. Mit Komplimenten konnte ich nicht gut umgehen. Ich hatte noch nicht viele zu hören bekommen in meinem Leben und die wenigen, die ich hörte, habe ich nicht geglaubt. Vermutlich, weil sie zu selten waren. Traurig sah ich auf mein bisheriges Leben. Es war eine Katastrophe. Vielleicht konnte ich hier neu beginnen. Ich hob den Blick und bemerkte, dass Marada mich aufmerksam musterte.

Dann ging sie zur Tür, zeigte auf eine polierte Kupferplatte und sagte weich: „Komm, sieh selbst."

Ich ging langsam auf sie zu und betrachtete mich in dem polierten Metall. Das Feuer und die Platte ließen mein Gesicht golden leuchten. Alles Harte trat in den Schatten und übrig blieb ein klares Gesicht mit großen dunkelgrauen Augen, einer schmalen, geraden Nase und einem weichen himbeerfarbenen Mund. Meine Haare flossen mir wie Seide über die Schultern und betonten meinen zarten Hals und da geschah es. Zum ersten Mal in meinem Leben fand ich mich schön. Meine Augen begannen zu leuchten. Erstaunt sah ich zu Marada.

Sie wiederholte leise: „Ein schöner Name für eine schöne junge Frau."

„Bist du eine Elfe?", ertönte eine ehrfürchtige Stimme hinter mir.

„Nein, Gwendolin", antwortete Marada für mich.

„Kommt, ihr beiden. Es ist Zeit für das Abendmahl." Kaum hatte es Marada ausgesprochen, knurrte mein Magen zustimmend. Ich trat hinter ihr aus dem Haus.

Die Sonne war inzwischen untergegangen. Daher konnte ich nicht sehen, wie es um mich herum aussah. Ich erkannte nur Schemen von anderen Gebäuden. Gwendolin schloss hinter mir die Tür. Dann glitt ihre kleine Hand vertrauensvoll in meine. Ich lächelte sie an und sie erwiderte meine Freude. Marada bog nach rechts ab. Wir folgten ihr. Es roch nach gebratenem Fleisch und frisch gebackenem Brot.

Dann hörte ich den Lärm, der aus dem größten Haus kam. Mir wurde mulmig zumute und ich zögerte nervös.

„Du musst keine Angst haben. Sie tun dir bestimmt nichts", flüsterte Gwendolin neben mir. Ich nickte nur bestätigend. Dann gingen wir weiter. „Sei kein Frosch", ermahnte ich mich. Ich beobachtete Gwendolin aus den Augenwinkeln und war überrascht, wie jung sie aussah. Sie konnte höchstens sechs Jahre alt sein. Wahrscheinlich eher fünf, korrigierte ich mich. Und dennoch war sie erstaunlich erwachsen für ihr Alter. Über diese Gedanken waren wir bei der großen Halle angelangt. Marada sah mich an. „Lass mich reden und widersprich nicht, egal, was ich sage", verlangte sie eindringlich. Ich nickte stumm. Dann stieß sie die Tür auf.

4.

Im Zentrum der Halle wurde ein Wildschwein über dem Feuer geröstet. Außen herum standen viele flache Tische, solche wie es sie im Orient noch in meiner Zeit gab. Sie waren in einem beinahe vollständigen Rechteck aneinandergeschoben um das Feuer aufgestellt, nur zur Tür hin fehlten zwei. Die Lücke diente als Durchgang. Vor jedem Tisch saß eine Person. Sie waren in fröhliche Gespräche vertieft. Ich versuchte sie zu zählen.

Es waren etwa fünfzig Menschen. Die Frauen trugen eine Bluse und einen bodenlangen, schmal geschnittenen Rock. Er wurde von einem Band in der Taille gehalten. Die Männer waren ähnlich gekleidet wie Egmont. Mein Blick schweifte auf der Suche nach ihm umher. Er saß an einem Tisch links von mir und starrte mich an. Beschämt senkte ich meinen Kopf.

„Komm, Kind. Ich werde dich vorstellen." Marada berührte mich leicht am linken Ärmel, als sie das sagte.

Ich nickte nur. Ich hatte verstanden und folgte ihr, als sie in weichen Bewegungen nach links ging, direkt zu Egmonts Tisch.

Unbehaglich sah ich auf Maradas zierlichen Rücken. Um mich herum war es schlagartig still geworden. Gwendolin verstärkte ihren Griff um meine Hand. Ich lächelte sie scheu an. Sie strahlte.

Marada bog um die Tische und lief nun an der schmalen Kante bis zur Mitte der Tafel. Dort erhoben sich eine Frau und ein Mann. Marada sagte leise etwas zu ihnen, das ich nicht verstehen konnte. Was immer es war, es brachte die beiden dazu, mich interessiert zu mustern. Der Mann sagte: „Nun, so sei es, Mutter."

Ich war inzwischen an Egmonts Tisch angelangt. Der Mann hatte einen Vollbart und auch er hatte seine Haare zusammengebunden.

Doch waren sie zu einem Knoten auf dem Kopf aufgetürmt. Er war etwas größer als ich und deutlich fülliger als Egmont. Doch die Augenfarbe hatte Egmont von ihm geerbt. Blau strahlten sie mir entgegen, als er sagte: „Hailatju thik, Kind. Willkommen."

Ich neigte leicht meinen Kopf zur Begrüßung.

„Ich bin Bernhard und das ist meine Frau Almudis", stellte er sich und die Dame neben sich vor. Almudis trug das gleiche Kleid wie ich, nur war ihres rot. „Gut", dachte ich, „rot kannten sie also."

„Ich bin Emma", sagte ich, seine Formel wiederholend.

„Willkommen Emma." Almudis Stimme war weich wie Honig und auch sie lächelte mich an. Ich fragte mich erstaunt, was Marada zu ihnen gesagt hatte. Ich neigte wieder meinen Kopf zum Dank und blickte mich nach Marada um, doch sie wandte sich schon an die Versammelten. „Hail."

„Hailatju thik, Marada", ertönte es aus allen Richtungen.

Sie wartete kurz. Dann fuhr sie fort: „Das ist Emma. Sie ist Nerthus' Antwort auf Egmonts Gebete." Die Versammelten steckten bei dieser Eröffnung ihre Köpfe zusammen und tuschelten. Eine junge Frau erhob sich hastig, stampfte wütend mit dem Fuß auf und verließ eilig die Halle. Hinter sich knallte sie die Tür zu. Ein kleiner Junge sah ihr traurig nach. Gwendolin löste ihre Hand aus meiner und rannte zu dem Jungen. Am liebsten wäre ich ihr gefolgt. Doch Marada war noch nicht fertig. „Sie wird Egmonts neue Frau." Ich bemühte mich, eine ausdruckslose Miene aufzusetzen.

Aber ich fürchte, dass man mir ansah, wie sehr mich das überraschte. Ich wollte gerade den Mund aufmachen, als Marada mir einen warnenden Blick zuwarf und kaum merklich mit dem Kopf schüttelte.

Das Blut wich aus meinem Gesicht. Ich musste weiß wie die Wand sein. Jemand nahm mich am

Ellenbogen. „Nicht umdrehen, geht es?", flüsterte Egmont mir besorgt zu. Ich hatte gar nicht bemerkt, dass er aufgestanden war. Ich blinzelte ein paar Mal hektisch, dann machte ich schwach ein bejahendes Geräusch. Derweil brach um uns herum Jubel aus. Bernhard nahm seinen Silberbecher in die Hand. Alle erhoben sich und taten es ihm gleich.

Dann dröhnte Bernhards tiefer Bass durch den Raum: „Wir weihen diesen Met den Asen und Vanen, der heiligen Mutter Erde und unseren Ahnen und denen, die da kommen werden. Auf Emma und Egmont. Heia."

Alle erhoben ihre Becher, riefen „Heia!" und tranken. Als sie sich wieder setzten, führte Egmont mich zu dem Platz rechts neben sich. Ich ließ mich nieder. Er wartete, bis ich saß, dann tat er es mir gleich, wandte sich aber zur anderen Seite und knurrte Marada, deren Tisch sich links von seinem befand, zu: „Wir müssen reden."

Sie sagte schlicht: „Und das werden wir, aber nicht jetzt."

Ich war noch immer betäubt von dem Schlag, den mir die freundliche ältere Frau mit ihrer Ansprache versetzt hatte. Ich wollte nicht heiraten. Nicht mit zweiundzwanzig und ganz sicher nicht einen Wildfremden. Zumal ein Mann, den ich dachte zu kennen, gerade versucht hatte, mich zu töten. Wie lange das wohl her war? Ich hatte keine Ahnung, wie lange es gedauert hatte, bis ich aufwachte.

„Iss!.", forderte Egmont mich auf und schob mir einen Teller mit Brot, Rüben und Fleisch hin. Ich schüttelte nur müde meinen Kopf, ohne ihn anzusehen. Ich konnte meinem Magen im Moment unmöglich Nahrung zumuten. Mir war, gelinde gesagt, speiübel. Wie war ich nur hierher geraten? Würde ich je wieder nach Hause kommen? Nicht, dass ich große Sehnsucht nach den Menschen dort hätte, allen voran Peter, hatten sie mir das Leben doch deutlich vergällt. Auch meinen Eltern hatte ich nichts recht machen können. Meine Studienwahl fanden sie völlig indiskutabel.

„Was willst du studieren, Indogermanistik?"

„Ja, und germanische Geschichte", hatte ich geantwortet.

Da hatte mein Vater seine linke Augenbraue abschätzig hochgezogen und meinte nur: „Wie kann man denn damit Geld verdienen?" Ich rollte wieder mit meinen Augen, als ich daran dachte. Klar, alles drehte sich immer nur ums Geld. Von Gottvertrauen hatten sie nicht viel gehalten. Als ich mich im Raum umsah, war ich plötzlich sehr erleichtert, dass ich mich an dieser Stelle durchgesetzt hatte. Zugegeben, das hier hatte ich nicht ansatzweise ahnen können. Trotzdem war ich jetzt froh, hier zu sein. Ich beschloss, so viel wie möglich zu lernen und falls ich eines Tages in meine Welt zurückkehrte, würde ich das Gelernte weitergeben. Wie sich das wohl auf meinem Lebenslauf machte? Praktikum bei den Germanen - vom Jahr sowieso bis sowieso. Ich fragte mich, welches Jahr wir gerade hatten. Ob ich Egmont danach fragen konnte? Ich blickte auf und stellte fest, dass er mich missbilligend ansah. Ich wand mich von ihm ab. Nun ja, ich war ohnehin nicht so weit, solche Fragen auf germanisch zu formulieren. Schon gar nicht vor anderen.

„Wenn du dein Essen verschmähst, möchtest du dann wenigstens etwas trinken?", fragte er mich. Er klang wütend. Ich wusste nur nicht, was ich getan hatte. Ich sah ihn fragend an. Er zeigte auf den Becher, der vor mir stand. Ich streckte meine Hand danach aus und zog ihn zu mir heran. Ich schnupperte vorsichtig. Das roch eindeutig vergoren. Vermutlich war es Bier. Erleichtert trank ich einen Schluck. Ich hatte gelesen, dass die Germanen in das Wasser-Honig-Gemisch spuckten, um Met herzustellen. Das hatte irgendetwas damit zu tun, dass die Enzyme im Speichel bei der Umwandlung als Katalysator fungierten. Ich schüttelte mich.

„Schmeckt es dir nicht?", fragte Egmont.

Ich fuhr zusammen und sah ihn wieder an. Er durchbohrte mich mit seinem Blick, als ob er so eine Antwort bekommen würde. Ich musste besser auf meine Gedanken achten. Meine Oma hat mich stets liebevoll damit aufgezogen, dass man mir jeden einzelnen vom Gesicht ablesen konnte. Sie vermisste ich. Sie und meinen Opa. Aber das tat ich auch schon in meiner Zeit. Sie waren schon vor einigen Jahren gestorben. Ich seufzte sehnsüchtig und trank noch einen Schluck. Das Bier schmeckte erstaunlich süß und nach Kräutern. Ob sie Honig hineingemischt hatten? Ich sah Egmont an. Er wartete auf irgendetwas. Er hatte mich etwas gefragt. Was war das noch? Ob es mir schmeckte.

Ich nickte. „Schmeckt." wiederholte ich ihn.

„Iss etwas, die Nacht ist lang."

Ich sah wieder auf den Teller vor mir. Mein Magen hatte sich etwas beruhigt. Ich brach ein Stück Brot ab und schob es mir in den Mund. Es schmeckte wie frisches Roggenbrot. Das war gut. Mein Magen war scheinbar auch einverstanden, daher schluckte ich es hinunter.

Dann wollte ich ein Stück Fleisch probieren. Ich sah mich auf dem Tisch um. Es gab kein Messer. Ratlos sah ich Egmont zu. Er beobachtete mich nach wie vor. Ich machte eine Schnittbewegung über meinem Fleisch und sah ihn fragend an.

Egmont verstand sofort: „Besitzt du kein Messer?"

Ich schüttelte den Kopf und wurde rot wegen der Lüge. Genau genommen besaß ich ein Schweizer Taschenmesser, aber das würde ich hier lieber nicht zeigen wollen. Es lag ganz unten in meinem Rucksack.

Egmont hielt mir sein Messer hin. Es hatte einen Horngriff und eine polierte Eisenklinge. Zum Essen war es eigentlich viel zu groß. Ich starrte es einen Moment an, nahm es dann entgegen und bemühte mich, mein Fleisch damit zu teilen. Drei effektive Schnitte in die eine Richtung und drei senkrechte dazu.

Dann gab ich ihm das Messer mit dem Griff voran zurück. Er starrte mich aus schmalen Augen an, als würde er sich besorgt fragen, ob ich gefährlich war. Ich zwang mich, ihn beruhigend anzulächeln. Er wandte sich schnell ab. Ich hatte keine Idee, was das zu bedeuten hatte. Mal war er freundlich, mal abweisend. Natürlich nahm ich mir das zu Herzen. Ich würde die ganze Nacht wach liegen und mich fragen, was dieser oder jener Blick zu bedeuten hatte. Ich seufzte ergeben und aß meinen Teller langsam leer. Inzwischen war alles kalt. Es schmeckte trotzdem noch gut. Auch die Rüben passten zum Fleisch, welches sie mit Rosmarin verfeinert hatten. Je später es wurde, umso ausgelassener wurden die Männer. Marada kam bald zu mir und berührte mich an der Schulter. „Komm, Kind, wir ziehen uns zurück."

Ich sah, dass auch Almudis und die anderen Frauen sich erhoben hatten. Gwendolin kam zu mir gelaufen. Den kleinen Jungen zog sie hinter sich her. Bei mir angekommen, sagte sie fröhlich: „Das ist Landogar, mein Bruder." Er versteckte sich halb hinter Gwendolin und nuckelte an seinem Daumen. Da er deutlich kleiner war als seine Schwester, schätzte ich ihn auf etwa drei Jahre. Er hatte das gleiche hellblonde Haar wie sie und sah mich ehrfürchtig aus großen hellblauen Augen an.

Ich hockte mich hin. Dann reichte ich ihm meine linke Hand. „Hailatju thik, Landogar", sagte ich freundlich.

Da er einen Moment zögerte, meinte Gwendolin: „Sie ist gut. Du kannst ihr ruhig deine Hand geben."

Ich sah Gwendolin verwundert an. Sie kannte mich doch kaum, woher wollte sie das wissen?

Da schob sich eine kleine klebrige Kinderhand in meine. Landogar war offenbar zu dem Schluss gekommen, dass er es versuchen wollte. Ich freute mich sehr darüber. Ich mochte Kinder. Sie waren immer ehrlich und taktierten nicht. Wenn sie dich mochten, zeigten sie es dir genauso unverblümt wie ihr Missfallen, sollten sie dich verabscheuen.

Ich erhob mich wieder und hielt Gwendolin meine andere Hand hin, die sie sofort ergriff. Ich sah zu Marada, um ihr zu folgen, aber sie blickte gerade zu Egmont zurück. Ich folgte ihrem Blick und zuckte zusammen. Er starrte mich wütend an. Ich schnappte nach Luft. Marada meinte jedoch ungerührt: „Komm, Emma. Lass uns zurückgehen."

Die Nacht war sternenklar und es lag kühler Winterduft in der Luft. Ich fröstelte. Als wir wieder in das Haus von Egmont kamen, war das Feuer schon heruntergebrannt. Marada holte einige Holzscheite aus einer Kiepe und legte sie nach. Dann wuschen wir den Kindern Hände und Gesicht, kämmten ihre Haare aus und legten sie auf das Lager ganz links. Ich hörte erstaunt, dass jetzt auch Tiere im angrenzenden Raum standen. Sie verhielten sich jedoch ruhig und scharrten nur hin und wieder mit ihren Hufen.

Ich flocht meine Haare und Marada reichte mir ein blaues Haarband, mit dem ich den Zopf verknotete. Ich hatte ein dringendes Bedürfnis, hatte aber keine Ahnung, wo man hier zur Toilette ging, oder ob ihnen Latrinen überhaupt bereits bekannt waren.

Marada besah sich meine Zappelei und nannte mir die Lösung: „Hinter dem Haus, etwas abseits, findest du eine Latrine." Vielsagend hielt sie mir Blätter hin.

Das ließ ich mir nicht zweimal sagen. Ich nahm mein Cape vom Lager, griff mir die Blätter und verschwand erleichtert in die kühle Dunkelheit.

5.

Als Emma wieder am Haus ankam, hörte sie Egmont aufgebracht sagen: „Aber das ist nicht Bertrun."

Marada antwortete ihm ruhig: „Nein, das ist sie nicht, aber sie ist deine zweite Gelegenheit. Die bekommen nicht viele."

„Ich will Bertrun zurückhaben, nicht dieses magere, farblose Geschöpf!"

Marada wurde energischer: „In ihrer Güte hat Nerthus selbst sie dir gesandt. Willst du an ihrer Weisheit zweifeln?"

Sie wartete vergebens auf seine Antwort und fuhr dann sanfter fort: „Egmont, Bertrun ist vor drei Lenzen von uns gegangen. Nicht einmal Nerthus kann sie dir zurückbringen."

Egmont schwieg.

„Emma hat ein gutes Herz. Sie verdient deine Liebe und Achtung. Du kannst das nicht erkennen, wenn du sie immerzu vergleichst."

Egmont biss seine Zähne zusammen: „Sie ist keineswegs vollkommen."

„Das war Bertrun auch nicht."

Egmont schnappte empört nach Luft.

Doch bevor er etwas erwidern konnte, fuhr Marada beschwichtigend fort: „Egmont, es geht nicht darum, Bertrun zu verleumden. Kein Mensch ist vollkommen."

Egmont seufzte vielsagend.

„Emma ist Nerthus Segen und ihre Gabe an dich. Wer bist du, dich der Göttin zu widersetzen? Außerdem ist sie unser Gast, also behandle sie auch so!"

Da fauchte er Marada erbost an: „Hättest du klar gesehen, wäre sie jetzt nicht unser Gast!"

„Du hättest sie also lieber dort draußen allein gelassen, als sie hier zu haben? Das kannst du nicht ernst meinen."

„Doch. Meinethalben kann sie dort draußen sterben."

Ich taumelte geschockt zurück, drehte mich um und floh. Weg, bloß weg wollte ich von seiner Wut, seinem Hass. Ich rannte aus dem Dorf. Der Wind kühlte die Tränenspuren in meinem glühenden Gesicht. Ich sah nicht zurück. Einmal fiel ich und schürfte mir die Handflächen auf. Ich merkte es nicht einmal richtig. Es brannte nur ein bisschen. In meiner Brust loderte so viel stärker die Verzweiflung darüber, dass mich auf der Erde niemand wollte, zu keiner Zeit. Ich sah nicht, wohin ich rannte. Ich folgte einfach dem Weg unter meinen Füßen. Bäume flogen an mir vorbei. Irgendwo heulte ein Wolf.

Doch es war mir egal. Sollte er mich doch fressen, dann hat dieser Schmerz endlich ein Ende. Ich wollte nicht mehr leben. Ich wusste nicht wofür. Leben ohne andere Menschen war ohnehin sinnlos. Irgendwann fiel ich wieder. Diesmal blieb ich liegen, wo ich war. Sollten die Wölfe doch kommen. Mir war es gleich. Meine Hände bluteten. „Umso besser", dachte ich. Dann können sie mich schneller finden. Wäre ich doch bloß die Elfe, die Gwendolin in mir gesehen hatte. Dann würde ich mich jetzt in Luft auflösen. Sie würden schon sehen, was sie davon hatten.

Aber ich löste mich nicht in Luft auf. Ich fror und ich tobte und dann weinte ich. Nur eins tat ich nicht, mich auflösen.

Stattdessen musste ich eingeschlafen sein. Etwas schnüffelte an mir herum. Ich ignorierte es gleichgültig, bis ein Hund direkt neben mir kläffte. Ich erschrak mich bis ins Mark. Wo kam hier ein Hund her? Der Hund kläffte wieder. Oder war ich wieder in meiner Zeit? Aber da würde ich jetzt nicht mehr leben. Meine Hände standen in Flammen.

Doch bevor ich nachsehen konnte, drehte mich jemand um. Ich sah in das erleichterte Gesicht von Bernhard. „Emma! Den Göttern sei Dank." Da betrachtete er mich genauer und zog besorgt seine Stirn kraus. Ich musste furchtbar aussehen. Total verheult und mit tiefen Augenringen. Wenigstens sah Egmont mich nicht so, dachte ich, nur um mich im nächsten Augenblick dafür zu schelten. „Was interessiert dich Egmont, er hasst dich?!" Trotzdem wurde ich nervös, als Bernhard nach ihm rief: „Egmont, hier. Ich habe sie gefunden." Ich wusste, dass mir egal sein sollte, was ein Wildfremder von mir denkt. Zumal einer, der mich offenbar verabscheute.

Aber so war ich einfach nicht gestrickt. Ich machte mir permanent Gedanken, was Menschen von mir hielten. Neben meinem übermäßigen Mitgefühl war das mein größter Fehler. Manche würden vielleicht denken, dass Mitgefühl eine gute Eigenschaft war, die einen menschlich machte. Über diese Märchen war ich hinweggekommen. Menschen nutzen mitfühlende Leute nämlich andauernd aus.

Zumindest war das bei mir so. Nur wenn ich jemanden brauchte, der mir zur Seite stand, war keiner von ihnen für mich da.

Ich spürte die Erschütterung unter mir und wie sie sich auf mich übertrug. Das konnte einfach nicht sein. „Nicht auch noch Pferde", dachte ich entsetzt.

Kurz vor mir hielten sie an. Jemand sprang auf den Boden. Ich drehte meinen Kopf in die Richtung. Egmont sah nur einen Moment erschrocken und dann sehr wütend aus. Ich senkte nervös meinen Blick.

„Kannst du aufstehen?" Bernhard sah mir fragend ins Gesicht.

Ich vermutete, dass ich das schaffen würde, daher nickte ich. Dann drehte ich mich auf die Knie, setzte erst einen Fuß auf und schob mich hoch. Die ganze Zeit war ich sorgsam darauf bedacht, meine Handinnenflächen nicht zu berühren.

„Du bringst sie in meine Halle, sobald sie sich gesäubert hat." Ich sah auf, um zu sehen, wen Bernhard so harsch anwies.

Es war Egmont, wer sonst. „Ja, Vater!", presste er zwischen seinen Zähnen hervor.

Ich stöhnte auf, als seine Wut mich förmlich überspülte. Er musste mich so sehr hassen. Er wollte mich nicht. Da war er nicht der Erste. Aber er kannte mich doch gar nicht.

Bernhard stieg auf sein Pferd. Es hatte schönes dunkelbraunes Fell und wackelte freudig mit den Ohren. Aber es war deutlich kleiner als die Pferde, die ich bisher gesehen hatte.

Doch bevor ich es mir näher anschauen konnte, ritten Bernhard und die anderen Männer zum Dorf zurück. Ich sah ihnen sehnsüchtig nach. Sie waren meine einzige Garantie, dass Egmont sich höflich benehmen würde.

„Nun denn, auf ein Neues."

Ich sah ihn verständnislos an.

„Du sollst auf das Pferd steigen", sagte er genervt. Ich schüttelte wie wild meinen Kopf. Ganz sicher würde ich nicht freiwillig auf ein Pferd steigen. Halb bewusstlos bekam man mich vielleicht da hinauf, aber nicht, wenn ich bei Sinnen war. Egmont rollte mit den Augen. Er dachte kurz darüber nach. Dann kam er mit großen Schritten auf mich zu.

Ich duckte mich und hielt meine Hände über den Kopf, um mich vor dem unvermeidlichen Schlag zu schützen.

Der Schlag blieb aus. Egmont berührte mich nicht einmal. Er war zwei Meter vor mir erstarrt. „Emma?", fragte er leise.

Ich sah vorsichtig unter meinen Armen hindurch. Er hatte seinen Kopf schräg gelegt und sah mich verwirrt an.

„Hast du Angst?"

Ich nickte wahrheitsgemäß.

„Vor mir?", er sah völlig entgeistert aus.

Ich presste meine Lippen unschlüssig zusammen. Was sollte ich ihm sagen? Wie konnte ich ihm erklären, dass ich Wunden hatte, die mit ihm nichts zu tun hatten, die aber noch so frisch waren, dass ich nicht souverän mit seiner Wut umgehen konnte? Und all das nur mit einem

Nicken oder Kopfschütteln? Ich schnaubte frustriert.

„Emma, wurdest du schon einmal geschlagen?"

Ich nickte leicht und sah beschämt weg.

Egmont ging langsam auf mich zu: „Ich schwöre, dass ich meine Hand niemals gegen dich erheben wollte. Ich wollte dich nur auf mein Pferd setzen."

Ich sah zu seinem Schimmel und schüttelte wieder den Kopf. Kein Wort kam über meine Lippen. Denn es wäre deutsch gewesen. Ich konnte mir lebhaft ausmalen, was sie mit Menschen machten, die so fremd sprachen. Mir die Tür zu weisen, war noch das Harmloseste, was mir in den Sinn kam.

„Du hast Angst vor Donar?", riet er.

Ich nickte.

Egmont schien völlig erstaunt zu sein, wie jemand Angst vor seinem Pferd haben konnte. „Na gut, dann laufen wir. Aber es ist ziemlich weit", warnte er mich.

Er pfiff und ein großer Hund kam auf uns zugerannt. Er sah aus wie eine Mischung aus Bernhardiner und Collie. Sein Fell war cremegelb, nur seine Schnauze war von dunkelgrauem Fell umrahmt. Er kam zu uns und schnüffelte interessiert an meinen Händen. Der Hund ging mir bis zum Oberschenkel. Er schmiegte sich an mein Bein und drängelte dabei so sehr, dass er mich bei-

nahe umwarf. Ich kraulte ihn mit den Fingerspitzen hinter den weichen Ohren.

„Ich sollte ihn dressieren, dass er dich trägt. Vor
ihm scheinst du zumindest keine Furcht zu emp-
finden." Egmont klang belustigt, doch er sah nachdenklich aus, als würde sich eine Idee in ihm for-
men, wie er mich überzeugen könnte, Donar ebenfalls zu mögen.

„Lass uns gehen."

Als wir endlich wieder im Dorf ankamen, war es
später Nachmittag. Ich war völlig erschöpft, im
Gegensatz zu Egmont. Er sah noch genauso wach
aus wie am Morgen, als sie mich gefunden hatten.

„Geh in mein Haus, ich bringe Donar in den Stall
und bin gleich bei dir." Ratlos sah ich mich im
Dorf um. Es gab zwölf Langhäuser, sechs standen
rechts und sechs links vom Weg.

Doch welches davon Egmonts war, wusste ich
nicht. Ich versuchte mich daran zu erinnern, wie
es aussah oder ob mir irgendetwas Besonderes
daran aufgefallen war. Ich drehte mich nach
Egmont um, konnte ihn allerdings nicht mehr
sehen. Die Menschen um mich herum begannen
mich offen zu mustern. Als ich es nicht mehr aus-
hielt, lief ich auf das erstbeste Haus zu und klopfte
an die Tür.

„Herein", sagte eine tiefe Stimme. Langsam
schob ich die Tür auf und fand mich einem Mus-

kelmann gegenüber. Um ihn herum tollten drei Kinder. Zwei Babys schliefen in einer Wiege. Unter schwarzen Locken schauten mich kluge, smaragdgrüne Augen fragend an. Dann erkannte er mich. „Hailatju thik, Emma, seid ihr endlich angekommen?"

Ich nickte und antwortete „Hailatju thik, ...". Doch da ich seinen Namen nicht kannte, stockte ich verlegen mitten in der Begrüßung.

„Mein Name ist Albin", half er mir aus.

„Hailatju thik, Albin."

Ich überlegte gerade fieberhaft, wie ich Albin nach Egmonts Haus fragen könnte, als die Tür so schwungvoll aufgestoßen wurde, dass die Kinder mitten in ihrem Spiel erstarrten.

„Bei allen Göttern, Emma, kannst du nicht einmal tun, was man dir sagt?", polterte Egmont.

Mich erschreckte er damit, aber Albin lachte nur: „Hailatju thik, Egmont."

„Hailatju thik, Albin." Egmont grinste ertappt und kratzte sich verlegen am Kopf. Ich hatte den Eindruck, dass mir etwas Wichtiges entging. Ich sah erstaunt von einem zum anderen. Doch sie hatten nicht vor mich einzuweihen.

„Nun komm, Emma", sagte Egmont wesentlich milder gestimmt. Ich mochte Albin.

Er zwinkerte mir verschwörerisch zu. Ich machte auf dem Absatz kehrt und lief eilig hinter Egmont her. Hätte ich gewusst, dass mir daraus einmal ein Strick gedreht werden würde, wäre ich wie angewurzelt dort stehen geblieben, wo Egmont mich zuerst hatte stehen lassen.

Doch so lief ich unbeschwert Egmont zu seinem Haus hinterher.

Er hatte zuvor schon das Dreibein über das Feuer gehängt, das gerade Wasser erwärmte, als ich durch die Tür trat.

„Leg deinen Mantel ab und setz dich!", er zeigte auf mein Lager. Dann holte er einen flachen Tisch von der Wand und stellte ihn an das Fußende. Eine Schüssel stellte er darauf, und nachdem er das Wasser geprüft hatte, goss er die Schüssel voll.

„Leg dich auf den Bauch und hänge deine Hände hier hinein."

Mir war absolut klar, was mir bevorstand. Ich ahnte zumindest, dass es schlimm werden würde.

Aber es war schlimmer als ich mir vorgestellt hatte. Ich zischte, um den Schmerz in Schach zu halten, als das warme Wasser den Schorf aufweichte. Es färbte sich grau-rot, als der Dreck und das eingetrocknete Blut sich lösten. Während er Holz nachlegte und nach den Tieren sah, beobachtete ich ihn. Er lief wie eine Katze, auf leisen Sohlen, und doch war jeder Schritt so voller Kraft, dass ich mich völlig davon gefangen nehmen ließ.

Nachdem er alles für den Abend vorbereitet hatte, kam er wieder zu mir.

„Zeig mir deine Hände", verlangte er.

Ich hob sie aus dem Wasser und drehte meine Handflächen nach oben. Egmont trocknete sie mir mit einem hellgrauen Leinentuch vorsichtig ab.

Danach betrachtete er sie sorgfältig. „Es scheint aller Schmutz raus zu sein.", er holte einen kleinen Tontopf mit einer weißen Paste vom Regal und verteilte etwas davon auf meinen Händen. Die Salbe roch nach Arnika und kühlte meine Haut angenehm. Dann wickelte er saubere Leinenstreifen um meine Handflächen.

„Du kannst aufstehen."

„Danke", sagte ich leise. Ich hoffte, dass es das richtige Wort für seine Zeit war.

„Gerne.", er musterte mich. „Um dein Kleid ist es wahrhaftig schade."

Ich sah an mir hinab. An den Knien zeichneten sich dunkle Flecken ab. Ich versuchte gar nicht erst, etwas mit Abklopfen zu verbessern, das würden mir meine Hände übel nehmen. Wir gingen so zu Bernhard, wie wir waren.

Sein Haus stand neben der großen Halle. Es war kleiner, aber wesentlich geräumiger als Egmonts Heim.

Bernhard, Almudis und Marada standen im Raum und sahen uns erwartungsvoll an.

„Hail", grüßte Egmont sie.

„Hail", sagte auch ich.

„Hail", erwiderten die anderen.

Bernhard wandte sich mir zu. „Du sprichst unsere Sprache nicht, aber du kannst uns verstehen. Ist das richtig?"

Ich nickte. Vielleicht könnte ich auch sprechen, wenn ich mehr Informationen darüber hätte, wo und vor allem in welcher Zeit ich mich befand, aber bisher konnte ich die Sprache nicht eindeutig zuordnen.

„Bist du eine Römerin?"

Ich schüttelte entsetzt den Kopf. Himmel, wie kam er nur darauf?

„Sprichst du Latein?"

Ich sagte: „Ein wenig." auf Altlatein und hoffte, dass ich in der richtigen Zeit gelandet war.

„Bis du hier, um uns auszuhorchen?", fragte Bernhard. Aber er klang nicht so, als würde er das wirklich glauben.

„Nein.", automatisch schüttelte ich wieder meinen Kopf.

„Wo kommst du her?"

„Ich weiß es nicht."

Bernhard sah mich ungläubig an. Doch Almudis flüsterte ihm etwas ins Ohr, was ihm plausibel erschien. Die Falten auf seiner Stirn glätteten sich.

„Wie bist du zu uns gelangt?"

Wenn ich das genau wüsste. Ich dachte daran, was ich als Letztes getan hatte, bevor ich hier aufgewacht war. Ich hatte den Grabstein berührt. Konnte das die Erklärung sein? Soweit ich wusste, waren Germanen sehr abergläubisch.

Aber würden sie das glauben? Mir blieb nichts anderes übrig, als es mit der Wahrheit zu versuchen, wie ich sie sah. „Ich berührte einen Stein." Bernhard wandte sich mit fragendem Blick an Marada. Diese nickte nur bestätigend. Sie schienen sich vorher über etwas verständigt zu haben, was sich jetzt zu bewahrheiten schien. Ob er sich damit zufriedengeben würde?

Ihm entglitten die Gesichtszüge, er fasste sich aber so schnell wieder, dass ich dachte, ich hätte mir das nur eingebildet.

„Solange wir nicht sicher wissen, wer sie ist, wirst du sie bewachen", ordnete er an.

Egmont stöhnte unwillig.

„Du hast sie hierher gebracht, nun zeige dich verantwortlich!", ermahnte Bernhard ihn.

„Gut, Vater." Egmont sah zornig zu mir, während er das sagte.

„Lasst uns in die Halle gehen und speisen", forderte uns Almudis auf.

Als sie alle uns voraus zur Halle gingen, nutzte Egmont die Gelegenheit, mir ins Ohr zu zischen: „Du musstest ja unbedingt davonlaufen." Seine

Stimme löste ein warnendes Prickeln auf meiner Kopfhaut aus. Dass er jetzt mein Babysitter war, würde ich sicher jeden kommenden Tag büßen.

Ich machte zwei Schritte nach links, um Raum zwischen uns zu bringen. Er funkelte mich böse an und überbrückte den Abstand zwischen uns mit nur einem Schritt. Dann umschloss seine Hand meinen rechten Ellenbogen. Die Stelle wurde plötzlich so heiß, dass ich dachte, seine Hand steht in Flammen. Er dirigierte mich am Ellenbogen in die Halle. Gwendolin rief meinen Namen und winkte mir erfreut zu. Dann zog sie ihren kleinen Bruder am Ärmel und zeigte auf mich. Sein Gesicht leuchtete, als er zu mir sah. Dann winkte auch er. Ich hob meine Hand und grüßte die beiden zurück.

Wenigstens zwei, die mich mochten, dachte ich. Da schob Egmont mich schon weiter und ließ mich erst an meinem Platz wieder los.

An diesem Abend gab es Gerstenbrei und Käse. Ich war froh darüber. Ich hätte an diesem Abend kein Messer halten können. Die Sorge über Egmonts Wut lag mir schwer im Magen, daher war ich nach wenigen Löffeln schon pappsatt. Ich nutzte die Zeit, mich ein wenig umzusehen. Es ging laut und ausgelassen zu. Ich sah an meiner Tischreihe entlang. Links von mir saß Egmont, daneben Marada, Bernhard und Almudis. Neben ihr wiederum saß ein Mann, der Egmont zum Ver-wechseln ähnlich sah sowie eine schwangere junge Frau. Sie hob den Blick, als ich sie musterte, und lächelte mich warm an. Ich konnte mich nicht erinnern, ihr vorgestellt worden zu sein. Ich fühlte mich augenblicklich wohler.

Rechts von mir saß Albin, neben ihm eine Frau, die Ähnlichkeit mit Almudis hatte. Ich vermutete, dass sie ihre Tochter sein könnte. Neben ihr saßen die drei Kinder, die ich vom Nachmittag kannte.

Zwischendurch sah ich mehrfach zu Egmont, aber er ignorierte mich den Abend über.

Als nach und nach Frauen und Kinder die Halle verließen und ich Anstalten machte, mich eben-falls zu erheben, legte er seine Hand so plötzlich auf meinen Arm, dass ich mir sicher war, dass er mich nicht eine Sekunde aus den Augen gelassen hatte.

Er fragte mich trocken: „Was glaubst du, wo du jetzt hingehst?"

Ich sah auf die beiden Kinder und sagte nur: „Gwendolin und Landogar." Ich hoffte, dass er verstand, dass ich sie gern ins Bett bringen wollte.

„Das macht Kunella, wie immer", beschied er mir unwirsch.

Es fühlte sich an wie ein wohlplatzierter Schlag in meine Magengrube. Ich sah schnell zu Boden, dass er sich nicht noch an meiner Enttäuschung weiden konnte.

Doch das hämische Lachen kam vom anderen Ende der Tafel. Es war die junge Frau, die am Vorabend die Halle übereilt verlassen hatte, die sich so unverhohlen ihrem Triumph hingab.

6.

In dieser Nacht kam ich nicht zur Ruhe. Ich durchlebte die Verfolgung durch Peter im Traum und wälzte mich hin und her. Als er mir den Revolver an den Kopf hielt, schreckte ich hoch. Ich brauchte ein paar Minuten, bis ich mich so weit im Griff hatte, dass ich mich wieder hinlegen konnte. Ich weiß nicht, wie lange ich in die Glut starrte. Irgendwann schlief ich traumlos weiter.

Am Morgen lagen Gwendolin und Landogar, noch schlafend, eng an mich gekuschelt. Sie mussten in der Nacht auf mein Lager gewechselt haben.

Nach dem Aufstehen wollte ich mich gern waschen, baden, einfach irgendetwas unternehmen, um mir den Schmutz und die Ereignisse der letzten Tage abzuspülen und zur Normalität zurückzukehren. Ich fragte Egmont danach. Daraufhin ging er mit mir auf die östliche Seite des Dorfes und zeigte auf den Fluss. „Dort kannst du baden."

Ich erinnerte mich daran, dass die Germanen durchaus mit warmem Wasser in einem Badezuber badeten.

Aber ich war viel zu stolz, ihn darauf anzusprechen. Dann eben der Fluss. Wenigstens hatte ich meine Lavendelhaarwäsche im Rucksack. Die Kälte könnte ich sicher ausblenden, wenn ich nur wütend genug war. Ich bat ihn um ein Leinentuch, und da ich ihn damit überrumpelte, reichte er mir eins ohne weitere Gemeinheiten. Dann nahm ich das Shampoo und Wechselsachen aus meinem Rucksack und stolzierte zum Fluss. Dort zog ich mich bis auf die Tunika und meine Unterwäsche aus und legte alles am Ufer ab. Der Fluss war so kalt, dass ich im ersten Moment zurückzuckte.

Doch Egmonts Lachen, das auf meine Reaktion folgte, brachte mein Blut dermaßen zum Kochen, dass ich mich schnurstracks in die Fluten stürzte. Als ich ganz unter Wasser war, zog ich meine Sachen aus und wickelte meine Unterwäsche in die Tunika. Die wollte ich hier lieber nicht vorzeigen. Das nasse Bündel warf ich ans Ufer. Dann tauchte ich schnell mit meinem Kopf unter, schäumte meine Haare ein und wusch mich. Ich tauchte erneut, um die Seife auszuspülen.

Die ganze Zeit hatte ich demonstrativ auf das andere Ufer gestarrt, um Egmonts Häme nicht zu sehen. Als ich mich zurückdrehte, bekam ich, gelinde gesagt, einen kleinen Schock. Scheinbar hatte sich das ganze Dorf versammelt, um mir beim Baden zuzusehen. Zumindest die Männer waren vollzählig. Sie sahen auch nicht so aus, als würden sie demnächst etwas anderes zu tun haben. Meine Lippen waren schon blau und ich hatte am ganzen Körper Gänsehaut, mir blieb daher gar nichts anderes übrig. Ich musste aus dem Wasser kommen. Ich straffte meine Schultern und schritt hoch erhobenen Hauptes, so langsam, wie ich es fertig brachte, aus dem Wasser, ohne jemanden anzusehen.

Dann nahm ich mein Tuch auf, und erst als ich mich darin eingewickelt hatte, sah ich Egmont mit einer hochgezogenen Augenbraue an. Er hatte wenigstens den Anstand, beschämt seinen Blick abzuwenden. Die anderen Krieger feixten. Aber ich konnte mich nicht wirklich darüber freuen. Ich klaubte meine Sachen zusammen und ging nass, wie ich war zu seinem Haus, um mich ohne Publikum anzukleiden. Den Rest des Tages verschanzte ich mich im Haus. Erst zum Abendessen ließ ich mich blicken. Aber Egmont würdigte ich keines Blickes. Das Fleisch auf meinem Teller rührte ich einfach nicht an, um ihn nicht nach dem Messer fragen zu müssen.

Als die Frauen und Kinder aufbrachen, stand ich mit ihnen auf und Egmont war weise genug einfach mitzukommen. Kunella wusch die Kinder und legte sie ins Bett. Ich schlief, bevor sie damit fertig war.

Morgens lagen die beiden wieder bei mir. Ihre Anhänglichkeit berührte mich. Sie mussten ihre

Mutter schmerzlich vermissen. Ich schöpfte Trost daraus und fühlte mich weniger einsam.

Den Haushalt versorgte Kunella. Daher hatte ich nicht viel zu tun. Ich streifte im Dorf umher.

Doch wohin auch immer ich ging, Egmont schien schon dort zu sein. Oder er saß stundenlang unter der großen Linde und beobachtete mich ganz offen.

Ab dem dritten Tag begleiteten mich Gwendolin und Landogar auf meinen Spaziergängen. Sie stellten mich den Mitgliedern ihrer Sippe vor und erzählten mir, dass Albin der Schmied sei und seine Frau Salgardis die Schwester von ihrem Vater wäre. Außerdem meinten sie, wenn ich etwas über meine Zukunft wissen wollte, müsste ich nur Marada fragen. Wir sahen uns Grubenhäuser an, in denen Käse und Bier gemacht und das Essen gelagert wurde. Zwischendurch spielten und tobten wir miteinander. Ich hatte mich schon lange nicht mehr so frei und glücklich gefühlt wie in den Tagen mit Gwendolin und Landogar. Da ich wusste, dass sie mich nicht verurteilten, wenn ich Fehler machte, lernte ich sogar, ihre Sprache zu sprechen. Mit ihrer unschuldigen Zuneigung eroberten sie mein Herz im Sturm, wie nur Kinder es vermochten.

Ich spielte mit ihnen, was ich als Kind gespielt hatte. Einmal trugen wir einen bunten Blätterhaufen zusammen und raschelten durch ihn hindurch.

Selbst im Fluss musste ich nicht mehr baden. Ab jetzt ließ Egmont mir einen Zuber mit Wasser füllen, wann immer ich danach fragte.

Eines Abends bat Marada mich, sie am folgenden Vormittag in Bernhards Haus zu besuchen. Ich sagte ihr gern zu. Sie war immer gütig und freundlich und ich achtete sie dafür. Ich fragte mich, was sie wohl von mir wollte.

Am folgenden Tag war ich sehr früh wach. Ich zog mir mein Kleid über und ging noch vor dem Frühmahl zu ihr. Sie erwartete mich bereits. Als ich eintrat, saß Marada an einem Tisch und hatte eine Schale mit Kräutern, eine Kerze und Runenstäbe vor sich zu liegen. Sie bat mich, neben ihr Platz zu nehmen. Sie zündete Salbeiblätter an der Kerze an.

Anschließend sprach sie ein Gebet zu Nerthus und bat um Führung und Schutz. Ich wusste, dass sie mir meine Zukunft zeigen wollte, aber ich fragte mich die ganze Zeit, ob es nicht besser war, die Zeit zu genießen, die ich hier hatte und nicht zu sehr danach zu forschen.

Bald darauf steckte Marada die Stäbe in einen braunen Wollbeutel. Sie ließ mich nacheinander drei Stäbe ziehen. Sie waren aus Buchenholz und von der Zeit glattpoliert. Auf jedem Stab befand sich ein anderes eingeritztes, rot nachgezogenes Zeichen. Ich nahm an, dass es sich um Runen handelte.

Marada bestätigte meine Gedanken mit ihren folgenden Worten: „Die Runen raunen uns Vergangenheit, Gegenwart und Zukunft."

Dabei zeigte sie in der Reihenfolge, in der ich die Stäbe gezogen hatte, darauf. „In deiner Vergangenheit liegt Gebo, in deiner Gegenwart liegt Berkana und in deiner Zukunft liegt Kenaz."

Ich verstand nichts, aber ich wartete einfach auf eine Erklärung. Die kam nicht, stattdessen fragte Marada: „Du kennst dich nicht mit Runendeutung aus?"

„Nein."

„Du sprichst ja unsere Sprache." Marada schien erstaunt.

„Gwendolin und Landogar haben mich unterwiesen", erklärte ich. Ich fühlte mich unsicherer als in Altlatein, weil große Teile der germanischen Sprachen in meiner Zeit bereits verloren waren und nur als Konstrukt existierten. Ich hatte Gotisch inzwischen sicher ausschließen können, aber das war auch alles.

Marada betrachtete mich eine Weile, dann sah sie noch einmal vor sich auf die Runen. Sie überlegte lange und rang sich schließlich dazu durch, mich zu fragen: „Möchtest du Teil dieser Sippe werden?"

Damit überrumpelte sie mich. Ich war nicht sicher, dass ich ganz verstand, worauf sie hinaus wollte. „Du meinst, ob ich bei euch bleiben möchte?"

„Ja, das auch."

Ich wog das Für und Wider ab. Auf der Pro-Seite waren auf jeden Fall Gwendolin, Landogar und Marada, ich mochte sie sehr. Außerdem wusste ich ohnehin nicht, wohin ich sonst gehen sollte. Auf der Contra-Seite standen vor allem Kunella und natürlich Egmont. Er wäre sicher nicht erfreut, wenn ich blieb. Er schien den aufgezwungenen Babysitterjob zu verabscheuen. Wann immer er mich ansah, lag Unmut in seinem Blick.

Marada wartete geduldig, bis ich mich entschied. Schließlich überwogen die positiven Argumente: „Ja, ich möchte gern bleiben."

„Gut, ich werde das mit den anderen besprechen."

„Danke, Marada." Ich erhob mich.

„Gern, Emma." Sie lächelte verschmitzt, bevor sie anfügte: „Ach, bevor ich es vergesse, ich glaube Egmonts Laune würde sich maßgeblich verbessern, wenn er mal wieder mit zur Jagd reiten dürfte."

Sie verabschiedete mich und ich war so verblüfft über ihre Eröffnung, dass mir erst wieder in den Sinn kam, dass ich sie nicht nach der Bedeutung der Runen gefragt hatte, als ich schon in der kühlen Morgenluft stand.

Ich verwarf die Idee umzukehren und sie danach zu fragen als zu unhöflich und lief auf Egmonts Haus zu. Die Sonne ging gerade auf. Ich wandte mich nach rechts und schloss meine Augen, um ihre warme Liebkosung zu genießen. Es versprach ein schöner Tag zu werden. Tief saugte ich die klare Morgenluft in meine Lunge und beschloss großmütig zu sein und Egmont anzubieten, dass er zur Jagd gehen konnte. Ich öffnete meine Augen, um meinen Entschluss umzusetzen und entdeckte ihn.

Er lehnte an der großen Linde und beobachtete mich. Ich grinste darüber, dass ich nicht mal zu nachtschlafender Zeit unbemerkt entkommen war. Nun gut, dann musste ich ihn jedenfalls nicht wecken. Ich ging direkt auf ihn zu. Meine gute Laune schien ihn zu verwirren. Er sah so aus, als hätte ich vor, ihn gleich zu überrumpeln. Seine Hand schloss sich fest um das Heft seines Schwertes.

„Hailatju thik, Egmont", grüßte ich ihn schmunzelnd.

„Hailatju thik, Emma." Seine Stimme war belegt.

Er tat mir leid, weil er meinetwegen so früh hatte aufstehen müssen. Aber nicht leid genug, um ihn nicht etwas zu necken: „Hast du nicht ausgeschlafen?", fragte ich unschuldig.

Er brummte nur irgendetwas von Pflichten.

Ich musste mir ein Lachen verkneifen, er sah einfach so herrlich trotzig aus.

„Egmont, ich habe über etwas nachgedacht."

Er antwortete nicht. Aber er war so angespannt, dass er nicht einmal mitbekam, dass ich seine Sprache sprach.

„Wie wäre es, wenn du heute zur Jagd gehst?"

„Du weißt, dass das nicht geht", antwortete er verstimmt.

„Ich verspreche mich zu benehmen", sagte ich leutselig.

Er zog die Augenbrauen hoch.

„Außerdem kannst du mich bei einer Person deiner Wahl abliefern. Ich verspreche dort zu bleiben, bis du wieder da bist."

Eine steile Falte erschien auf seiner Stirn. Er schien es ernsthaft in Erwägung zu ziehen.

Ich wartete, so ruhig wie möglich, auf seine Entscheidung, was nicht ganz einfach war unter seinem prüfenden Blick. Nun gut, dann musste ich eben ein bisschen dicker auftragen. Ich sah zu Boden und sagte: „Es tut mir wirklich leid, dass ich weggelaufen bin." Ich trat einen Schritt auf ihn zu und stand damit nur noch dreißig Zentimeter von ihm entfernt. Sofort stieg mir sein Tannennadelduft in die Nase. Dann sah ich mit leicht geneigtem Kopf und großen Augen zu ihm auf. „Bitte vergib mir."

Ich sah, wie er seinen Widerstand aufgab. Ich schämte mich dafür, ihn zu manipulieren, aber ich redete mir ein, dass es nur zu seinem Besten sei. Das zarte Flüstern in meinem Kopf, das mir mitteilte, dass ich es auch für mich tat, ignorierte ich geflissentlich.

„Nun gut, ich werde Eduard fragen, ob er mich begleitet, wenn du dafür bei seiner Frau bleibst."

Ich musste einen Moment nachdenken, ob ich wusste, wer Eduards Frau war. Da fiel mir wieder ein, dass sie Merlinde hieß. Sie war mit ihrem ersten Kind schwanger. Nun gut, soweit ich wusste, war Merlinde mir wohlgesonnen. Das könnte also ein netter Tag werden.

„Gut."

„Besser, du gehst zu unserem Haus, die Kinder suchen dich schon."

Ich blinzelte ihn verwirrt an. Ich hatte mich bestimmt verhört. Hatte er „unser Haus" gesagt?

Als ich mich nicht rührte, zeigte er mit seinem Arm in Richtung besagten Hauses. Ich sah, was er meinte. Gwendolin und Landogar standen mit zerzausten Haaren und nur mit ihrer Tunika bekleidet auf der Schwelle. Sie starrten Egmont und mich mit offenen Mündern an.

„Ich gehe besser, nicht, dass sie noch krank werden."

„Sag so etwas nicht."

„Was soll ich nicht sagen?"

„Dass sie krank werden könnten."

„Ich verstehe nicht."

„Jemand könnte denken, dass du einen Schadzauber aussprichst.", das schien ihn zu besorgen.

„Oh." Er hatte recht, negative Vorhersagen waren eine gefährliche Sache. „Ich gehe sie besser anziehen."

„Ja."

7.

*M*erlinde war mit unserem Besuch einverstanden und so begaben sich Egmont und Eduard auf die Jagd, sobald das Frühmahl beendet war.

Gwendolin, Landogar und ich gingen zu Merlindes Heim. Sie wob gerade eine Decke für ihr Ungeborenes. Als wir eintraten, ging ein Strahlen über ihr Gesicht:

„Hail, schön, dass ihr da seid."

Sie erhob sich, kam auf uns zu und umarmte uns nacheinander. Sie war kleiner als ich, und obwohl ihre Haare dunkelbraun waren, hatte sie hellblaue Augen, wie die meisten hier. Ihr Bauch war noch nicht sehr groß, daher nahm ich an, dass sie bis zur Entbindung noch mindestens drei Monate Zeit haben würde. Die Vorstellung, dass jemand in dieser Zeit ein Baby bekommen wollte, bereitete mir Magenschmerzen.

Merlinde setzte sich wieder an den Webstuhl und begann, über alles Mögliche mit uns zu plaudern. Ihre positive Ausstrahlung nahm mich sofort für sie ein. Egal, über wen sie sprach, es war nur Gutes. Sie verlor über niemanden in der Sippe ein schlechtes Wort. Ich war schwer beeindruckt von ihr. Dabei sauste das Schiffchen von Seite zu

Seite und wir konnten zusehen, wie die Decke größer wurde. Merlinde fragte auch mich verschiedenste Dinge - wie alt ich sei, wie ich es mir hier gefalle, wen ich am liebsten mochte, ob der Herbst meine Lieblingsjahreszeit sei, so wie es ihre war. Ich sagte, dass ich dem Frühling mehr abgewinnen konnte. Außerdem hatte ich den Verdacht, dass sie jeweils die Jahreszeit liebte, die gerade an der Reihe war. Sie war einfach der Typ, der das Leben liebte, egal, was es brachte. Merlinde erzählte mir auch, wie Kunella und Albin in diese Sippe gekommen waren und dass Kunella vom ersten Tag an in Egmont verliebt war, aber Egmont nur Augen für Bertrun hatte. In ihrer Gegenwart raste die Zeit unbemerkt dahin und ich hing an ihren Lippen. Als sie meinte, dass es Zeit für das Abendmahl sei, war ich überrascht und dachte zunächst, dass sie sich irren musste. Aber als wir aus der Tür traten, war es bereits dunkel.

Kurz nachdem wir uns gesetzt hatten, kamen auch Eduard und Egmont in die große Halle. Sie hatten einander die Arme um die Schultern gelegt, zogen sich gegenseitig auf und lachten lauthals. Es war das erste Mal, dass ich Egmont lachen sah und hörte. Seine Augen waren von unzähligen Fältchen umgeben und warm perlten die Töne durch den riesigen Raum. Ich staunte über seine Ausgelassenheit.

Die Gespräche verstummten. Seine Lebensfreude war eine Offenbarung für mich. Nachdem er sich gesetzt hatte, grinste er mich verschwörerisch an. Damit hatte er mich am Haken. Ich dachte flüchtig, in diesen Egmont könnte ich mich ernstlich verlieben.

„Hailatju thik, Emma. Hattest du eine schöne Zeit?"

Dass er mich ansprach, löste mich aus meiner Träumerei.

„Hailatju thik, Egmont. Ja, die hatte ich. Merlinde ist einfach wundervoll. Wie war deine Zeit?"

„Erbaulich.", er grinste schon wieder. „Darf ich dir das Fleisch schneiden?"

Ich schob ihm überrascht meinen Teller hin. Bisher hatte er mir allenfalls das Messer gereicht. Dass er mir zu Diensten sein wollte, war eine neue Erfahrung. Eine berauschend schöne Erfahrung. Ich beschloss es zu genießen, solange es anhalten würde und nicht zu betrübt zu sein, wenn die Phase endete.

Es ging den ganzen Abend so weiter. Mit seinen guten Manieren wickelte er mich gnadenlos ein. Nicht einmal als wir die Halle mit den Frauen und Kindern verließen, wurde er missmutig.

Diese Nacht hatte ich zum ersten Mal keine Probleme einzuschlafen.

In den kommenden Tagen schloss sich Egmont uns an. Dann ging er wieder mal zur Jagd, aber immer war er gut gelaunt. Die Einzige, deren Laune sank, je höher Egmonts stieg, war Kunella. Wenn niemand in der Nähe war, goss sie Schimpfworte und Häme über mir aus. Ich gab vor, sie nicht zu verstehen und versuchte, sie nach Kräften zu meiden. Wann immer es ging, besuchte ich Merlinde. Sie brachte mir Spinnen und Weben bei und war dermaßen geduldig, dass es mich fast zur Weißglut trieb. Egal, wie oft ich einen Fehler wiederholte, ihr entfuhr nie ein böses Wort. Eher sagte sie Dinge wie: „Damit habe ich mich auch unglaublich schwer getan" oder „Mach dir nichts daraus, das mache ich oft heute noch falsch."

Nicht, dass das gestimmt hätte. Ihre Arbeiten waren perfekt. Sie übte, seit sie ein junges Mädchen war, und war eine Meisterin im Spinnen und Weben.

Als die Kinder und ich mal wieder bei ihr waren, kam Eduard zu uns und sagte: „Wir sollen zu Mutter und Vater kommen."

Ich stand vom Webstuhl auf und wollte mich verabschieden, als er mir zuvor kam: „Nein, du sollst auch mitkommen, Emma."

Neugierig überlegte ich, was es zu besprechen gab, bei dem ich zugegen sein musste. Als wir in

Bernhards Haus ankamen, waren Bernhard, Almudis, Marada und Egmont bereits dort.

Letzterer bebte vor unterdrückter Wut. Ich zuckte zusammen, als er mich mit dem altbekannten, hasserfüllten Blick ansah. Ich war mir keiner Schuld bewusst, stellte mich aber trotzdem so weit weg von ihm wie möglich.

„Hailatju thik, Merlinde und Emma", begrüßte uns Bernhard. „Wir werden morgen zu einem Thing aufbrechen. Die Römer sind auf dem Vormarsch und wir müssen einen Herzog wählen, der uns anführt."

Ich fragte mich fieberhaft, ob ich unauffällig Fragen stellen konnte, um herauszufinden, welches Jahr wir hatten und wo ich mich befand. Doch bevor ich dazu kam, überschlugen sich die Ereignisse. „Merlinde und Emma, ich möchte, dass ihr hier bleibt. Egmont wird ebenfalls bleiben."

„Aber Vater", protestierte Egmont.

„Du bist für Emma verantwortlich. Besonders wenn die Römer näher rücken, dürfen wir kein Risiko eingehen."

Ich wurde bleich. Dachten sie noch immer, dass ich eine Spionin wäre?

„Ich schwöre dir Vater, wenn sie diesmal wegläuft, schneide ich ihr eigenhändig die Kehle durch und versenke sie im Moor." Die blanke Mordlust stand ihm ins Gesicht geschrieben. Das hatte ich schon einmal gesehen. Ich wusste, dass er es ernst meinte, weil die letzte Person, die mich so ansah, kurze Zeit danach versucht hatte mich umzubringen.

Im nächsten Moment war ich wieder auf dem Friedhof. Ich fühlte das harte Eisen an meiner Stirn. Mir brach kalter Schweiß aus, zeitgleich begann ich am ganzen Körper zu zittern, schnappte unkontrolliert nach Luft, bis Sterne vor meinen Augen tanzten. Mir wurde übel. Ich taumelte aus Bernhards Haus, sank direkt davor auf die Knie und erbrach bittere Galle direkt neben der Tür. Die Kurzatmigkeit wurde jetzt von Schluchzern abgelöst und ich zitterte, dass mir die Zähne klapperten. Ich hatte eindeutig einen hysterischen Anfall.

Hinter mir ging die Tür auf. Eduard kam heraus. Ich hörte, dass die sanftmütige Merlinde ganz furchtbar mit Egmont schimpfte. Ich glaube, sie hat ihn sogar einen störrischen Esel genannt. Sicher bin ich mir nicht, da es in meinen Ohren wie verrückt rauschte. Eduard strich mir vorsichtig über den Kopf und redete mit mir, als wäre ich ein durchgegangenes Pferd. Schock, Anfall, dachte ich nur und spulte mein Erste-Hilfe-Wissen ab. Hinlegen. Beine hoch. Eduard deckte mich mit irgendwas zu und rieb meine Arme, damit mir wärmer wurde. Er hat beim Erste-Hilfe-Kurs gut aufgepasst, dachte ich. Im Nachhinein war ich froh, dass ich zu diesem Zeitpunkt nicht reden konnte.

Egmonts Gesicht tauchte über mir auf. Er sah schuldbewusst aus und gar nicht mehr wütend. „Komm, ich bringe dich ins Bett", sagte er, nahm mich auf die Arme und trug mich in sein Haus.

Er schob mir etwas unter die Füße und deckte mich mit allen Fellen zu, dir er finden konnte. Dann legte er mehr Holz auf das Feuer. Die ganze Zeit redete er beruhigend auf mich ein. Es dauerte eine Ewigkeit, bis das Zittern nachließ. Ich war anschließend total ausgelaugt.

„Bitte verzeih mir", hörte ich ihn reumütig sagen, als Worte wieder zu mir durchdrangen. Ich nickte, weil ich wusste, dass er mir nichts hatte tun wollen. Wahrscheinlich würde er mir auch nichts tun. Zumal ich nicht vorhatte, ihn in Versuchung zu führen, indem ich irgendwohin lief. Warum ihm dieses Thing so wichtig war, dass er solche Drohungen von sich gab, begriff ich dennoch nicht. „Erzählst du mir irgendwann, was dich so erschreckt hat?"

Für mehr als ein weiteres Nicken hatte ich einfach keine Kraft.

„Schlaf jetzt, Emma."

Als ich am nächsten Tag erwachte, war er schon gegangen.

8.

Gwendolin und Landogar hingegen lagen eng an mich gekuschelt, als hätten sie Angst, dass ich mich doch jeden Moment auf und davon machen könnte. Ich schwitzte wie in einer Sauna, darum befreite ich meine Arme von den Fellen. Gwendolin stöhnte unwillig. Ich strich ihr über die Stirn und war entsetzt, wie heiß sie war. Ich drehte mich zu Landogar herum, auch er glühte. Schnell kroch ich vom Lager und wusch mich. Dann legte ich Holz auf die Glut.

Kranke Kinder und kein Antibiotikum, keine Fieber- oder Schmerzmittel. Ich legte meine Hand auf Gwendolins Stirn. Ich war mir völlig unsicher, wie warm sie war. Ich fragte mich besorgt, ob es sich schon um lebensbedrohliche Temperatur jenseits der Vierziggradmarke handelte, oder ob sie noch darunter lag.

Das Feuer erhellte den Raum so weit, dass ich mir die beiden näher ansehen konnte. Ich weckte Gwendolin, indem ich ihren Namen sagte. Sie wimmerte und kniff ihre Augen zu. Also redete ich weiter mit ihr.

„Süße, du musst mir sagen, was dir fehlt." Nicht, dass ich ihr wirklich helfen konnte. Ich konnte allenfalls kalte Wickel machen und Hühnerbrühe kochen.

„Gwendolin, tut dir etwas weh?", liebevoll strich ich ihr das Haar hinter die Ohren. Ich bemerkte viele kleine rote Punkte auf ihrem Gesicht. Auf Anhieb vielen mir drei Kinderkrankheiten mit Hautausschlag ein: Scharlach, Windpocken und Röteln. Im Biologieunterricht hatten wir Kinderkrankheiten durchgenommen.

„Kopf", sagte Gwendolin leise.

Aber auch in meiner Zeit war dagegen kein Kraut gewachsen, man behandelte nur die Symptome. Und Schwangere hielt man von den Röteln-Erkrankten fern. Die größten Sorgen bereitete mir das Fieber, also würde ich damit beginnen, es zu senken. Ich feuchtete zwei Leinenbinden in dem Eimer, der in der Ecke stand, mit kühlem Wasser an, und legte sie meinen kleinen Freunden auf die Stirn. Kalte Wickel konnte ich machen und im schlimmsten Fall den Zuber mit Brunnenwasser füllen.

Ich musste jemanden dazu bewegen, Marada Bescheid zu sagen und durfte niemanden hereinlassen. Die Ansteckungsgefahr war viel zu groß. Meine Gedanken überstürzten sich. Am Rande fragte ich mich, ob ich etwa die Viren hier eingeschleppt hatte. Aber den Gedanken schob ich die hinterste Schublade. Für so etwas hatte ich jetzt keine Zeit.

Jemand wollte die Tür öffnen.

Ich rannte hin und schlug sie wieder zu.

„Bist du von Sinnen?", ereiferte sich Kunella.

Ich rollte mit den Augen. Es war klar, dass sie hier als Erste erscheinen musste. Mir blieb auch nichts erspart.

„Kunella, Gwendolin und Landogar sind krank. Ich möchte nicht, dass du hereinkommst, weil ich fürchte, dass du dann alle anderen anstecken könntest."

„Weib, ich habe keinen blassen Schimmer, was du da faselst. Öffne die Tür",

keifte sie mich an.

„Nein!", sagte ich bestimmt.

Sie drückte mit ihrem Gewicht dagegen.

„Kunella, geh weg!"

„Was ist denn hier los?", fragte jemand belustigt. Ich vermutete, dass es Albin war.

„Emma hat den Verstand verloren. Sie will mich nicht reinlassen." Kunellas Stimme kippte empört nach oben.

„Emma?", fragte Albin.

„Ja?"

„Lässt du mich rein?"

„Nein", sagte ich, wusste aber, dass ich die Tür nicht zuhalten konnte, wenn er ernsthaft versuchte, sich dagegenzustemmen. Doch irgendwie schien er, im Gegensatz zu seiner Schwester, zu vermuten, dass ich keinen Sprung in der Schüssel hatte.

„Emma, was ist geschehen?", fragte er nur.

„Gwendolin und Landogar sind krank. Ich möchte nicht, dass sich jemand ansteckt und deshalb wäre es besser, es kommt niemand herein, außer derjenige will die nächste Zeit mit uns hier verbringen." Kannten die Germanen so etwas wie Ansteckung?

„Brauchst du irgendetwas?"

Ich seufzte erleichtert darüber, dass er mich einfach ernst nahm.

„Ja, Leinentücher, kaltes Wasser und es wäre gut, wenn jemand Marada holen könnte."

„Wir kümmern uns darum", versprach er mir. Doch als er Kunella bat, Marada zu holen, beschied sie ihm, dass sie nicht gedachte, auch nur einen Finger für die übergeschnappte Nebelkrähe zu rühren. Ich glaube, damit meinte sie mich.

„Bleib von der Tür weg." Albin seufzte und machte sich selbst auf den Weg.

Er tat mir leid, weil er sich zwischen mich und seine Schwester stellen musste. Wie ich Kunella einschätzte, würde sie das nicht auf sich beruhen lassen. Ich ging wieder zu meinen kleinen Patienten, wechselte die Leinenbinden und redete beruhigend mit ihnen. Es dauerte nicht lange, da rief mich Marada an die Tür: „Emma?"

Ich lief schnell hin: „Hailatju thik, Marada."

Albin schien sie schon ins Bild gesetzt zu haben. Sie verlangte keine Erklärungen, sondern fragte nur: „Was brauchst du?"

„Hast du Kräuter gegen Fieber?"

„Hollerblüte und Lindenblüten."

„Gut, und ich brauche Wasser und Honig, wenn ihr welchen entbehren könnt."

„Albin holt bereits Wasser für euch und Tücher. Die Blüten und Honig gebe ich Merlinde mit."

„Nein, nicht Merlinde", sagte ich erschrocken. „Wenn sie hierher kommt, wird ihr Baby sehr krank werden."

Da Marada nichts erwiderte, fragte ich nach einer Minute: „Marada?"

„Ja, Emma", sie klang plötzlich sehr müde.

„Danke."

„Ist schon gut, Emma." Sie klang, als habe sie alle Hoffnung aufgegeben. Danach ging sie schlurfend davon.

Ich wechselte die Leinenbinden noch weitere zwei Mal, bis Albin an meine Tür klopfte: „Emma, es steht alles hier."

„Danke, Albin. Geh zehn große Schritte von der Tür weg." Ich hoffte inständig, dass das reichen würde. Dann zählte ich bis zwanzig und öffnete.

Albin stand auf der anderen Seite des Weges und sah mich an. Ich hob die Hand zum Gruß.

Dann brachte ich alles in das Haus. Vier Wassereimer, zehn Leinentücher und drei Tongefäße. Zuerst wollte ich mich um den Tee kümmern, darum schleifte ich das Dreibein über das Feuer und legte mehr Holz auf. Die Blüten würden zerkochen, deshalb wollte ich erst das Wasser sprudelnd kochen und sie dann zu gleichen Teilen hineingeben.

Gwendolin und Landogar schliefen die ganze Zeit. Um es leichter zu haben, legte ich Gwendolin auf das Lager ganz links und ließ Landogar auf dem in der Mitte. Ich wechselte ihre Leinenbinden etwa alle fünf Minuten. Sie waren jedes Mal so heiß, dass sie keine Kühlung mehr brachten. Nachdem ich den Tee hatte ziehen lassen, süßte ich ihn mit Honig und versuchte, den beiden abwechselnd etwas davon einzuflößen. Sie tranken gierig davon.

Doch das Fieber schien gegen Abend hin noch zu steigen. Ich deckte ihre Unterschenkel auf, legte ein Tuch darunter und umwickelte die Beine ebenfalls mit feuchten Tüchern. Da ich alle Tücher ständig wieder in kaltes Wasser tauchen musste, kam ich mir vor wie eine Windmühle. Kaum hatte ich das eine gewechselt, gab ich ihnen Tee, dann wechselte ich das andere. Die ganze Zeit war ihre

Haut knochentrocken. Ich wollte sie aber auch nicht völlig aufdecken, weil ich Angst hatte, dass sie dann Schüttelfrost bekämen.

Nach dem Abendmahl klopfte Albin nochmals an meine Tür. „Emma, ich habe dir etwas zu Essen mitgebracht."

„Danke, Albin.", ich klang sogar in meinen Ohren sehr müde.

„Brauchst du noch etwas?"

„Nein, kannst du morgen früh wieder fragen?"

„Mache ich, Emma", versprach er leise, bevor er ging.

Ich holte das Essen zwar rein, aber ich kam nicht dazu, es zu verspeisen. Für die Notdurft der Kinder zweckentfremdete ich einen Eimer. Bei der Kälte konnte ich unmöglich mit ihnen nach draußen gehen. Ich selbst beeilte mich, um sie nur so kurz wie möglich allein zu lassen. Gefühlte minus fünf Grad Celsius machten es mir leicht, nicht zu trödeln.

Diese Nacht war die erste, in der ich nicht schlief. Ich machte mir furchtbare Sorgen um Gwendolin und Landogar. Sie ertrugen mir die Leinenwickel und den Tee ein bisschen zu geduldig. Auch entdeckte ich das Beten als beruhigende Zwiesprache, wobei ich niemanden persönlich ansprach, sondern einfach in Endlosschleife um Genesung für meine kleinen Freunde bat. Ich hatte sie so sehr ins Herz geschlossen, dass es mich völlig aus der Bahn warf, sie so zu sehen. Düstere Gedanken darüber, dass es vielleicht nicht gut ausgehen könnte, verbat ich mir.

Als Albin morgens wieder klopfte, schlurfte ich schon müde zur Tür.

„Hallo, Albin", sagte ich.

„Hailatju thik, Emma. Wie sieht es bei euch aus?"

„Unverändert."

„Kann ich etwas für euch tun?"

Ich überlegte. Tee hatten wir noch etwa fünf Liter. Aber ich würde den Toiletteneimer ausleeren müssen.

„Kannst du am Waldrand ein Loch graben und einen gefüllten Wassereimer danebenstellen?"

„Gleich gegenüber?"

„Ja, bitte."

„Gut, ich klopfe, wenn ich so weit bin."

Das mochte ich an Albin, er stellte keine Fragen, sondern tat einfach, worum ich ihn bat. Mir fiel ein, dass ich das Loch auch verschließen musste, wenn ich Ansteckungen verhindern wollte: „Ach, Albin? Lässt du die Schaufel bitte am Loch stehen?"

„Ja, das mache ich."

Ich setzte Gwendolin und Landogar noch einmal auf den Eimer, gab ihnen Tee und erneuerte ihre Wickel gerade, als es schon klopfte.

„Danke, Albin, ich komme gleich", sagte ich, aber Albin antwortete mir nicht.

Ich hatte Albin eigentlich bitten wollen, an der Tür stehen zu bleiben, bis ich wiederkam. Ich zog mir das Kleid und Cape über und wollte gerade die Tür öffnen, als jemand dagegen klopfte.

„Ja?", sagte ich unwirsch.

„Hailatju thik, Emma, ich bin jetzt so weit."

Ich wunderte mich darüber, dachte dann aber, dass ihm vorher vielleicht noch etwas Wichtiges eingefallen war. „Danke, Albin. Kannst du dich in die Tür stellen, während ich weg bin und auf die beiden Kleinen aufpassen?"

„Ja, sicher."

„Aber geh nicht hinein, einverstanden?"

„Einverstanden."

„Gehst du bitte wieder ein Stück zurück?"

Ich hörte seine Schritte auf dem gefrorenen Boden knirschen. Dann ging ich hinaus. Ich winkte Albin zu und schleppte mich die zweihundert Meter bis zum Waldrand und kippte den Eimer in dem Loch aus. Nachdem ich ihn mit dem Wasser ausgespült hatte, das Albin mir dagelassen hatte, wusch ich mir die Hände mit meinem Lavendelshampoo.

Anschließend steckte ich es zurück in die Tasche meines Capes und schaufelte das Loch zu. Ich war so müde, dass ich im Stehen hätte schlafen können. Aber dass Gwendolin und Landogar mich brauchten, half mir, mich zusammenzureißen.

Als ich fertig war, schnappte ich mir die Eimer, wobei ich sorgsam darauf achtete, sie nicht zu vertauschen. Für einen Moment stieg eine Ahnung in mir hoch, was passieren würde, wenn der verseuchte Eimer die Keime im Brunnen verteilte. Ich schüttelte das Bild fröstelnd von mir ab und machte mich auf den Rückweg. Albin sah mich kommen, ging auf die andere Wegseite, ließ mich eintreten und die Tür schließen. Dann klopfte er nochmals an. „Emma?"

„Ja, Albin?"

„Du musst dich unbedingt ausruhen."

„Das geht noch nicht, Albin. Die beiden haben noch immer Fieber."

„Oh.", und nach einer Pause: „Emma, wenn du nicht mehr kannst, dann kann ich dich auch ablösen."

Mir schnürte es die Kehle zu, dass er so freundlich zu mir war. Zumal ich mir inzwischen sicher war, dass ich die Röteln an diesen Ort gebracht hatte. Ich hatte es verzapft, ich musste da auch alleine durch. Mein Entschluss stand fest: „Das geht nicht, Albin. Du könntest dich anstecken oder sogar deine Familie. Das kann ich nicht verantworten."

„Nun gut, Emma. Ich komme heute Abend wieder. Sag mir einfach, wenn du deine Meinung änderst."

„Danke, Albin, das mache ich."

Dieser Tag und auch die kommende Nacht verliefen wie die erste. Irgendwann fühlte ich mich nicht einmal mehr müde, ich wurde stattdessen immer angespannter. Am folgenden Morgen brachte ich wieder die Fäkalien in den Wald, bat Albin um frisches Wasser und darum, mehr Kräuter von Marada zu holen. Ich kochte Tee und sang den Kindern Wiegenlieder aus meiner Kindheit vor. Ich war regelrecht beseelt davon, alles für ihre Gesundheit zu tun. Darüber vergaß ich meine Bedürfnisse.

Nach der dritten Nacht sank das Fieber endlich. Als Erstes redete Gwendolin wieder mit mir.

„Mama?", fragte sie so herzzerreißend sehnsüchtig, dass ich nicht gleich widersprechen konnte.

Ich lächelte sie glücklich an: „Gwendolin, mein Schatz, wie fühlst du dich?"

„Mir tut alles weh."

„Ich weiß, Süße."

„Du hast mir vorgesungen."

Ich hätte nicht gedacht, dass sie das mitbekommen hatte.

„Es war schön, singst du das mal wieder?"

„Ja, das mache ich."

„Ich habe Durst", ließ Landogar kurz darauf verlauten.

„Möchtest du auch etwas zu trinken, Gwendolin?"

„Ja, bitte, Mama."

Ich goss beiden Tee ein, und nachdem sie getrunken hatten, sagte ich: „Weißt du, Gwendolin, ich habe euch beide sehr lieb, aber ich denke, es wäre besser, wenn du mich nicht so nennst." Das könnte einen Tobsuchtsanfall bei Kunella auslösen, gegen den sich ein Tornado wie ein laues Lüftchen ausnahm. Sie war jetzt schon sehr schlecht auf mich zu sprechen.

Gwendolin sah mich fragend an: „Möchtest du das nicht?"

„Das ist es nicht." Ich fragte mich, wie ich ihr erklären sollte, dass ich mir nur Gedanken machte, was die anderen darüber denken könnten.

„Gut", sagte sie zufrieden.

Von dem Moment an sagte sie nur noch Mama zu mir und Landogar machte es keine zwei Stunden später ebenso.

An diesem Tag bat ich Albin, uns dreien Getreidebrei zu bringen. Ich fand es ungerecht, wenn ich etwas anderes als sie essen würde. Abends stieg ihre Temperatur zwar wieder, aber es war längst nicht mehr so hoch.

Gwendolin wollte unbedingt die Wiegenlieder noch einmal hören. Daher kniete ich mich zwischen die beiden Lager und sang alle Melodien, von denen ich eine Strophe oder mehr beherrschte. Dabei kraulte ich mit meiner linken Hand Gwendolins und mit meiner rechten Landogars Nacken. So schliefen sie schnell ein. Ich beobachtete sie noch eine Weile im Feuerschein und dachte darüber nach, wie lieb ich sie hatte.

Darüber musste ich eingenickt sein. Jemand strich mir leicht über meinen Scheitel. Er rief mich auch leise, aber ich war so erschöpft, dass ich mich nicht bewegen konnte. Er hob mich auf seine Arme, flüsterte etwas Unverständliches. Ich habe „Wie bitte?" gesagt, aber er hat nur „schschsch" gemacht und mich hingelegt.

In der Nacht wurde mir schrecklich kalt. Ich hatte Schüttelfrost. Ich weiß noch, dass ich froh dachte, dass die Kinder sich wahrscheinlich doch nicht bei mir angesteckt hatten. Aber mein Zähneklappern wurde auch durch meine Erleichterung nicht weniger anstrengend.

Jemand sagte: „Bei Nerthus, du glühst ja." Es klang nach Egmont.

Aber das musste ich geträumt haben. Egmont war beim Thing. Jemand deckte mich auf, doch das ließ mich bloß noch mehr zittern. Ich kochte und fror und jetzt bereute ich es, dass ich niemandem gezeigt hatte, wie man Wadenwickel machte. Meine Empfindungen wechselten so schnell zwischen Verglühen, Erfrieren, Übelkeit und Durst, dass ich mich nicht entscheiden konnte, was ich wollte. Ich warf meine Felle in einem Augenblick von mir, nur um mich im nächsten umso fester darin einzuwickeln. Jemand reichte mir einen Becher mit Tee, doch bevor ich ihn ausgetrunken hatte, wurde mir schon wieder so übel, dass ich ihn schnell von mir schob. Ich hörte Gwendolin und Landogar fragen, ob Mama denn wieder gesund werden würde und Egmonts Kommentar war: „Ich hoffe es." Es klang traurig. So sehr ich seine Milde und Fürsorge genoss, wusste ich doch, dass es ein Traum sein musste - ohne Zweifel ein schöner, aber dennoch nur ein Traum. Ich war mir deshalb absolut sicher, weil ich wusste, dass Egmont nicht hier sein konnte. Wahrscheinlich war ich von dem ständigen Hin und Her so zerrissen, dass ich das irgendwie verarbeiten musste.

Als ich danach zum ersten Mal wach wurde, hörte ich, dass Gwendolin und Landogar leise flüsterten. Himmel, dachte ich erschrocken, ich musste aufstehen und mich um sie kümmern. Die Felle lagen so schwer auf mir, dass ich dachte, sie würden mich jeden Moment erdrücken. Ich strampelte kraftlos, um sie abzuwerfen.

„Was glaubst du, wo du jetzt hingehst?", fragte Egmont lachend.

„Ich ...", ich blinzelte verwirrt. „Du bist hier."

„Ja, ich bin hier."

„Aber ... warum?"

„Wäre es dir lieber, wenn ich wieder gehen würde?", er funkelte amüsiert auf mich herab. Ich dachte einen Moment darüber nach und kam zu dem Schluss, dass es mir ganz und gar nicht lieber war. Doch ich war ziemlich erschrocken darüber, dass mein Puls wie panisch zu stolpern begann, als ich daran dachte, dass er verschwinden könnte. Ich wurde rot.

Die Tür wurde so schwungvoll aufgestoßen, dass sie gegen die Wand krachte. Lehm rieselte auf den Boden. Ich fuhr zusammen.

„Egmont, du bist wieder da." Es war Kunella und sie klang dabei genauso froh, wie ich einige Sekunden zuvor. Da erkannte ich es mit Sicherheit. Sie liebte Egmont.

Doch als sie uns auf einem Lager sah, schlug ihre Freude in blanken Hass um. „Du Hexe", schrie sie hysterisch, rannte zu mir, griff mir in die Haare und zog mich daran aus dem Bett. Mein Kopf dröhnte. Als ich polternd aufkam, schoss mir ein stechender Schmerz in die Hüfte. Weil ich versucht hatte, meinen Kopf mit den Händen zu schützen, konnte ich den Sturz nicht abfangen.

Kunella wurde von mir weggerissen. „Bist du von Sinnen, Weib?", herrschte Egmont sie an. „Wie kannst du es wagen, meinen Hausfrieden zu stören und meinen Gast anzugreifen?"

„Sie hat dich mit einem Fluch an sich gebunden!", anklagend zeigte sie auf mich, als ob irgendjemand hier nicht wüsste, wen sie meinte.

„Du bist ja völlig von Sinnen. Mach, dass du verschwindest."

Nun sank sie flehend auf die Knie: „Aber Egmont, du liebst mich doch."

Er lachte freudlos auf: „Ha, wie könnte ich ausgerechnet die Frau lieben, die sich so sehr darüber freute als meine geliebte Bertrun starb, dass sie mich, noch auf dem Pferd sitzend, davon in Kenntnis setzte, dass ich nun frei für sie sei?"

Kunella flossen jetzt Tränen über die Wangen.

Egmont wandte sich ab.

„Ich habe mich drei Jahre um deine Bälger gekümmert, weil ich dachte, dass du mich liebst."

„Das ist auch der einzige Grund, dass ich dir das hier nicht nachtragen werde."

Sie straffte ihre Schultern und kam steif auf die Füße. Dann sah sie mich giftig an: „Dass du ihn mir gestohlen hast, wirst du mir büßen."

„Bitte geh jetzt, Kunella", sagte Egmont wieder. Sie sah ihn noch einen Moment an. Dann drehte sie sich um und verließ scheinbar gefasst das Haus. Egmont schloss betont ruhig die Tür.

Ich saß noch immer dort, wo sie mich hatte fallen lassen. Mühsam schob ich meine Knie unter mein Gesäß. Ich fühlte, wie meine rechte Hüfte langsam blau wurde.

Dann hob ich mein rechtes Knie und stellte meinen Fuß auf. Ich war froh, dass ich mich bewegen konnte. Es schien mir das Zeichen zu sein, dass nichts gebrochen war. Egmont umfasste meine Taille mit seinem linken Arm und meine rechte Hand lag geborgen in seiner. Er zog mich hoch und setzte mich auf dem Lager vorsichtig ab. Es schien in seinem Kopf zu arbeiten. Daher ließ ich mich ohne ein Wort auf das Lager niedersinken. Er deckte mich zu und sah nachdenklich auf mich herab.

Danach strich er mir über den Kopf und verharrte einen Augenblick an meiner Wange. Ich schmiegte mich wohlig in seine warme Hand und seufzte zufrieden. Dann ging er zur Feuerstelle und legte Holz nach. Es knisterte und duftete nach Kiefernholz, als das Harz heraustrat.

Dann kam er wieder zu mir. Er nahm sich einen kleinen Hocker und setzte sich vor mich. „Ich muss dir ein paar Fragen stellen."

9.

Er wiederholte: „Ich muss dir ein paar Fragen stellen und ich möchte, dass du mir die Wahrheit sagst."

Das ließ mich wachsam aufhorchen. Doch ich sagte nichts dazu. Mir blieb ja doch nichts übrig, als die Wahrheit zu sagen. Ich war eine furchtbar schlechte Lügnerin und er würde mich sofort durchschauen.

„Aber bevor ich das tue, möchte ich, dass du es mir schwörst."

„Was?", fragte ich erstickt. Ein Schwur war eine schwerwiegende Verpflichtung. Ich fragte mich, was ihm so wichtig war, dass er mich schwören lassen wollte.

„Emma, du musst mir nicht alles sagen, aber wenn du mir etwas erzählst, dann lass es die Wahrheit sein."

Das schien mir eigentlich kein allzu schwer einzuhaltender Schwur zu sein.

„Ich schwöre dir, dass es, wenn ich dir etwas sage, die Wahrheit sein wird."

„Bei deinem Leben?"

Ich schluckte hart: „Bei meinem Leben."

„Ich schwöre dir im Gegenzug, dir zu glauben und dich nicht zu verurteilen, was auch immer du mir erzählst."

„Warum tust du das?"

„Ich erkläre es dir gleich. Bitte lass mich erst meine Fragen stellen."

Ich wunderte mich über seine Geheimnistuerei. Doch ich nickte zustimmend.

„Lebt noch jemand von deiner Sippe?"

Die richtige Frage wäre wohl eher gewesen, ob sie schon lebten. Aber auf das „noch" in seiner Frage kam es ihm wahrscheinlich nicht an. „Nein, es lebt niemand von meiner Sippe."

„Wurdest du verstoßen?"

„Nein."

„Bist du davongelaufen?"

Ich war vor Peter davongelaufen, aber das meinte er wohl nicht. „Nein", sagte ich.

„Welchem Stamm gehörst du an?"

Ich traute mich nicht ihm zu sagen, dass ich eine Deutsche sei. Wie hätte er das begreifen, geschweige denn mir glauben können? „Das kann ich dir nicht sagen."

Er dachte kurz darüber nach. „Wird jemand kommen und Anspruch auf dich erheben?"

„Nein. Ich bin doch keine Kuh, auf die man Anspruch erheben kann."

Er zog nur die Augenbrauen in die Höhe, beließ es aber dabei.

„Ist dein Name Emma?"

Endlich mal eine einfache Frage. „Ja."

„Wie bist du zum Götterstein gelangt?"

Wie viel konnte ich ihm sagen, fragte ich mich und sah ihn besorgt an. „Ich weiß es nicht genau. Ich hatte große Angst und habe gebetet und dann habe ich einen Grabstein berührt. Als Nächstes erwachte ich hier."

„Hattest du Angst, dass dich jemand töten wird?"

„Ja." Bei diesem Eingeständnis sah ich beschämt zu Boden. Ich wollte nicht, dass er mich bemitleidete. Doch es waren erst ein paar Wochen seither vergangen und ich wollte nicht mehr als nötig darüber reden, dass es mich nicht aus der Bahn warf.

„Es war ein Mann, den du kanntest." Es war keine Frage, daher sagte ich nichts dazu.

„Mal bist du so stark, dann wieder so verzagt", wunderte er sich. Ich spürte seinen Blick auf mir ruhen.

„Darf ich dir noch mehr Fragen stellen?"

Ich nickte, irgendwann käme es sowieso heraus, dann konnte ich es auch jetzt hinter mich bringen.

„Wie heißt die Sprache, die du sprichst, wenn du schläfst?"

Ich fühlte mich ertappt und sah auf. Aber Egmont hatte seinen Kopf leicht schräg gelegt und blickte mich nur interessiert an.

„Deutsch."

„Deutsch", probierte er das Wort. Doch es klang viel zu weich, wie er es aussprach. Er fuhr fort: „Wo hast du meine Sprache gelernt?"

Kannten sie das Wort Universität schon? Selbst wenn, wäre eine Frau dorthin gegangen? Ich wusste, dass die Römer Schulen hatten, daher sagte ich: „Ich habe es in einer Schule gelernt. Daher spreche ich auch Latein."

„Du musst sehr klug sein, wenn du eine Schule besucht hast."

„Ach nein, da wo ich herkomme, gehen alle Kinder zur Schule."

„Bei Thors Hammer. Alle?"

„Ja, es gibt dort sogar die Pflicht, in die Schule zu gehen."

Er war sprachlos. „Was lernt man alles in einer Schule?"

Er schien so begeistert, dass ich nicht widerstehen konnte, ihm meine Schulfächer aufzuzählen. Informatik ließ ich wohlweislich aus. Auch benannte ich die Fächer ein wenig um. So sagte ich statt Biologie lieber „die Lehre von den Lebewesen" und statt Mathematik „Rechnen".

Doch was ihn am meisten beeindruckte, fand ich bei seiner Rückfrage heraus: „Du kannst schreiben?"

„Ja."

„Schreibst du in Runenschrift?"

„Nein, es ist lateinische Schrift."

„Aber, du sagtest doch, dass du keine Römerin seist."

„Das stimmt ja auch."

„Warum hast du dann ihre Schrift gelernt?"

Wie sollte ich ihm erklären, dass die römisch-katholische Kirche diese Schrift verbreitet hatte und dass die Deutschen sie nach dem Zweiten Weltkrieg übernommen hatten?

„Die Menschen einigten sich darauf, diese Schrift zu verwenden."

Darüber dachte er so lange nach, dass ich schon dachte, das Gespräch sei beendet. Aber wenn ich zu ihm sah, grübelte er noch. Er sah dabei schier fassungslos aus. Ich hätte ihn so gerne gefragt, was in ihm vorging.

„Emma?"

„Ja, Egmont?"

Er drukste herum.

„Was ist denn?"

„Erkläre mich bitte nicht für verrückt."

„Das mache ich nicht, versprochen."

Er holte tief Luft, ganz so, als müsste er sich furchtbar überwinden. Dann gab er sich einen Ruck und fragte: „Emma, kommst du aus einer anderen Zeit?"

Ich blinzelte ein paar Mal sprachlos. Dann überlegte ich, dass es sich von selbst erledigen würde, wenn ich einfach nichts dazu sagte.

Er machte einen Rückzieher: „Ist schon gut, ich ..."

„Ja", unterbrach ich ihn mitten im Satz. Ich war überrascht, wie sehr ich es ihm erzählen wollte. „Ja, ich komme aus einer anderen Zeit."

Er sah mich erstaunt an, schüttelte ungläubig sein Haupt, dass sein Zopf flog, dann fragte er leise: „Von wann?"

Da ich weder wusste, wo ich genau war, noch in welchem Jahr ich mich befand, konnte ich nur sagen: „Ich komme aus der Zukunft, aber da ich nicht weiß, welches Jahr jetzt ist ..." Ich zuckte vieldeutig mit den Achseln.

„Wie können wir das herausbekommen?"

Ich dachte mir, dass es den Zeitraum sehr eingrenzen würde, wenn ich wüsste, welcher Herrscher gerade Rom regierte. Daher fragte ich danach. Ich versuchte es sachlich zu sehen, doch als er antwortete: „Kaiser Augustus", wurde mir sehr mulmig. Das hieß, dass ich mehr als zweitausend Jahre zurückgereist war. Mein Puls raste.

Kaiser Augustus wurde im Jahre 63 vor Christus geboren.

„Wie lange ist er schon Herrscher?"

„Einundzwanzig Lenze."

„Woher weißt du das?"

„Ich habe die Römer besucht, als ich zwanzig Lenze zählte. Das ist jetzt sieben Sommer her."

Ich blinzelte, offenbar waren sie keineswegs die wilden Barbaren, wie Tacitus sie in seiner ‚Germania' beschrieb. Aber immerhin hatte er über sie geschrieben. Es war einfach unglaublich. Es war auch aufregend. Wie viele Forscher bekamen schon die Gelegenheit, so hautnah in die Vergangenheit abzutauchen, fragte ich mich erstaunt. Doch ich kannte die Antwort bereits. Keiner.

Tacitus hatte auch die Stämme beschrieben. „Welchem Stamm gehörst du an?", fragte ich neugierig.

„Wir nennen uns Semnonen."

Die Semnonen. „Als die Ältesten und Edelsten unter den Sueben bezeichnen sich die Semnonen", zitierte ich Tacitus leise.

Ich wusste nur, dass sie zu den Elbgermanen gehörten, dass sie aus ihrem Kerngebiet wegziehen und dass sie sich mit den Cheruskern gegen die Römer verbünden würden. Sie kämpften in der Schlacht im Teutoburger Wald. Aber wenn wir jetzt das Jahr zehn vor Christus hatten, dann würden bis dahin noch neunzehn Jahre vergehen.

„Du kennst meinen Stamm?", wunderte sich Egmont.

„Ja, ich habe von ihm, äh, euch gehört", antwortete ich ausweichend.

„Wirst du mir sagen, was du über uns weißt?", bohrte er nach.

„Später vielleicht."

Ich dachte zunächst, dass er nachhaken würde, aber er wechselte abrupt das Thema, indem er fragte: „Liebst du Gwendolin und Landogar?"

„Als wären sie meine eigenen Kinder." Ich sah verliebt zu den beiden hinüber. Sie spielten noch immer völlig versunken.

„Das habe ich mir gedacht."

Ich hatte keine Ahnung, worauf er hinaus wollte. Er zog verunsichert die Stirn kraus.

„Was ist, Egmont?" Ich lachte unsicher, er steckte mich mit seiner Nervosität an.

„Willst du meine Frau werden?", platzte er heraus.

„Was?", ich war völlig verdattert. Ich hatte mich sicher verhört, weil er so schnell gesprochen hatte.

„Willst du meine Frau werden?", er zwang sich, jedes Wort ganz langsam zu sagen, wurde aber dabei feuerrot.

Ich setzte mich auf.

„Warum fragst du das?"

„Du brauchst den Schutz meiner Sippe. Ich kann dich schützen, wenn du meine Frau wirst. Das wird Vater ohnehin verlangen, nachdem wir das Lager geteilt haben. Sicher weiß er schon davon."

„Aber es ist doch gar nichts passiert und woher sollte er es so schnell wissen?"

Kunellas wutverzerrte Miene kam mir in den Sinn. „Kunella würde doch nicht ..., oder?"

„Zu deiner ersten Frage. Dass nichts passiert ist, wissen nur wir beide mit Sicherheit. Dein guter Ruf ist damit ruiniert. Und zu deiner zweiten Frage, ich muss dich darüber in Kenntnis setzen, dass sie das auf jeden Fall tun würde. Sie würde nämlich alles tun, um dich in Verruf zu bringen. Vergiss das niemals."

„Aber warum?"

„Du hast sie doch gehört. Sie bildet sich ein, dass ich sie liebe und du mich mit deinem Hexenwerk von ihr fernhältst."

„Das kann sie doch nicht wirklich glauben."

„Du kennst sie nicht. Sie steigert sich so sehr in Dinge hinein, dass sie sie irgendwann für wahr hält."

„Und", mein Herz schlug wie wild in meiner Brust. „Ist es wahr?"

Jetzt sah er verständnislos aus.

„Ich meine, dass du sie liebst", stammelte ich verlegen. Wieso war mir das plötzlich so wichtig?

„Ich habe nie anders an sie gedacht als an eine Schwester", beteuerte er schmunzelnd.

„Warum grinst du?" Hatte er mich etwa durchschaut?

„Och, nichts", sagte er leutselig. Doch die Lachfältchen um seine Augen straften ihn Lügen.

„Mpf", machte ich.

„Ich habe den Eindruck, dass du mir ausweichst."

„Ach, ist das so?", fragte ich süffisant. „Wie kommst du nur darauf?" Ich klimperte übertrieben unschuldig mit meinen Wimpern.

Egmont lachte herzhaft. Ich mochte es, wie sein Lachen in meinen Zellen widerhallte. Er schüttelte den Kopf über mich. Ich genoss die Leichtigkeit zwischen uns in vollen Zügen. Doch wollte ich mich für den Rest meines Lebens an diesen Mann binden? In guten wie in schlechten Tagen und so weiter? Mir war klar, dass ‚schlechte Tage' in dieser Zeit etwas ganz anderes bedeuteten, als es zweitausend Jahre später der Fall war. Reichte es aus, dass er mich beschützen wollte, um zusammenzubleiben? Oder würde er mich bei der ersten Schwierigkeit allein lassen und in irgendeiner Schlacht Ruhm und Tod suchen? Darauf waren die Germanen sehr versessen, soweit ich mich erinnerte. Könnte ich das ertragen? Mochte ich ihn genug, dass ich ihn lieben lernen könnte? Ich fand ihn ohne Frage attraktiv und ich liebte seinen Duft. Vielleicht, weil ich als Kind bei meinen Großeltern immer in Tannennadelschaumbad gebadet hatte. Ich konnte nichts in diese Ehe einbringen. Meine Ausbildung war hier nichts wert, bis auf meinen Schmuck und ein paar Münzen besaß ich nichts, das hier wertvoll wäre. Ich kam zu dem Schluss, dass er nicht ganz bei Trost sein konnte, weil er mich überhaupt fragte. Bisher hatte er alles Mögliche getan, um mich von sich fernzuhalten. Jetzt wollte er mich heiraten. Das ergab doch keinen Sinn.

„Ich wüsste zu gern, warum du deine Stirn in so viele Falten legst, Emma."

„Ich verstehe einfach nicht ...", ich brach ab. Wie sollte ich ihm das erklären, ohne ihn zu verletzen?

„Was verstehst du nicht?"

„Ich habe nichts, was von Wert für dich wäre. Du gewinnst keine Verwandtschaft hinzu. Ich möchte nicht, dass du mich eines Tages verachtest, weil du dich für meine Ehre opfern musstest."

„Deine Sorge ist, dass ich dich einmal hassen werde, weil du mir nicht genug Vorteile einbringst?"

Ich nickte traurig und sah auf die Felle hinab. Da legte er mir seinen Zeigefinger unter das Kinn und hob es leicht an. Meine Haut brannte, wo er mich berührte. Er sah mir lange in die Augen, bevor er sagte: „Ich verspreche, dich nicht zu hassen. Ich glaube nicht einmal, dass ich das könnte, wenn ich es wollte."

„Aber warum warst du dann so garstig zu mir?"

„Ich hatte ein schlechtes Gewissen Bertrun gegenüber. Ihr seht euch sehr ähnlich, weißt du?"

Ich sah ihn verständnislos an.

„Begreifst du nicht, Emma? Als ich dich fand, dachte ich, dass die Göttin meine Gebete erhört hätte und mir meine Bertrun zurückgebracht hatte. So wie Marada es mir weissagte. Ich war schockiert, dass es nicht Bertrun war, sondern du und, Nerthus möge mir vergeben, hätte ich es gleich bemerkt, hätte ich dich wahrscheinlich am Götterstein liegen lassen. Mir war damals alles gleichgültig."

„Ich habe dich mit Marada reden hören. Da hast du mich gehasst."

„Nein, ich habe mein Leben gehasst, nicht dich", korrigierte er mich sanft.

„Deshalb bin ich weggelaufen, weißt du?"

„Ja, ich weiß.", er sah aus, als wenn er sich für das, was er gesagt hatte, schämte.

„Und dass du mich im Fluss hast baden lassen ...?"

„Ich war wütend, weil ich dich bewachen sollte und dachte, dass ich damit mein Mütchen an dir kühlen könnte."

„Das ist ja auch aufgegangen", bemerkte ich spitz, die Erinnerung stach noch immer unangenehm.

„Nicht wirklich."

Ich sah ihn erstaunt an.

„Bei den Göttern, Emma, du hast ein derartiges Schauspiel daraus gemacht, dass sich die Männer noch Tage später darüber ausgelassen haben. Mir war die Lust, dich zu piesacken damit allerdings vergangen."

„Warum hast du dann in Bernhards Haus ...", ich konnte es nicht aussprechen. Doch er verstand genau, was ich meinte.

„Ich wollte um jeden Preis zu diesem Thing. Es schien mir zu verlockend, dich mal ein paar Tage zu vergessen."

Ich war verletzt: „Ich habe mir solche Mühe gegeben."

„Emma, versteh doch. Je mehr ich dich beobachtete, desto mehr fühlte ich mich von dir angezogen. Doch dein Aussehen erinnerte mich immerzu an Bertrun. Daran, dass ich ihr ewige Treue geschworen hatte. An meinen Verlust. Ich musste diesem Zwiespalt um jeden Preis entkommen und wenn es nur für einige Tage war."

Er fühlte sich von mir angezogen? Mir stand der Mund vor Überraschung offen.

„Es war unverzeihlich so etwas zu sagen. Ich hoffe, du vergibst mir."

„Ich ...", ich räusperte mich vernehmlich. „Ja, sicher vergebe ich dir."

„Das ist gut."

Wir hingen einige Zeit schweigend unseren Gedanken nach. Dann nahm er meine Hand in seine. Er sah mich an, als würde er mich durch Telepathie beeinflussen wollen. Dann sagte er umschmeichelnd: „Emma, bitte erweise mir die Ehre und werde meine Frau."

„Versuchst du nur ein edler Held zu sein? Oder ist es das, was du dir wünschst?" Ich sah ihn prüfend an.

„Ich wünsche es mir von ganzem Herzen." Er sah so offen und verletzlich aus, als er das sagte, dass er mich überzeugte.

„Aber das wird mich nicht daran hindern, deine Ehre retten zu wollen." Er zwinkerte schelmisch.

Ich lachte.

„So, Weib, jetzt antworte endlich, bevor ich vor Ungeduld platze. Willst du meine Frau werden?"

Dass er zappelig wurde, weil er meine Antwort nicht abwarten konnte, überzeugte mich letztlich, es zu versuchen.

„Ja, Egmont. Ich werde deine Frau."

Da hob er mich vom Lager, lachte glücklich und wirbelte uns im Kreis herum.

10.

Er stellte mich wieder ab und wir setzten uns auf die Bettkante. Meine Hüfte fühlte ich in diesem Moment überhaupt nicht, dachte aber, dass das wohl an den Endorphinen lag, die mir ins Gehirn gespült worden waren.

Ich war, gelinde gesagt, erstaunt über den Wandel, den er vollzogen hatte. Aber ich wollte die gute Stimmung nicht verderben, daher nahm ich mir vor, ihn nicht sofort danach zu fragen. Doch etwas wollte ich gern von ihm wissen. „Was genau hat Marada dir weisgesagt?"

Er dachte kurz nach, bevor er rezitierte: „Zu Samhain wird, was du ersehnst, am Götterstein sich finden, ob Nerthus' Gabe, ob Hels' Fluch, Nornen dich daran binden."

„Hels' Fluch klingt ja nicht gerade ermutigend."

„Ich habe beschlossen, auf Merlinde zu hören und dich als Geschenk von Nerthus anzusehen."

„Sie hat also noch mehr zu dir gesagt als ‚störrischer Esel'?"

„Das hast du gehört?"

„Ja, aber nichts weiter."

„Das glaube ich.", er sah mich nachdenklich an.

„Was hat denn Merlinde noch gesagt?"

„Ich solle endlich aufhören, mich in Selbstmitleid zu suhlen und dass ich es in der Hand hätte, ob du Segen oder Fluch für mich wirst."

„Das sind ganz schön harte Worte für Merlinde." Ich schluckte gerührt, weil sich meine Freundin so für mich eingesetzt hatte.

„Ja, das waren die härtesten Worte, die ich jemals von ihr gehört habe. Ich dachte auf dem ganzen Weg zum Thing darüber nach. Ich glaube, sie hatte recht damit." Er sann über seine Worte nach. Dann sagte er, als ob das alles erklären würde: „Auf dem Thing habe ich Nerthus ein Dankopfer gebracht."

„Du hast doch hoffentlich kein unschuldiges Tier deswegen getötet?", fragte ich entsetzt.

„Nein, es waren Silber und Gold." Er hing seiner Erinnerung nach.

Ich war erleichtert. Obwohl ich Fleisch aß, kam es mir grausam vor, ein Tier zu opfern.

Er sprang plötzlich auf: „Wir müssen es meinen Eltern sagen."

„Was? Jetzt sofort?"

„Ja, sicher, jetzt sofort."

„Aber das geht nicht."

„Wieso geht das nicht?"

Wie erklärte ich ihm, dass wir Röteln gehabt hatten und alle noch zwei Wochen lang anstecken könnten? Andererseits hatten wir alle, auch vorher, die ganze Zeit miteinander zu tun gehabt. Das wäre vielleicht ein wenig schwer zu verdauen für meinen Semnonen. Dass ich erst in zweitausend Jahren geboren werden würde, hatte ich ihm aus genau diesem Grund bisher verschwiegen.

„Lass mich Gwendolin und Landogar vorher noch einmal ansehen."

Die Kinder hatten ihre Namen gehört und kamen angehüpft. „Hast du uns gerufen, Mama?", fragte Gwendolin mit schräg gelegtem Kopf.

„Ja, Gwendolin. Ich möchte sehen, ob die roten Punkte wieder weg sind."

Gwendolin zog ihre Tunika aus und ich schaute mir ihr Gesicht, ihren Hals, die Brust und die Achseln ganz genau an.

„Es sind alle verschwunden", sagte ich zufrieden. Dann zog ich ihr die Tunika wieder über den Kopf.

„Jetzt du, Landogar", kommandierte Gwendolin ihren kleinen Bruder herum.

Er kam auf mich zugelaufen. Dann zog ich auch sein Hemd aus und sah mir seine Haut an. Gwendolin und Landogar hatten keinen Ausschlag mehr.

„Danke, Landogar. Komm, wir ziehen dir dein Hemd wieder an."

Als ich fertig war, fragte Egmont: „Nun? Können wir jetzt gehen?"

„Ja." Ich lächelte ihn froh an, weil ich wusste, dass die Ansteckungsgefahr viel geringer war, wenn die Röteln nicht mehr zu sehen waren.

Als ich aufstand, schmerzte meine rechte Seite pochend. Ohne Egmonts Hilfe konnte ich nicht mal laufen. Er umfasste mich und humpelnd machten wir uns auf den Weg zum Haus seiner Eltern.

Drinnen hörten sich Bernhard, Almudis und Marada gerade Kunellas Anschuldigungen an. Albin, der neben ihr stand, sah sehr zornig auf sie hinab.

Doch das hielt Kunella nicht zurück, es schien sie, im Gegenteil, noch anzuspornen. Als sie uns hereinkommen sah, zeigte sie mit dem Finger auf mich und zeterte: „Diese verfluchte Dirne hat euren Sohn verhext, damit er ihr Lager teilt."

Ich schnappte empört nach Luft, doch Egmont sah mich warnend an. Lass mich für dich sprechen, schien sein Blick zu sagen. Doch vorerst sagte er gar nichts. Er hörte seelenruhig zu, wie Kunella die abstrusesten Schimpfworte für mich fand. Es waren so entsetzliche dabei, dass mich deren bloße Nennung verschämt zu Boden blicken ließ. Albin versuchte mehrfach erfolglos, sie zur Mäßigung zu ermahnen.

Nachdem sie begann, sich zu wiederholen, gebot Bernhard ihr endlich Einhalt: „Danke, Kunella. Ich denke, wir haben jetzt genug gehört."

Ich hätte es nicht geglaubt, doch sie hielt tatsächlich ihren Mund. Bernhard sagte: „Nun, Egmont, wie es scheint, sollte Emma von nun an lieber unser Gast sein." Er sah vieldeutig zu Kunella. „Es scheinen sich einige doch erheblich um ihren Ruf zu sorgen. Das ist es doch, was du uns mitteilen wolltest, nicht wahr, meine Liebe?" Bernhard sah Kunella warnend an.

„Ja, sicher", war alles, was diese erwidern konnte.

„Das wird nicht nötig sein, Vater", meldete sich nun endlich Egmont zu Wort.

Bernhard zog fragend eine Augenbraue in die Höhe: „Wie meinst du das?"

„Ich ..." Egmont machte eine Pause, bevor er sich überwinden konnte: „... ich habe sie gefragt, ob sie meine Frau werden will."

„Und?" Bernhard machte einen Schritt auf uns zu.

„Und ich bin glücklich sagen zu können, dass sie zugestimmt hat."

„Nein!", schrie Kunella wie ein verwundetes Tier.

„Nein!", stöhnte sie noch einmal. Sie rempelte mich an, dann floh sie Hals über Kopf und knallte die Tür hinter sich zu.

Marada fing sich als Erste. Sie kam auf uns zu und drückte erst mich und anschließend Egmont herzlich an sich. „Ich kann euch gar nicht sagen, wie sehr mich das freut", sagte sie dabei.

Als Albin uns gratulierte, sagte Egmont entschuldigend: „Es tut mir leid, aber Kunella war einfach nicht die Richtige für mich."

Albin brummte: „Sie kommt schon darüber hinweg. Ich finde es gut, dich so glücklich zu sehen, alter Freund. Dich natürlich auch, Emma."

Almudis und Bernhard sahen überrascht aus, gratulierten uns aber ebenfalls.

„Wir sollten die Vermählung zum kommenden Vollmond abhalten", schlug Marada vor.

Ich schwankte leicht, weil das schon in drei Wochen war und die Festlegung mir den Ernst erst bewusst machte. Ich würde heiraten. In drei Wochen schon wäre ich eine verheiratete Frau. Ich betrachtete Egmont verstohlen. Offenbar fand Nerthus mich geeignet. Doch würde ich eine gute Ehefrau sein? Ich konnte nicht richtig weben oder nähen und das, was ich kochen konnte, das gab es hier nicht. Sicher würden wir vorerst in der großen Halle speisen. Vielleicht unterrichtete mich Merlinde weiterhin im Weben. Ich nahm mir vor, sie später danach zu fragen. Die nächsten vier Tage würde ich, dank Kunella, ohnehin nicht ohne Schmerzen sitzen können. Ich verzog das Gesicht.

„Ist dir das zu früh?" Egmonts Frage ließ mich mit meinen Gedanken in die Gegenwart zurückkehren.

„Was? Ach, nein. Wenn dir das nicht zu zeitig ist, bin ich damit einverstanden."

„Jetzt, wo ich mich einmal entschlossen habe, werde ich ungeduldig jede Nacht zählen, bis du endlich mein treu sorgend Eheweib bist."

Vermutlich nahm er mich auf den Arm, aber er sah nicht so aus. Wenigstens weiß er, was er will. Etwas, dass man von den Männern in meiner Zeit nicht gerade behaupten konnte.

„Dann ist es beschlossen, zu Vollmond in drei Wochen", bestätigte Bernhard.

„Hast du eine Sippe, mit der wir über den Brautpreis verhandeln müssen?", fragte Almudis, die schon mit den Details beschäftigt war.

„Ähm, nein." Ich schüttelte verlegen den Kopf. „Von meinen Verwandten lebt niemand."

„Oh, Liebes, das tut mir leid für dich", sagte Marada. Sie sah allerdings nicht so überrascht aus, wie ich es angesichts dieser Eröffnung vermutet hätte. Almudis hingegen wirkte nun ehrlich besorgt. „Aber wer wird dein Schwert und den Ring für dich tragen?"

„Ich weiß es nicht", sagte ich bestürzt, weil ich ein Schwert und einen Ring benötigen würde. Ob Albin beides für mich schmieden könnte?

„Wenn du einverstanden bist, werde ich das gerne für dich tun", bot Albin an.

„Danke, Albin." Einen besseren Brautführer hätte ich mir nicht selbst suchen können.

„Nun gut, es scheint sich alles zu fügen." Almudis lächelte warm. „Das Festessen werden wir ausrichten. So wie es sich gehört."

„Danke, Mutter." Egmont nickte ihr zu und sagte: „Den Brautpreis möchte ich Emma übergeben."

„Aber warum?", fragte ich verblüfft.

„Später", beschied er mir.

„Wie du meinst", erwiderte Bernhard.

Almudis sagte: „Nun denn, dann sind wir uns einig. Sputen wir uns, wir haben viel vorzubereiten."

Egmont und ich verließen zusammen mit Albin das Haus. Dann wandte ich mich noch einmal an ihn. „Danke für dein Angebot, Albin."

„Wie gesagt, es ist mir eine Freude, das für dich zu tun, zumal meine Sippe nicht ganz unschuldig an der Eile bei dieser Vermählung ist."

„Dürfte ich dich bitten, mich später aufzusuchen, sodass wir die Einzelheiten besprechen können?"

Er wirkte überrascht, sagte aber: „Ja, ich werde dich aufsuchen."

Ob er verstanden hatte, dass ich mit ihm etwas bereden wollte, was Egmont nicht hören sollte?

Er verabschiedete sich jedenfalls und ging zu seinem Heim.

„Wie mir scheint, hast du schon den ersten Verehrer, den es in die Flucht zu schlagen gilt." Egmont sagte es leichthin, aber er sah misstrauisch aus.

Als der Groschen bei mir fiel, lachte ich auf: „Meinst du etwa Albin?"

„Ja, den meine ich."

„Aber er ist wie ein Bruder für mich."

Er sah aus, als sollte er eine Kröte schlucken.

„Bist du etwa eifersüchtig?"

Egmont blieb mir die Antwort schuldig, stattdessen ging er zum Angriff über: „Warum bitte soll er dich dann allein aufsuchen?"

„Das hast du mitbekommen."

„Ja, Emma, das habe ich mitbekommen." Er sah mich lange an, bevor er anfügte: „Ich kann dich nur warnen, Emma, wir nehmen Treue sehr ernst."

Ich war ehrlich schockiert und sagte nur: „Das tue ich auch. Er ist wie ein Bruder für mich." Ich betonte jede Silbe einzeln.

„Und nur um deine Frage zu beantworten: Ich muss etwas wegen der Hochzeit mit ihm besprechen!" In der Hoffnung, dass er merkte, dass ihm von Albin keinerlei Gefahr drohte, sah ich ihm fest in die Augen.

„Wirst du mir sagen, was es ist?"

„Ja, zu gegebener Zeit wirst du es erfahren."

„Mpf, Emma", frustriert starrte er vor sich hin.

„Egmont, bitte vertrau mir.", ich sagte es leise, weil ich mir sein Vertrauen ehrlich wünschte und ich wollte, dass er es mir schenkte, wenn er so weit war. Ich sah ihn an und schwor mir still: Niemals will ich dich betrügen, niemals dir ein Leid zufügen ...

„Ich denke, das tue ich schon, Emma, andernfalls könnte ich nicht dein Mann werden."

„Gut, dann lass uns endlich weitergehen. Meine Füße sind schon ganz eingefroren."

Er lachte befreit, schüttelte seinen Kopf über mich und wir setzten unseren Weg im Schneckentempo fort.

11.

Albin kam, als Egmont mit den Kindern zum Abendmahl aufbrach. Meine eine Hüftseite hatte inzwischen eine dunkellila Farbe angenommen und pochte unangenehm. Daher wollte ich im Bett bleiben.

Er versprach, mir etwas zum Essen mitzubringen und küsste mich zum Abschied auf die Stirn. Es hatte etwas Besitzergreifendes und Beschützendes zugleich. Ich mochte es.

Als Albin an die Tür klopfte und eintrat, verzog Egmont säuerlich sein Gesicht. Ich schüttelte verneinend den Kopf und sah ihm offen ins Gesicht. Er verstand, murmelte etwas von „Hailatju thik, Albin" und war schon aus der Tür hinaus, bevor Albin den Gruß zurückgeben konnte.

Albin sah verdutzt aus. „Was hat ihn denn geritten?"

„Hail, Albin." Ich überging seine Frage. „Ich brauche deine Hilfe."

Albin nahm das wortlos hin und setzte sich auf den Hocker neben mein Lager. „Womit kann ich dir dienen, Emma?"

„Ich brauche einen Ring und ein Schwert."

Er schien verwundert, unterbrach mich aber nicht.

„Ich weiß, dass Eisen sehr schwer herzustellen ist. Aber ich könnte dich mit Schmuck bezahlen. Das Gold für einen Ring habe ich. Vielleicht kannst du es einschmelzen. Meinst du, dass du das bis zur Hochzeit schaffst?"

„Das denke ich schon."

„Gut."

„Aber Emma, ich glaube nicht, dass das jemand von dir erwartet."

„Ich möchte es gern richtig machen."

Albin sah mich nachdenklich an. „Du magst ihn sehr, oder?", wollte er von mir wissen.

„Albin, ich liebe ihn. Ich möchte, dass er glücklich ist und ich möchte, dass er das bestmögliche Schwert bekommt, dass ich mir leisten kann", antwortete ich ihm ohne zu zögern. Ich war selbst überrascht, wie nachdrücklich das klang. Doch es stimmte. Ich wünschte Egmont das Allerbeste.

„Dann zeig mir doch mal deinen Schmuck."

„Gibst du mir meinen Sack?" Ich zeigte auf meinen Rucksack. Meine Kleidung hatte ich schon herausgenommen, aber alles andere befand sich noch darin.

Nachdem Albin ihn mir gereicht hatte, kramte ich einige Zeit darin herum. Ich hätte ihn auch auspacken können, aber ich wollte ihn nicht misstrauisch machen. Ich hatte auch ein gedrucktes

Buch dabei und ich war mir sicher, dass ihm das wie Zauberei erscheinen würde.

Endlich fand ich meine Schmuck-Reisetasche. Sie war aus dunkelblauem Leder. Ich atmete den herben Geruch tief ein. Ich mochte ihn fast so sehr wie Tannennadelduft. Ich grinste, als meine Gedanken automatisch zu Egmont abschweiften.

Albin räusperte sich: „Ich möchte dich ja nicht hetzen, aber ich glaube, wenn ich nicht bald beim Abendmahl erscheine, kommt Egmont mich holen."

„Oh, ja." Das schätzte ich genauso ein wie Albin. Ich klappte das Etui auf. Zum Vorschein kam der Schmuck meiner Familie. Filigrane, mit Rubinen, Saphiren und Smaragden besetzte Ohrringe, Broschen mit vielen kleinen Zirkonen in Form eines Tigers, einer Schildkröte und eines Salamanders, eine dicke Gliederkette aus Gold, mehrere feine Gold- und Silberketten mit Anhängern aus Amethyst, Aquamarin und Opal, ein Silbercollier mit neun großen, durchsichtigen, blauen Tobasen besetzt, Ringe aus Silber und Gold, einer mit einem Brillanten besetzt, ein anderer mit rotem Spinell und die anderen passend zu den Ohrringen, zwei gedrehte Armbänder, eines aus Rotgold, das andere aus Weißgold. Ich hoffte, dass ich dafür ein richtig gutes Schwert bekommen würde. Fragend sah ich Albin an. Doch er starrte auf einen

Armreifen. „Woher hast du diesen Reifen?", fragte er atemlos.

„Meine Großmutter hat ihn mir gegeben."

„Weißt du, was das ist, Emma?"

„Keltenknoten." Als ich es sagte, war mir klar, was es ihm bedeuten musste. Es waren Zeichen aus seiner Heimat. „Möchtest du ihn haben?"

„Ich ..., das kann ich unmöglich annehmen", wehrte er ab.

„Warum denn nicht?"

„Er ist zu wertvoll."

„Mach mir die Freude, Albin. Es wäre ein schönes Geschenk für Salgardis, meinst du nicht?"

„Doch, schon."

„Dann soll er dir gehören. Du hast schon so viel für mich getan. Bitte, nimm ihn." Ich hielt ihm den Reif entgegen.

„Danke, Emma. Ich weiß gar nicht, wie ich das wieder gut machen soll."

„Lass es gut sein, Albin. Ich bin froh, dass ich dir eine Freude machen kann."

Er nahm den Armreif ehrfürchtig aus meiner Hand.

„So, nun zu meinem Anliegen. Bekomme ich für meinen Schmuck ein Schwert und einen Ring für Egmont?"

„Dieser Schmuck wäre einer Königin würdig. Also ja. Aber willst du dich wirklich davon trennen?"

Ich betrachtete die Stücke. Sie erzählten die Geschichten meiner Ahnen. Darüber wurde ich wehmütig. Der Schmuck war eine letzte Verbindung zu meinem alten Leben. Den Ring mit dem roten Spinell würde ich gern behalten. Er war der Verlobungsring meiner Oma. Sie war über fünfzig Jahre glücklich mit meinem Opa verheiratet. Vielleicht brauchte Albin nicht alles.

„Meinst du, es reicht noch, wenn ich diesen Ring behalte?" Ich zeigte darauf.

„Ja, es wird dennoch genug sein."

Ich nahm den Ring heraus und klappte die Reiseschmucktasche wieder zu. Wie sich herausstellte, keinen Moment zu früh. Die Tür flog auf unf Kunella stürmte herein.

„Wusste ich es doch."

„Hailatju thik, Kunella." Er ließ die Schmucktasche unauffällig unter seinem Mantel verschwinden. „Was wusstest du?"

„Dass diese Dirne", sie spuckte in meine Richtung „meinen Egmont bei der ersten Gelegenheit betrügt."

„Kunella, du vergisst dich." Albins Stimme wurde gefährlich leise.

Ich sah von Bruder zu Schwester und zurück.

Mich hätte sein Ton gewarnt, doch Kunella fuhr unbeirrt fort: „Gib doch zu, dass du sie am liebsten selbst besteigen würdest. Salgardis ist fett geworden ..."

Weiter kam sie nicht. Albin verpasste ihr eine Ohrfeige, dass ihr Kopf zur Seite flog. Ich sprang aus dem Bett, stöhnte auf und sackte seitlich weg.

„Was ist denn hier los?" Egmont war, von uns unbemerkt, in der Tür erschienen.

„Das fragst du besser deine feine Braut." Kunella hielt sich die leuchtende Wange.

Ich war halbwegs wieder auf die Beine gekommen. Egmont sah mich mit schmalen Augen an.

„Halt dein Schandmaul, Kunella", sagte Albin nachdrücklich.

Dann zog er sie zur Tür. Er warf mir einen entschuldigenden Blick zu. Ich hörte Kunella den ganzen Weg zu Albins Haus laut schimpfen. Irgendwann wurde es Albin zu bunt. Er herrschte sie an: „Wenn du jetzt nicht aufhörst, schwöre ich dir, dass ich dir den Mund zunähe."

Ich hoffte für sie, dass das nur eine leere Drohung war. Sie schien das endlich zu beeindrucken. Ihre Stimme war nur noch leise zu hören. Ich lauschte, bis die Tür von Albins Haus zuklappte. Dann sah ich auf. Egmont beobachtete mich. „Was hat sie nur an sich, dass du jedes Mal auf dem

Boden landest, sobald sie unser Heim betritt?" Er half mir zurück auf das Lager.

„Warum bist du schon wieder da?"

„Ich habe gesehen, wie Kunella die Halle verließ und dachte, dass ich besser nachsehe, was sie vorhat."

„Das war eine gute Idee."

„Ja. Da hast du recht.", er schüttelte erheitert den Kopf, doch gleich darauf wurde er wieder ernst. „Emma, gibt es etwas, das ich wissen muss?"

Ich sah ihn nur verständnislos an.

„Über dich und Albin." Er hatte wenigstens den Anstand, betreten nach unten zu sehen.

„Nein. Wir haben uns unterhalten und ich habe ihn bei etwas, das mir wichtig ist, um Hilfe gebeten. Das war alles."

„Warum hat sich Kunella dann so aufgeführt?"

„Ich weiß es wirklich nicht." Ich glaubte, die Frau war rasend vor Eifersucht. Aber konnte ich es ihr verdenken? Ich sah die Schatten auf Egmonts Gesicht im Feuerschein tanzen.

„Vielleicht würde ich mich an ihrer Stelle auch so benehmen."

Egmont sah mich stirnrunzelnd an. „Das würdest du sicher nicht tun."

„Ich fürchte, dass sie dich liebt."

„Das mag sein, aber ich kann ihre Liebe nicht erwidern." Er sah gequält aus, als ob er sich deswegen Vorwürfe machen würde.

„Hey, das ist doch nicht deine Schuld." Er sah nicht sehr überzeugt aus.

„Wir müssen einfach jemanden für sie finden, mit dem sie glücklich wird."

„Versteh doch, Emma, hier wird nur selten aus Liebe geheiratet. Eine Ehe ist vor allem anderen ein Bündnis zwischen zwei Sippen. Da sind nur wenige so offen wie Bernhard. Die meisten suchen die Braut nach ihrer Herkunft aus."

„Das muss schrecklich für sie sein." Kunella tat mir mit einem Mal sehr leid. Sie wollte so gern einen Mann und die einzige Chance einen zu bekommen, hatte ich ihr zunichtegemacht.

„Komm, ich helfe dir hoch."

Als ich nach seiner Hand greifen wollte, fiel der Ring heraus und rollte über den Boden. Egmont verharrte mitten in der Bewegung. Der rote Spinell funkelte unheilvoll im Feuerschein. Vielleicht hätte ich ihn doch nicht behalten sollen, dachte ich. Egmont starrte wie hypnotisiert auf den Stein.

„Emma, woher hast du diesen Ring?", fragte er mit mühsam unterdrücktem Zorn.

Mir lief es eiskalt den Rücken hinunter, daher antwortete ich nicht sofort. Egmont drehte sich zu mir um und packte mich hart an den Schultern.

„Weißt du nicht, was es bedeutet, wenn dir ein Mann einen Ring gibt?", presste er hervor.

„Egmont du tust mir weh."

„Sag es mir!", befahl er. „Bist du seine Dirne?"

Wütend starrte ich ihn an.

„Zum allerletzten Mal. Nein! Ich weiß nicht, von wem du redest. Aber nein, ich bin niemandes Dirne. Aber, ich schwöre bei Gott, wenn du mich das noch einmal fragst, gehen wir getrennte Wege. Jetzt lass mich los." Ich schrie ihm die letzten Worte förmlich ins Gesicht.

Er zog seine Hände so schnell weg, als hätte er sich verbrannt.

Ich ließ mich wieder auf den Boden und kroch auf den Ring zu. Doch Egmont war schneller. Ich sah zu ihm hoch. Er ließ den Ring nachdenklich zwischen Daumen und Zeigefinger hin- und herpendeln.

„Wirst du mir sagen, woher du ihn hast?", fragte er leise.

„Ja, kannst du mir erst hoch helfen?"

Ohne ein Wort zu sagen, half er mir, mich auf das Lager zu legen. Dann sah er mich stumm an.

„Komm, leg dich neben mich", bat ich ihn. Er sah so verängstigt und verletzt aus, dass mir meine Worte beinahe leidtaten. Ich klopfte zweimal leicht auf das Lager und wiederholte: „Komm."

Er ging auf die andere Seite und legte sich neben mich.

„Dieser Ring hat meiner Großmutter gehört. Es war ihr Verlobungsring."

„Verlobung?", er ließ das Wort langsam über seine Zunge gleiten.

„Ja, Verlobung", bestätigte ich.

„Was ist das?", fragte Egmont.

„Bei einer Verlobung versprechen sich Mann und Frau zu heiraten."

„Wir haben heute eine Verlobung gemacht", sagte er lächelnd.

„Ja, wir sind jetzt verlobt."

„Deine Großeltern müssen sehr wohlhabend gewesen sein."

Er hätte nicht weiter daneben liegen können mit seiner Einschätzung. „Wie kommst du darauf?"

„Weil deine Großmutter schon einen Ring bekommen hat für das Versprechen, ihren Mann zu heiraten."

Wenn man es so sah, hatte er sicher recht. Im Vergleich zu den Semnonen waren sie regelrecht reich gewesen.

„Emma?"

„Ja, Egmont?"

„Warum hast du den Ring herausgeholt? Hättest du auch gern einen Verlobungsring bekommen?"

Egmont sah die ganze Zeit auf den Ring. Er klang besorgt. Doch er wollte mich offenbar nicht ansehen. „Nein, das war es nicht."

„Was war es dann?"

Ich überlegte, wie viel ich ihm sagen konnte, ohne die Überraschung zu verderben. „Ich habe Albin heute meinen ganzen Schmuck gegeben, bis auf diesen Ring. Ich ... ich habe meine Großeltern sehr geliebt, weißt du? Ich wollte gern ein Andenken von ihnen behalten."

„Wolltest du deshalb allein mit ihm reden?" Er klang verletzt. Ich war verwirrt. „Hattest du Angst, ich würde dir deinen Schmuck wegnehmen?"

Darauf wäre ich im Traum nicht gekommen. Ich musste ihm wohl doch mehr verraten, als ich vorgehabt hatte. „Ich habe Albin gebeten, etwas für die Hochzeit zu besorgen, was mir besonders wichtig ist. Ich gab ihm den Schmuck, damit er es bezahlen kann."

„Warum hast du mich nicht gebeten, ich hätte dir alles besorgt, was du dir wünschst?"

„Weil das in diesem Fall nicht geht. Bitte, glaub mir einfach. Bitte." Ich sah ihn flehend an und endlich blickte er auch zu mir.

„Ich glaube dir." Dann sah er wieder zu dem Ring. Ich sah, dass er eine Idee hatte. Daraufhin fragte er: „Darf man einen Verlobungsring öfter verwenden?"

„Ja, Egmont, das darf man."

„Der Ring ist wunderschön. Genau wie du. Würdest du ihn als Zeichen unserer Verlobung tragen?"

„Ja, das würde ich gern tun." Egmont sah unschlüssig auf den Ring. Ich verstand. „Jetzt musst du ihn mir anstecken." Ich hielt ihm meine linke Hand hin und zeigte auf meinen Ringfinger. Egmont setzte sich auf und schob den Ring langsam darauf.

„Ich habe dir mein Herz geschenkt, bitte geh sorgsam damit um."

Seine Bitte rührte mich. „Das werde ich zu allen Zeiten tun", versprach ich und bat ihn meinerseits: „Bitte vergiss auch du niemals, dass dir allein mein Herz gehört."

„Dieser Abend hat mich das gelehrt. Daher schwöre ich dir, was auch geschieht, ich werde immer daran denken."

Dann legte er sich wieder neben mich. Ich schmiegte mein Gesicht an seine Schulter und er umfing mich mit seinem Arm. Dann küsste er mich auf die Stirn und seufzte: „Liuba mina, Liuba mina." in mein Haar.

12.

Am kommenden Morgen tat mir meine rechte Seite noch mehr weh als am Tag zuvor. Ich fragte Egmont, ob er mir helfen würde, heiß zu baden. Ich hoffte, dass dadurch die Schmerzen etwas nachlassen würden. Er veranlasste einen Knecht, den Zuber zu füllen und brachte mir unterdessen Getreidebrei aus der großen Halle. Im Schlepptau hatte er Gwendolin und Landogar, die sich erfreut auf mich stürzten, sobald sie meiner gewahr wurden. Sie hatten die Nacht bei ihren Großeltern verbracht.

Während ich aß, erzählte mir Landogar, dass Onkel Albin und Onkel Eduard früh am Morgen auf Pferden weggeritten seien. Ich sah Egmont mit hochgezogenen Brauen fragend an. Woraufhin er nur brubbelte: „Es ist sicherer so." Ich freute mich, dass er zu akzeptieren schien, dass ich nur Gutes im Schilde führte, doch ich sah ihm auch an, dass er etwas ausheckte.

Als der Zuber bereitstand, legte Egmont ein Leinentuch daneben. Anschließend kam er zu mir und half mir beim Aufstehen. Ich hoffte inständig, dass die Schmerzen wieder weg waren, bevor ich heiratete. Ich konnte mich schließlich nicht zum Altar tragen lassen. Ich verlagerte mein Gewicht auf das linke Bein und zog mir meine Tunika über den Kopf. Dann ertappte ich Egmont dabei, wie er mich anstarrte. Doch ihn fesselte nicht der Anblick meiner nackten Brust, sondern meine Oberarme. Auf beiden Armen hatte ich blaue Handabdrücke. Er umarmte mich vorsichtig und flüsterte: „Emma, es tut mir so leid. Bitte vergib mir. Ich verspreche, dass ich dich nie wieder grob berühren werde."

Im Gegensatz zur Hüfte bemerkte ich die Oberarme kaum. „Danke, dass du dich entschuldigst, Egmont. Ich vergebe dir."

Er trat einen Schritt zurück und sagte „Danke. Liuba mina."

Ich nahm mir vor, ihn bei Gelegenheit zu fragen, was das bedeutete. Dann öffnete ich den Reißverschluss meiner Hose und Egmont schälte Hose und Unterhose langsam von meinen Hüften. Er kniete sich hin und ich stützte mich auf seinen Schultern ab, hob mein Bein leicht an und er streifte die Hose über meinen Fuß. Dabei blies sein Atem heiß auf die Haut meiner Oberschenkel. Dann hob ich das andere Bein und er streifte die Hose auch über den zweiten Fuß. Meine Haut prickelte dort, wo sein Atem mich traf. Ich blinzelte verwirrt. Ihm hingegen schien das Knistern zwischen uns nicht einmal aufzufallen. Der Typ ist aus Stein, wenn ihn das dermaßen kalt lässt. Ich brauchte ein paar Sekunden, um meine Contenance wiederzuerlangen. Doch die hielt nicht lange an, da er mich im nächsten Moment schon auf seine Arme hob, um mich in das Bad gleiten zu lassen. Ich lief dunkelrot an. Er lachte nur leise. „Du Schuft, hast du mich etwa mit Absicht aus der Fassung gebracht?", nuschelte ich frustriert.

„Es wäre doch gemein, wenn nur ich mit mir zu kämpfen hätte, oder?" Er grinste dabei so herrlich entwaffnend, dass ich ihm nicht länger böse sein konnte.

„Ts. ts, ts", machte ich bloß und schüttelte den Kopf. Wie gemein, dachte ich, er sah nicht so aus, als hätte er auch nur einen Moment um Fassung ringen müssen.

Ich bemerkte, dass ich mein Shampoo vergessen hatte, nachdem ich meine Haare nass gemacht hatte. Ich überlegte, ob ich Egmont bitten konnte, die Flasche für mich aus dem Rucksack zu holen.

Es wäre vermutlich ohnehin besser, wenn er all meine Geheimnisse kennt, dachte ich und gab mir einen Ruck. „Egmont?"

„Ja, Emma?" Er hatte es sich auf dem Lager bequem gemacht und versuchte krampfhaft, mich nicht anzusehen.

„Kannst du mir mal bitte helfen?"

„Was brauchst du denn?"

„Ich habe meine Seife in meinem Sack gelassen. Kannst du sie mir bitte geben?"

Er ging zum Rucksack. „Besser du kippst ihn nicht aus." Ich zeigte unauffällig auf die Kinder. Ich wollte sie nicht unnötig in Versuchung führen, in meinem Rucksack herumzukramen. Obwohl die beiden so aussahen, als könnten sie kein Wässerchen trüben.

Egmont verstand. Zwar musste er so lange wühlen, dass ich schon befürchtete, er würde gleich einen Kommentar zum Thema Frauenhandtaschen fallen lassen. Aber den kannte er natürlich nicht. Ich vermute, dass das der einzige Grund war, warum ich ohne den Spruch davon kam. Als er die Flasche endlich hatte, betrachtete er sie interessiert und reichte sie mir anschließend kommentarlos. Dann nahm er seinen Posten auf dem Lager wieder ein. Ich wusch und spülte meine Haare, und als ich gerade so weit war, stand er schon wieder neben dem Zuber.

„Darf ich dich herausheben?", fragte er unschuldig.

„Ja, bitte."

Er nahm sich das Leinentuch und strich mich mit enervierend langsamen Bewegungen trocken. Wenn ich zischte, lachte er leise, machte aber genauso langsam weiter. Er fuhr mir den Rücken hinunter und die Beine hinauf. Er strich leicht über meine Brust und den Bauch herab. Nur die Stelle, die nach ihm brannte, die berührte er wohlweislich nicht. Ich beobachtete ihn aus schmalen Schlitzen, und als ich mich halbwegs beruhigt hatte, fragte ich ihn kühl: „Bist du fertig?"

Er lachte wieder, holte einen meiner Slips hervor und bewegte ihn mir sacht die Beine hinauf. Ich stöhnte auf, als er oben anlangte und den Slip etwas straffer als nötig nach oben zog. „Das ist ein beeindruckendes Kleidungsstück", murmelte er mir ins Ohr, wobei er seinen Körper leicht gegen mich lehnte.

„Lass mich raten, du lehnst Beischlaf vor der Ehe strickt ab?", fragte ich sarkastisch.

Daraufhin lachte er so schallend, dass Gwendolin und Landogar von ihrem Spiel aufsahen.

Na warte, dachte ich, das Spiel können auch zwei spielen. Ich zog mir eine frische Tunika über, und als er mir die Hose anziehen wollte, sagte ich mit unschuldigem Wimpernaufschlag: „Ich denke, die benötige ich heute nicht. Bringst du mich bitte zu Bett?" Ich hoffte, dass die bloße Vorstellung, wie ich halb nackt auf seinem Lager lag, ihn ganz wild machte.

Es war weit nach dem Abendmahl und die beiden Kleinen schliefen bereits friedlich, als er endlich mit rauer Stimme sagte: „Emma, wenn du nicht willst, dass ich dich gleich hier zu meinem Weib mache, dann zieh dir, in Nerthus Namen, endlich deine Hose an."

Ich fragte mich tatsächlich einen Moment, ob ich es darauf ankommen lassen sollte, aber ich wollte ihn nicht in seinen Grundfesten erschüttern. „Hilfst du mir, bitte?"

Er half mir so nüchtern in die Hose, dass ich mich fragte, ob ich mir die Spannung am Morgen nur eingebildet hatte.

Zwei Tage später konnte ich endlich wieder kurze Strecken allein laufen. Zu den Mahlzeiten ging ich an Egmonts Arm in die große Halle. Ich fand mich damit ab, dass Kunella fortdauernd Todeswünsche aus ihren grünen Augen auf mich schleuderte. Ich konnte sie gut ignorieren, weil Egmont mich immerzu in Gespräche verwickelte. Ich unterhielt mich auch häufig mit Marada. Nur dass Merlinde mich zu meiden schien, machte mir schwer zu schaffen. Wann immer ich auf sie zuging, war sie, für eine Schwangere erstaunlich behände, irgendwohin verschwunden.

Weil sie mir sehr am Herzen lag, versuchte ich es an drei Abenden hintereinander. Dann gab ich auf. Ich war mir keiner Schuld bewusst, und wenn sie mir nicht mitteilen wollte, was sie so verstimmt hatte, dann konnte ich ihr auch nicht helfen. Ich bemerkte, dass sie und Kunella außerordentlich häufig miteinander tuschelten. Doch als ich Egmont darauf ansprach, fand er nichts ungewöhnlich daran. Die Tage kamen und gingen. Die Einzigen, die nicht wiederkehrten, waren Albin und Eduard. Ich fragte mich, ob sie es noch rechtzeitig zur Hochzeit schaffen würden.

Es machte mich ganz kribbelig, dass ich meine Sorge mit niemandem teilen konnte. Irgendwann kreisten meine Gedanken nur noch darum. Ich hatte Schwierigkeiten, anderen zu folgen, während wir uns unterhielten. So auch an diesem Morgen.

„Geht es dir nicht gut, Liebes?", fragte Marada und sah mich besorgt an.

„Was? Doch, warum?"

„Du scheinst so abwesend."

Ich sah Egmont verstohlen an. Marada verstand und bat mich: „Leistest du mir beim Weben Gesellschaft?"

„Ja, sehr gerne, Marada."

„Soll ich sie gleich nach dem Frühmahl bringen?", schaltete sich Egmont unerwartet ein.

„Ja, das scheint mir eine gute Idee zu sein", sagte Marada.

Sobald Egmont mich zu Bernhards Haus gebracht hatte, floh er hastig. Ich sah ihm irritiert nach. Dann fasste ich mich und klopfte an die Tür.

„Komm herein, Liebes", forderte mich Marada von innen auf. Kaum hatte ich die Tür geöffnet, kam sie auf mich zugeeilt.

„Ich freue mich so, dass du mich besuchst."

„Hailatju thik, Marada."

„Komm, lass und zum Webstuhl hinübergehen."

Ich folgte ihr langsam. Ich würde wahrscheinlich die am langsamsten schreitende Braut in Äonen werden.

Marada bot mir einen Hocker an. Dann begann sie zu weben. Bei ihr schien es kaum voranzugehen. Ich beobachtete sie genauer. Sie ließ das Schiffchen bestimmt zwanzig Mal hin- und hersausen, aber damit wob sie nur etwa einen Zentimeter. Der Faden war unglaublich fein und so wurde auch das Gewebe. Ich fragte neugierig: „Was wird das, Marada?"

„Das wird dein Hochzeitskleid, Liebes."

Ich war sprachlos, dass diese betagte Dame ihre kostbare Zeit aufwandte, um ein Hochzeitskleid für mich zu machen. „Das ist wunderschön, Marada", stellte ich beeindruckt fest.

„Ein schönes Kleid für eine schöne Braut."

Ich sann noch darüber nach, als sie mich fragte: „Möchtest du mir nicht sagen, was dich bedrückt, Kind?"

Jetzt dämmerte mir auch, warum Egmont so schnell verschwunden war, er musste Marada auf mich angesetzt haben. Ich schüttelte innerlich den Kopf über meinen zukünftigen Gatten.

„Hast du Angst, Egmont zu heiraten?", begann Marada zu raten.

„Nein, das ist es nicht."

„Das brauchst du auch nicht. Er ist ein guter, ehrbarer Mann."

„Ich weiß, Marada. Das ist es nicht."

Sie sah erleichtert aus, aber sie hatte nicht vor, das Ganze auf sich beruhen zu lassen. „Was ist es dann?", bohrte sie nach.

Ich hatte niemanden mit meinen Sorgen belasten wollen, aber wenn ich das Problem weiterhin allein gewälzt hätte, wäre ich vermutlich irgendwann ohnehin damit herausgeplatzt. „Ich mache mir vor allem Sorgen um Albin und Eduard."

„Warum das denn?"

„Sie sind jetzt schon fast zwei Wochen fort und wir haben nichts von ihnen gehört." Wie auch, hätte der Postbote einen Brief bringen sollen?

„Aber Liebes, holen sie nicht ein Schwert und einen Ring für Dich?"

„Ja.", ich schluckte und fragte mich, woher sie das wissen konnte, als sie mir zuvor kam: „Ich habe die Runen für Albin geworfen."

Das erklärte zwar, warum er sie eingeweiht hatte, aber nicht, warum sie noch nicht wieder zurück waren.

„Es ist ein weiter Weg. Sie werden rechtzeitig zurück sein, Emma." Sie klang so sicher, dass sie mich damit überzeugte. Ich war froh, dass mir diese Last genommen war. Alle anderen Sorgen waren im Vergleich so klein, dass ich sie nicht ansprechen wollte.

„Na, was bedrückt dich noch?"

Es war schon fast unheimlich, als könnte sie meine Gedanken lesen. Ich sah Marada von der Seite an. Dann erzählte ich ihr von Merlinde und Kunella.

„Ja, das ist beunruhigend." Sie sah verträumt in die Ferne. „Aber es gibt nichts mehr, was du für sie tun kannst." Dann sah sie mich traurig an. Die Falten um ihren Mund waren tiefe Gräben des Unwillens. Doch sie wiederholte nur: „Es gibt nichts, was du tun kannst. Nichts, was irgendjemand von uns tun könnte." Ich hoffte, dass sie sich erklären würde, doch stattdessen bat sie müde: „Hilfst du mir zu meinem Lager?" Ihre alte Hand zitterte leicht, als sie darauf zeigte.

Ich führte sie, so schnell ich konnte, hinüber. Es dauerte ewig. Sie legte sich hin und ich deckte sie zu, als ihr noch etwas einfiel: „Sag niemandem etwas davon. Bitte."

„Das mache ich nicht, versprochen."

Dann drehte sie sich von mir weg. Ich hörte sie bereits leise schnarchen, als ich aus dem Haus trat.

13.

Egmont hatte sich in sein Haus verzogen. Er saß auf einem Lager und schnitzte etwas. Ich setzte mich neben ihn. „Warum hast du mich nicht selbst gefragt?" Ich boxte Egmont leicht gegen die Schulter.

Er sah betreten zu Boden. „Sie hat dir also gesagt, dass ich sie seit Tagen behellige?"

Ich war verblüfft. Seit Tagen? Er war wirklich aufmerksamer als ich gedacht hatte. „Nein, sie hat mir nicht gesagt, dass du sie auf mich angesetzt hattest." Ich wartete, bis er hochsah. „Du warst es selbst."

„Mpf, wie das? Ich habe sicher nichts gesagt."

„Nicht mit Worten", stimmte ich ihm zu.

„Was war es dann?"

„Du hast dich so schnell aus dem Staub gemacht."

„Ich werde mir merken, dass ich beim nächsten Mal länger warte."

Er sah so zerknirscht aus, dass ich lachen musste.

„Machst du dich über mich lustig, Weib?" Er zog seine Augenbrauen zusammen, grinste aber dabei.

„Ja, das tue ich.", ich lachte noch mehr.

„Na, warte," drohte er mir, ließ Holz und Messer zu Boden fallen und stürzte sich auf mich. Ich zappelte wie verrückt, während er mich kitzelte. „Schwöre, dass du dich nie wieder über mich lustig machen wirst!", verlangte er.

„Ich kann nicht", prustete ich.

Er zog seine Augenbrauen hoch. „Ich werde dich schon zähmen, ob es dir gefällt oder nicht", versprach er mir. Egmont setzte sich rittlings auf mich und hielt meine Hände rechts und links neben meinem Kopf fest. Ich rutschte wild hin und her. Meine Arme rührten sich nicht einen Millimeter.

Er hielt mich mit Leichtigkeit an Ort und Stelle. Er starrte mich fasziniert an. Ich war bestimmt hochrot im Gesicht. Ich hörte auf zu zappeln. „So ist es gut." Mein Atem hob schwer meinen Brustkorb und mein Herz hämmerte wie verrückt darin.

„Du bist bezaubernd schön."

Normalerweise hätte ich das Kompliment mit einer sarkastischen Bemerkung heruntergespielt, weil ich wusste, dass es nur eine Masche war, um mich herumzukriegen. Aber Egmont hatte mich ja schon am Haken, bei ihm war es nicht nur Show, er meinte es völlig ernst. Ich schlug meine Augen nieder und nahm seine Bewunderung als das an, was es war, ein Geschenk. Verschämt flüsterte ich: „Danke", weil es mir dennoch so unglaublich schwer fiel, ihm zu glauben.

„Emma, bitte sieh mich an."

Langsam hob ich meinen Blick. Egmont wartete geduldig, bis meine Augen in seine sahen. In dem Moment war es, als ob ich alles von ihm erkannte. Ich sah in seine Seele und ich mochte, was ich sah. Er ließ meine Handgelenke los, stützte sich auf die Unterarme und hielt meinen Kopf zärtlich in seinen Händen. Ich seufzte zufrieden, weil ich mich geborgen und sicher fühlte.

„Darf ich dich küssen?", fragte er leise.

„Ja", hauchte ich sanft.

Er beugte sich langsam zu mir herunter. Kurz bevor seine Lippen meine berührten, zögerte er. Er holte in dieser Pause, in der er gespannt auf mich achtete, meine Zustimmung ein.

„Ja", wiederholte ich.

Da legte er seine Lippen leicht auf meine und verharrte wieder. Sie fühlten sich glatt und weich an. Warm strich sein Atem über meine Wange. Ich machte ihn zu einem Teil von mir,

Indem ich seinen Tannennadelduft gierig einsog. Er löste seine Lippen. „Ruhig, Liuba mina", sagte er und überzog mein Gesicht mit Schmetterlingsküssen. Die Berührungen waren so zart, dass ich sie kaum spürte, aber mein Gesicht wurde empfindlicher. Meine Haut prickelte schon, wenn er noch darüber schwebte. Die ganze Zeit hielt er meinen Kopf mit seinen Händen umfangen.

Wenn er sich das so vorstellte, würde ich mich mit Freude bedingungslos ergeben. Er zähmte mich, indem er mich an seine Berührungen gewöhnte.

An diesem Tag gab ich seufzend jeden Widerstand gegen ihn auf. Wenn er so zu mir war, würde ich ihm bis ans Ende der Welt folgen.

Er ließ von mir ab, bevor ich kollabierte, legte sich neben mich und nahm mich in seinen rechten Arm. Mit der linken strich er mir die Haare aus der Stirn.

„Egmont?"

„Ja, Emma?"

„Was heißt 'Liuba mina'?"

„Es heißt 'meine Geliebte'", er sagte es auf Latein.

„Oh, bin ich das? Deine Geliebte?"

„Ja, Emma, du bist meine Geliebte."

Das fühlte sich an, als würde ich vom Bett abheben. Ein bisschen wie Asterix, wenn er den Zaubertrank zu sich genommen hatte und sein Flügelhelm wie wild flatterte, dachte ich und kicherte albern.

„Lachst du mich aus?", fragte er gekränkt.

„Gott, nein. Es kribbelt nur so stark in meiner Brust, wenn du mich so nennst", beschwichtigte ich ihn.

„Wenn das so ist ..." Er drehte sich so zu mir, dass er mich beobachten konnte. „Meine Geliebte." Ich merkte, dass mein Gesicht von einem rosigen Hauch überzogen wurde. Er wiederholte erbarmungslos: „Emma, meine Geliebte.", bis ich wieder kicherte, weil ich die Spannung nicht länger ertragen konnte.

Er strahlte glücklich.

Nachdem ich mich wieder beruhigt hatte, bat ich ihn ernst: „Egmont?"

„Ja?"

„Wenn du das nächste Mal etwas von mir wissen möchtest, dann frag mich bitte einfach selbst."

Er dachte kurz darüber nach, bevor er sagte: „Aber ich wollte es gar nicht wissen."

„Warum hast du dann Marada auf mich angesetzt?"

„Ich wusste, dass du es mir nicht sagen willst, aber ich habe gesehen, dass es dich bedrückt. Ich wollte, dass du mit jemandem darüber reden kannst."

Einen Moment war ich sprachlos darüber, wie wichtig ihm mein Wohl war. „Danke, Egmont."

Er grinste verschmitzt: „Aber, wenn du es mit mir besprechen möchtest, werde ich dir gern zuhören!"

Ich lachte: „Das hättest du wohl gern."

„Ja, das hätte ich gern."

„Tja, das hättest du dir vielleicht überlegen sollen, bevor du mich Marada überlässt. Ein oder zwei Tage, länger hätte ich es nicht mehr ausgehalten. Dann wäre ich von allein zu dir gekommen, um zu reden."

„Mpf, gut, beim nächsten Mal werde ich dich schmoren lassen, bis du freiwillig zu mir kommst."

„Soso, das ist dein Plan?"

„Ja.", er klang sehr von sich überzeugt.

Ich fühlte mich leicht und frei und das, trotzdem ich in einigen Tagen heiraten würde. Irgendjemand musste mir dringend den Ablauf erklären. Wen sollte ich danach fragen, wenn nicht meinen zukünftigen Mann? Ich drehte mich wieder zu ihm. Er beobachtete mich aufmerksam. „Egmont?"

„Ja, Emma?"

„Wie läuft die Vermählung ab?", meine Stimme wackelte unsicher.

„Hast du Bedenken?"

„Nein!"

Er schien nicht überzeugt zu sein. „Emma, wenn es dir zu schnell geht ..." Er ließ den Rest ungesagt. Letztlich gab es auch nicht viel dazu zu sagen, wenn es mir zu schnell ging, würde ich diesen Ort verlassen müssen. Und vielleicht würde ich ihn doch noch an Kunella verlieren. Das wollte ich auf keinen Fall. Ich mochte Egmont und ich mochte es, wer ich war, wenn wir zusammen waren. „Nein, Egmont, das ist es wirklich nicht. Nur bei uns läuft eine Trauung sicher ganz anders ab als bei euch. Ich mache mir einfach Gedanken, dass jemand merken könnte, dass ich hier falsch bin."

„Ich verstehe." er überlegte kurz. „Was hältst du davon, wenn ich dir kurz den Ablauf schildere und wenn du Fragen hast, besprechen wir sie?"

Ich nickte erleichtert.

„Zuerst wird Albin dich zur großen Halle führen, wo wir anderen euch schon erwarten. Er wird ein Schwert vor sich hertragen. Bernhard wird uns fragen, ob wir uns vermählen wollen. Dann wird er die Göttin Nerthus anrufen und ihr ein Tier opfern. Bei meiner ersten Hochzeit war es eine Sau. Das Blut wird dann über die Anwesenden gesprengt. Danach übergebe ich dir das Schwert meiner Ahnen und du übergibst mir das Schwert, das Albin dir reicht. Es steht dafür, dass du von da an unter meinem Schutz stehst. Danach reichen wir uns die Ringe, die wir vorab auf die Spitze des Schwertes stecken, das wir jetzt halten. Damit schließen wir einen heiligen Eid. Dann trage ich dich über die Schwelle in die Halle, das soll Unglück verhindern." Er lächelte mich an. „Dann werde ich mein Schwert in den Stützbalken hauen und du wirst mir das Horn reichen, aus dem erst ich, dann du und anschließend alle anderen trinken. Hernach feiern wir."

Bis auf die Schwerter und das Tieropfer kam es mir gar nicht so anders vor. Ich war sogar erstaunt, wie viel Brauchtum sich in meine Zeit gerettet hatte.

„Müssen wir das Tier opfern?", das kam mir irgendwie gemein vor.

„Nein, das müssen wir nicht, warum fragst du?"

„Es erscheint mir ziemlich ungerecht, Glück auf Kosten einer anderen Seele erlangen zu wollen."

Egmont rieb sich das Kinn. „Wir können das Tier auch Nerthus zum Geschenk machen."

„Ich nehme an, dann entgeht uns auch das Besprengen mit Blut, oder?

„Ja. Das würde uns dann entgehen."

„Gut.", ich hatte keine Lust, das Thema weiter zu vertiefen.

„Ich bin neugierig, welche Bräuche es bei euch gibt."

Fragend sah ich ihn an: „Wirklich?"

„Ja, ich möchte alles über dich erfahren."

So erzählte ich ihm von Junggesellenabschieden, ausladenden weißen Kleidern, Spitzenschleiern, von Goldringen, dem Werfen von Reis, davon, etwas Altes, etwas Neues, etwas Blaues und etwas

Geborgtes zu tragen und von dem Gelübde, welches wir leisteten. Das schien ihn am meisten zu faszinieren. Er stellte hier und da interessierte Fragen und staunte, dass man auch in späterer Zeit die Braut noch über die Schwelle trug. Erst als mein Magen vernehmlich knurrte, war die Fragestunde beendet. Wir hatten den ganzen Tag miteinander verbracht. Ich sah ihn an, als wir zum Abendmahl schlenderten. Ich fühlte mich wohl in seiner Gegenwart. Egmont grinste verschwörerisch und ich grinste zurück. Dass er so entspannt damit umging, woher ich kam, hätte ich nicht gedacht. Aber vielleicht war Magie für die Semnonen so alltäglich, dass er es einfach hinnehmen konnte. Wie entspannt ein Leben sein musste, wenn man sich schlicht in das fügte, was einem zuteilwurde.

Es waren noch drei Tage bis zur Hochzeit, als Eduard und Albin endlich zurückkehrten. Sobald ich sie sah, stürzte ich förmlich auf sie zu, so erleichtert war ich. Mir entging dabei völlig, dass ich von drei Personen missbilligend angesehen wurde.

„Hailatju thik, Albin. Hailatju thik, Eduard, habt ihr alles bekommen?"

Die beiden stiegen von ihren Pferden und Albin klopfte auf seine Satteltasche. „Hailatju thik, Emma, ja, das haben wir."

Erst da merkte ich, dass ich vor Spannung den Atem angehalten hatte. Ich stieß ihn erleichtert aus, was Eduard und Albin zum Lachen brachte. „Danke", brachte ich noch heraus, und drehte mich zu Egmonts Haus um, als ich ihn erwischte, wie er mich böse anfunkelte. Na toll, da war ich endlich eine Last los, durfte ich mich sogleich mit der nächsten herumschlagen. Wann würde er verstehen, dass er die wichtigste Person für mich war?, fragte ich mich resigniert und ignorierte geflissentlich das kleine Stimmchen, das mir zuraunte: „Sobald du es ihm sagst! Sobald du ihm sagst, dass du dich in ihn verliebt hast."

„Auf ein Wort", knurrte er und hielt mir die Tür auf.

Ich atmete seufzend aus, als ich in das dämmrige Haus trat. Dann drehte ich mich langsam zu ihm um. Irgendwie hoffte ich, dass ich das Unvermeidliche so noch etwas hinauszögern könnte. ‚Hab Geduld', ermahnte ich mich, er kann nicht wissen, was es bedeutet.

Egmont starrte mich eine ganze Weile nur an, dann ließ er traurig seine Schultern hängen und sagte: „Wenn er es ist, den du willst, dann gebe ich dich frei. Ich weiß nicht, was Treue euch bedeutet. Aber ich kann dich nicht mit ihm teilen." Egmont setzte sich auf die Bettkante.

In dieser Sekunde wünschte ich mir nichts sehnlicher, als dass er tobte und mich anschrie. Alles wäre besser gewesen als seine Resignation und Trauer. Er war ehrlich verletzt. Überraschung hin oder her, ich musste es ihm erzählen.

Ich kniete mich vor ihn und nahm seine Hände in meine. Sie waren eisig. „Egmont, so ist das nicht. Ich hatte Albin gebeten, meinen Schmuck zu verkaufen, ein Schwert und einen Ring zu erwerben, die deiner würdig sind. Ich hatte solche Angst, dass er nicht rechtzeitig zurück sein würde." Ich schüttelte meinen Kopf. „Als ich Albin und Eduard heute gesehen habe, war ich einfach so froh, dass sie es rechtzeitig geschafft hatten. Bitte verzeih, ich habe nicht daran gedacht, wie das auf dich wirken würde." Ich sah zu ihm hoch. „Treue ist mir so wichtig, dass auch ich gehen würde, wenn du einer anderen Frau beiwohnen würdest."

„Ich möchte dir Treue geloben, wie du es dir wünschst", sagte er ergriffen.

„Darf ich mir noch etwas von dir wünschen?"

Er nickte.

„Bitte vertrau mir. Ich werde dich nicht betrügen."

„Wie kannst du dir da so sicher sein?"

Ich machte mir Mut, indem ich mich ermahnte: ‚Sei kein Frosch! Sei kein Frosch!' Laut jedoch sagte ich: „Egmont, ich habe mich in dich verliebt."

Er half mir auf die Füße und setzte mich seitlich auf seinen Schoß. Er schluckte schwer, bevor er erwiderte: „Das, Emma, ist das schönste Hochzeitsgeschenk, das du mir machen konntest."

„Was auch geschieht, schwöre mir, dass du nicht wieder glaubst, dass ich dir das jemals antun würde."

„Ich schwöre, dass ich niemals wieder an deiner unverbrüchlichen Treue zu mir zweifeln werde."

Ich dachte daran, wie die Untreue eines anderen Mannes mich beinahe mein Leben gekostet hatte.

„Emma? Was ist mit dir?"

„Ich habe gerade an einen Mann gedacht, der seine Treue zu mir gebrochen hat."

„Möchtest du es mit mir teilen?"

Ich nickte und erzählte ihm von Peter. Dass ich gedacht hatte, er würde mich so lieben wie ich ihn. Wie sehr es mich verletzt hatte, ihn mit einer anderen Frau zu sehen und wie er versucht hatte, mir das Leben zu nehmen, nachdem ich ihn mit meiner Entdeckung konfrontierte.

„Was für ein Ungeheuer!", wütend sah Egmont durch mich hindurch. „Am liebsten würde ich ihn in Stücke hacken und dir seinen Kopf übergeben. Sein Glück, dass ich nicht weiß, wie ich zu ihm gelangen soll."

„Danke, Egmont." Ich wollte nicht, dass Egmont jemanden tötete, aber dass er es für mich tun würde, um mich zu beschützen, zeigte mir, wie wichtig ich ihm war.

Mir traten Tränen in die Augen, als mir bewusst wurde, wie knapp ich mit dem Leben davon gekommen war. Egmont wiegte mich sacht hin und her, bis ich mich halbwegs gefangen hatte.

„Emma, du bist mein Leben", seufzte er in mein Haar.

14.

$\mathcal{B}$s zu meinem Hochzeitstag machte ich einen so großen Bogen um Albin, dass man es selbst mit viel gutem Willen nur noch als unhöflich bezeichnen konnte. Ich wollte Egmont zeigen, dass es mir ernst mit ihm war. Auch wenn er mich nicht darum gebeten hatte. Ich fand es richtig, ihm die Sicherheit zu geben, die er brauchte und ich nahm an, dass auch er verstand, wie wichtig mir seine Treue war. Doch als ich am Trauungsmorgen aufwachte, war von Egmont nichts zu sehen. Ich starrte verwirrt an die Deckenbalken. Dann stand ich auf, um zum Frühmahl zu gehen. Ich war den Mägden und Knechten sehr dankbar, dass sie die ganze schwere Arbeit verrichteten. Bernhard musste sehr wohlhabend sein, dass er und seine Familie nicht auf den Feldern ackern mussten. Ich machte mir diesbezüglich keinerlei Illusionen, dass es körperliche Schwerstarbeit war, konnte man den Knechten und Mägden an den grauen Falten im Gesicht und an den Händen ablesen.

Es gab den obligatorischen Getreidebrei. Ich hatte keinen Hunger. Eigentlich war ich nur gekommen, weil ich hoffte, Egmont zu sehen. Enttäuscht rührte ich in meiner Schüssel herum.

Nachdem ich es aufgegeben hatte und die Halle verließ, sah ich ihn mit einer sehr schönen, jungen Frau, die ich noch nie gesehen hatte, ins Dorf schlendern. Das versetzte mir einen Stich.

„Hattest du wirklich gedacht, dass Egmont sich mit dir farblosem Geschöpf zufriedengibt?" Kunella stand nur einen Schritt von mir entfernt.

Ich konnte fühlen, wie schwer es mich traf, dass sie richtig liegen könnte. Dennoch sagte ich so beherrscht wie möglich: „Sicher gibt es eine plausible Erklärung dafür."

Kunella lachte: „Oh ja, ich bin sicher, dass es die gibt." Sie betonte es so, dass ich genau wusste, dass sie es doppeldeutig meinte. Am liebsten hätte ich ihr die grünen Augen ausgekratzt. Doch die Frau hakte sich just bei Egmont unter und es sah einfach zu vertraut aus, als dass es sich um irgendeinen seltenen Gast handeln konnte.

„Mir gehört er vielleicht nicht, aber sicher ist er auch nicht dein." Kunella lachte so schadenfroh, dass sich meine Eingeweide schmerzhaft verkrampften.

Egmont und die Frau bekamen nichts von alledem mit. Sie unterhielten sich angeregt und hatten keinen Blick für ihr Umfeld übrig.

Es widerte mich an, dass ausgerechnet Kunella Zeuge meiner Verzweiflung wurde. Bemüht brachte ich hervor: „Du entschuldigst, ich muss mich auf meine Hochzeit vorbereiten."

„Jaja, sicher", sagte sie gönnerhaft.

Ich sah nochmals zu Egmont und der Frau, die gerade lauthals über etwas lachte, was Egmont ihr gesagt hatte. Er sah mich direkt an. Aber ich wollte nicht von ihm zum Narren gehalten werden und floh überreizt in sein Haus. Ich hasste es, dass ich keinen eigenen Ort hatte, um mich zu verstecken.

„Emma." Marada fuhr erschrocken auf, als ich hineinstürmte. Ich schmeckte bittere Galle auf meiner Zunge.

„Egmont … ich … bitte lass ihn nicht herein", stammelte ich zusammenhangslos.

„Aber, das ist sein Haus, Liebes. Ich kann ihm den Zutritt nicht verwehren."

„Sag ihm ...", ich dachte fieberhaft nach. „Sag ihm, dass es Unglück bringt, die Braut vor der Vermählung zu sehen."

Der Zuber stand gefüllt in der Mitte des Raumes. Ich entledigte mich meiner Kleidung und stieg gerade hinein, als die Tür von außen geöffnet wurde. Das Wasser kniff mir fest in meine Haut, so heiß war es. Ich setzte mich trotzdem hinein. Die Stellen, die das Wasser berührten, färbten sich sofort krebsrot.

„Ich kann dich nicht hineinlassen", hörte ich Marada an der Tür sagen.

„Warum nicht?", hinterfragte Egmont irritiert Maradas Aussage, doch es klang, als würde er an ihrem Verstand zweifeln.

„Emma sagt, dass es Unglück bringt.", fügte sie bestimmt an.

„Nun gut", brummte Egmont unzufrieden. „Gibst du mir meine Sachen? Sie liegen auf dem Lager."

Marada ging hinüber und holte das Gewünschte für ihn.

Als sie wieder an die Tür kam, fragte er leise: „Marada, geht es ihr gut?"

Marada sah über ihre Schulter, um mich zu betrachten, seufzte und sagte dann: „Ich weiß es nicht, mein Sohn."

„Wird sie zur Vermählung erschcinen?"

„Was hast du mit ihr gemacht?", verlangte Marada zu wissen.

„Ich glaube, ich habe sie verletzt."

„Egmont", schockiert griff sich Marada an die Brust.

„Nicht so", beschwichtigte Egmont sie. „Sie hat mich und Minna gesehen."

„Wie konntest du ihr das antun?" Sie schüttelte traurig ihren Kopf. „Geh jetzt."

Kunella hatte es gewusst. Ich hatte gedacht, sie wollte mich nur verletzen. Das kam davon, wenn man sentimental wurde. Er wird mir helfen, hier aufgenommen zu werden. Darum heirate ich ihn. Zornig darüber, dass ich auf ihn hereingefallen war, schlug ich mit der flachen Hand auf das Wasser.

Marada berührte mich an der Schulter. „Soll ich dir die Haare waschen?", fragte sie. Ich hatte gar nicht mitbekommen, dass sie die Tür geschlossen hatte.

Ich hielt ihr meine Haarwäsche hin. Dass das unklug sein könnte, war mir im Moment egal. Marada sah ratlos darauf hinunter, daher schraubte ich sie auf und wusch mein Haare selbst. Mir war nicht nach reden zumute. Ich würde ihn heiraten und ich würde die schönste Braut sein, die er je zu Gesicht bekommen hatte und ich würde heute nett zu Albin sein.

Ich wusste, dass ich trotzig reagierte.

Aber ich schob die warnende Stimme beiseite.

Ich rubbelte meine Haare so gut es ging trocken, dann holte ich mein Make-up aus dem Rucksack. Ich sah in den kleinen Spiegel, der an meinem Lidschatten befestigt war, und machte etwas, das ich eigentlich als unehrlich empfand. Ich malte mir eine Maske. Grundierung, Make-up und Lidschatten trug ich auf. Ich zog sogar meine Augenbrauen nach. Dann tuschte ich meine Wimpern, legte Lippenstift auf und wählte ein leichtes Rouge für meine Wangen. Ich würde umwerfend aussehen. Wie gut, dass in meiner Zeit der Nude-Look gerade modern war, dachte ich, als ich mein Werk begutachtete. Ich erkannte mich kaum in der makellos eleganten Frau wieder, die mir aus dem Spiegel entgegenblickte. Es war eine Maske und sie würde mich auf Distanz halten. Mein Haar steckte ich hoch. Dann schob ich die Ohrringe in meine Ohren. Die Spinelle leuchteten meine Halslinie warm an. Ich zog einen zarten rosafarbenen Viskoseschal aus meinem Rucksack. Er war von Spitze umsäumt. Vermutlich war er feiner als alles, was sie je gesehen hatten.

Doch als Schleier schien er mir passend.

Ich zog mir eine hellblaue Tunika und eine weiße Hose über und sah zum ersten Mal, seit ich aus der Wanne gestiegen war, in Maradas aschfahles Gesicht.

„Weiß er es?"

Ich brauchte nicht zu fragen, wen oder was sie meinte. „Er weiß alles, was er wissen muss", beschied ich ihr.

„Ja, natürlich." Sie sah mich noch immer vorsichtig an.

„Marada, ich werde dir nichts tun. Ich verspreche es."

„Ich wusste, dass du anders bist." Sie sah ver-schüchtert aus.

Ich rang mir ein Lächeln für die alte Dame ab.

Doch bevor ich mehr erzählen konnte, klopfte es. Ein Teil von mir hoffte, dass es Egmont war. Aber im Grunde meines Herzens wusste ich, dass er mir die Wahl ließ. Mich zu drängen, passte nicht zu ihm.

„Seid ihr so weit?" Albins Stimme wurde durch das Holz gedämpft.

„Gleich", rief Marada. Dann brachte sie mir einen feinen Leinenschlauch. Ich stieg hinein und sie befestigte ihn mit bronzenen Fibeln über mei-nen Schultern. Um meine Taille legte sie eine Lederkordel und band sie vorn zusammen.

„Danke, Marada." Ich wusste, dass sie die gan-zen drei Wochen an dem Kleid gearbeitet hatte. Das naturbelassene Leinen schimmerte leicht bei jeder Bewegung. Ich zog meine Schuhe an. Anschließend nahm ich das Tuch und befestigte die Mitte mit Haarklammern an meinem Scheitel.

In meinem Magen rumorte die Unsicherheit und ich versuchte, mich mit tiefen Atemzügen zu beru-higen.

„Alles ist, wie es sein soll." Sie sah mich wohl-wollend an. „Du bist wunderschön, Liebes."

„Ich danke dir, Marada."

Wir schauten uns noch einmal fest an, dann nickte sie mir zu und öffnete die Tür.

Dass Albin mich sprachlos anstarrte, bestätigte Maradas Worte. Ich war so verändert, wie ich gehofft hatte.

„Ich glaube, du gehst voran?", fragte ich ihn.

„Möchtest du dir ansehen, was ich für Egmont erworben habe?"

Er hatte so viel kostbare Zeit für mich geopfert, ich konnte es ihm nicht abschlagen, auch wenn ich mir inzwischen wünschte, ich hätte irgendein Schwert und Ring genommen. Ich nickte ihm auffordernd zu.

Ich staunte, als er ein Knollenknaufschwert aus der Scheide zog. Sie waren die ersten Schwerter aus Damaszenerstahl und wurden von den Kelten hergestellt. Ich berührte ehrfürchtig die vier Kugeln am Ende des Griffs und fuhr dann bewundernd an der flachen Seite über die rautenförmige, zweischneidige Klinge. Sie war wie Damast gemasert und das Licht tanzte in Wellen darüber. Als ich an der abgeschrägten Spitze angelangt war, sah ich Albin an und fragte: „Wird es nicht nur von Kelten hergestellt? Wo habt ihr es her?"

„Ja, aber wir konnten in Köln eines erstehen."

Sie waren für mich bis nach Köln geritten? Ich war sehr froh, Albin an meiner Seite zu haben. Er hatte mehr für mich auf sich genommen, als es irgendjemand von meiner Ursprungsfamilie je getan hatte. Ich blinzelte meine Tränen weg, bevor ich: „Danke, Albin." sagte. Es klang sogar in meinen eigenen Ohren gefährlich nasal.

„Die anderen warten bereits.", erinnerte Marada uns.

Ich sah auf Albins Rücken, der vor mir auf die Menschentraube zuging. Es waren viel mehr, als in diesem Ort wohnen konnten. Offenbar hatte Bernhard die Bewohner aller umliegenden Gehöfte ebenfalls geladen. Mir war dieser Rummel zu aufregend. Ich hielt mich gerade wie ein Stock und sah niemanden an. Als Bernhard mich fragte, ob ich bereit sei, mich mit diesem Mann zu vermählen, hätte dort Frankenstein persönlich stehen können, es wäre mir nicht aufgefallen. Ich sah kurz zu Bernhard und bejahte seine Frage. Ansonsten rauschte die Zeremonie an mir vorbei. Sogar, dass ich den Ring vom Schwert nahm und mir ansteckte, bekam ich nur am Rande mit.

Ich stutzte, als ich mit meiner Ringhand Egmonts Schwert ergriff und er seine besitzergreifend darüber legte. Er sprach klar und deutlich seinen Eid: „Emma, deiner Achtung will ich mich jeden Tag wieder als würdig erweisen. Wenn du im Sturm des Lebens wankst, werde ich da sein, dich zu stützen und zu schützen. Ich werde dich auf Händen tragen, wie ich dich heute in meinem Herzen trage. Ich weiß, du bist Nerthus' Gabe an mich. Du bist ihr Segen. Emma, ich schwöre, dich zu lieben und zu ehren, in guten wie in schlechten Zeiten, in Reichtum und Armut, in Krankheit und Gesundheit, für alle Zeit."

Ich muss zugeben, dass mich das nicht kalt ließ. Er klang sehr ernst und feierlich. Daher gab ich mir Mühe, mein Versprechen ebenso fest zurückzugeben. Ich sah auf unsere Hände und sagte: „Egmont, wenn Sorgen dich bedrücken, will ich dich zum Lachen bringen. Was ich habe, will ich stets frohen Herzens mit dir teilen. Ich werde mich jeden Tag aufs Neue deines Vertrauens als würdig erweisen und deine Treue zu mir wird meiner Treue Leitstern sein." Er drückte warnend meine Hand. Er hatte verstanden. Das war gut, dachte ich und beendete meinen Eid: „Egmont, ich schwöre, dich zu lieben und zu ehren, in guten wie in schlechten Zeiten, in Reichtum und Armut, in Krankheit und Gesundheit, für alle Zeit."

Dann drückte mir jemand ein Met-Horn in die Hand. Es roch nach goldenem Honig. Ich straffte meine Schultern und schob mein Kinn nach vorn. So gewappnet sah ich ihm ins Gesicht und hielt es ihm hin. Sein Mund war zu einem Lächeln verzogen, doch es erreichte seine Augen nicht. Er trank einen großen Schluck daraus und gab mir das Horn zurück. Ich nippte an dem Trank, weil ich die Umstehenden nicht vor den Kopf stoßen wollte. Ich fand Met nach wie vor eklig. Dann reichte ich ihn an Bernhard zurück. Er goss den Rest vor dem Altar aus. Als Egmont mich zur großen Halle führte, wurden wir mit Getreidekörnern beworfen. Vor der Schwelle hob er mich auf die Arme und, bevor ich auch nur einen erschrockenen Laut von mir geben konnte, stand ich schon wieder auf den Füßen. Die Leute um uns johlten und gratulierten uns. Ihre Freudenrufe erschallten bei jedem weiteren Meilenstein. Überhaupt ging es an diesem Tag noch lauter zu als sonst. Gegen Abend begann ein Gast, auf einer Leier zu spielen und dazu zu singen. Es gab Brot, Käse, Quark, Butter, Kuchen, Sahne, Rind und in Lehm gebackene Wachteln. Dazu flossen Met und Bier in Strömen. Ich probierte neugierig eine Wachtel und war überrascht, wie zart ihr Fleisch war. Der Lehm schien das zu sein, was Alufolie in meiner Zeit war, dachte ich. Doch ich sah mir die Menschen um mich herum an, das hier ist jetzt meine Zeit. Ich gehörte hierher. Ich staunte, wie wichtig sie mir geworden waren.

Mit fortschreitender Zeit wurden die Lieder zotiger und irgendwann waren sie so anzüglich, dass mir schon das Zuhören die Röte ins Gesicht trieb. Als Egmont sich zu mir beugte und mir ins Ohr flüsterte, dass es Zeit wäre zu gehen, wusste ich, was ihm vorschwebte. Gwendolin und Landogar winkten uns beim Hinausgehen zu. Sie würden diese Nacht wieder in Bernhards Haus schlafen. Wir winkten zurück. Selbst als wir schon in die kalte Nacht traten, riefen die Männer Egmont Vorschläge für unsere Hochzeitsnacht hinterher. Einer war verdorbener als der andere. Er schüttelte lachend seinen Kopf. Erst jetzt bemerkte ich, dass er heute eine andere Frisur trug. Er hatte sein Haar seitlich am Kopf zu einem Knoten gebunden. Ich fragte mich unbewusst, ob das der berühmte Suebenknoten war. Egmonts muskulöse Figur wurde vom Mond angeleuchtet. Doch anders als Albin sah er nicht kompakt aus. Er hatte mehr von einer Katze. Geschmeidig glitt er neben mir durch die Vollmondnacht.

Wir waren innerhalb von zwei Minuten an seinem Haus angelangt.

Ohne Vorwarnung hob er mich erneut hoch und trug mich auch über diese Schwelle. Ich könnte schwören, dass er dabei: „Sicher ist sicher" murmelte. Nachdem er mich abgesetzt hatte, schloss er betont langsam die Tür.

Ich schluckte. Ich war immer noch wütend. Er wandte sich mir zu, wie sich ein Jäger seiner Beute zuwendet. Er fixierte mich mit seinen Augen.

„Wenn du mich anrührst, zeige ich dir, wie gut sich farblose magere Weiber wehren können."

Er stutzte. „Bei Nerthus, wirst du mir jetzt endlich sagen, was ich falsch gemacht habe oder soll ich Marada holen, dass sie es aus dir herausbringt?"

Daran zu denken, wie unbeschwert und offen er mit Minna angebändelt hatte, tat mir noch immer weh. „Du und Minna, das hast du falsch gemacht."

„Aber ...", er hielt inne und seine Augen verengten sich zu schmalen Schlitzen. „Wer hat dir davon erzählt?"

„Ach, es gibt etwas zu erzählen?"

Er stutzte über meine Spitzfindigkeit. „Das willst du gar nicht wissen", befand er.

„Oh doch, das möchte ich. Ich möchte alles über dich wissen. Vor allem das, was du am liebsten vor mir geheim halten willst."

„Emma.", er seufzte resigniert, dann setzte er sich auf die Kante des mittleren Lagers. „Komm." Er streckte seine Hand nach mir aus.

Zögerlich ging ich auf ihn zu, setzte mich neben ihn und wartete auf seine Erklärung.

„Ich will es dir sagen, wenn du dich dann sicherer fühlst." Ich spürte, wie sein Atem warm über mein Haar strich. Ich wollte mich so gern an ihn lehnen. Die Wut hatte mich erschöpft und mit einer Maske herumzulaufen, damit die anderen nichts davon merkten, war sehr ermüdend gewesen. Aber erst wollte ich hören, was er mir zu Minna sagen würde.

Als Egmont begann, schwang tiefes Bedauern in seiner Stimme. „Minna ist Bertruns Schwester. Wir haben uns heute Morgen an Bertruns Grab getroffen. Ich wollte Bertrun und sie um ihren Segen für unsere Hochzeit bitten."

„Willst du mir damit sagen, dass du mich ohne ihren Segen hättest vor dem Altar stehen lassen?" Mein Magen vollführte einen ruckartigen Salto.

„Nein, Emma. Ich hatte dir die Ehe versprochen, ich hätte mich unter allen Umständen mit dir vermählt."

„Warum dann das Ganze?"

„Ich brauchte einen sauberen Schnitt. Eine Trennung." Egmont rang nach Worten. „Ich wollte frei sein für dich, für uns."

„Oh, Egmont."

„Außerdem hat sie mir mit meinem Gelübde geholfen."

„Steht ihr euch so nah?"

„Emma, nachdem Bertrun gestorben war, haben wir uns oft am Grab getroffen. Wir haben uns gegenseitig geholfen, den Verlust zu überwinden, so gut es ging."

„Das ist ein Ja, oder?"

„Emma, meine Liebe, du hast dir doch auch von Albin helfen lassen."

Ich fand, dass das etwas ganz anderes war. Dennoch widersprach ich nicht.

„Danke für das Schwert. Ich weiß, dass es seinesgleichen sucht. So wie du."

Ich sah ihm jetzt endlich in die Augen. „Und wie du. Deshalb habe ich Albin gebeten, ein besonderes Schwert für dich zu schmieden. Aber er fand es besser, eines zu erwerben."

„Es muss ihn ein Vermögen gekostet haben."

„Nein, das glaube ich nicht."

„Aber so ein Schwert ist sehr kostspielig."

„Sicher."

„Ich muss ihm das Geld zurückzahlen."

„Egmont, Albin hat das Schwert nicht bezahlt."

„Wer dann?"

„Das war ich."

„Aber wovon, du hast kein römisches Geld, oder?" Auf seiner Stirn stand eine steile Falte.

„Nein, ich hatte ihm doch meinen Schmuck dafür gegeben."

„Das muss eine ganze Menge Schmuck gewesen sein."

„Bis auf den Ring und die Ohrringe war es alles, was ich an Schmuck besaß."

„Das hättest du nicht tun sollen."

„Warum nicht? Der Schmuck war mir nicht so wichtig wie dir Ehre zu machen."

„Aber, warum?"

„Weil ich dich liebe und ich wollte, dass es alle wissen. Darum."

Er brauchte einen Moment, bis er seine Stimme wiederfand und auch danach zitterte sie vor Rührung. „Danke, meine Geliebte", sagte er sanft. Egmont legte sanft seine Hand in meinen Nacken.

Dann beugte er sich zu mir hinunter und küsste mich. Er nahm sich Zeit, in meine Lippen zu sinken und ein genießerisches Brummen entrang sich seiner Brust. Ich schloss meine Augen und nahm mit allen Sinnen seine Gegenwart in mir auf.

Nachdem er sich langsam gelöst hatte, legte er seine Wange an meine und flüsterte heiser: „Darf ich dir dein Kleid ausziehen?"

„Ja, Egmont", flüsterte ich und mit diesem Einverständnis leiteten wir die schönste Nacht meines bisherigen Daseins ein.

15.

Am folgenden Tag erwachte ich in Egmonts Armen. Er sah lächelnd auf mich hinunter: „Hailatju thik, Liuba mina", flüsterte er heiser.

„Hailatju thik, Egmont." Ich räkelte mich wohlig.

„Hast du gut geschlafen?", fragte er und grinste mich an.

„Ja, und du, bist du gut ...?" Ich machte eine ausgedehnte Pause.

„Bin ich was?", fragte er leicht verunsichert.

„Ausgeruht?", ich machte unschuldig große Augen.

Egmont lachte leise: „Nun ja, es geht."

„Wieso, hast du nicht gut geschlafen?" Ich klang so ernst, wie ich es fertigbrachte.

„Das nun nicht gerade." Er sah verträumt aus, als er an unsere letzte Nacht dachte.

„Na, das ist ja nicht so schlimm."

„Ach, nicht?"

„Es wäre wohl eine erbärmliche Hochzeitsnacht gewesen, wenn der Bräutigam nicht mit tiefen Augenringen das Frühstück holen ginge."

„Aha, du hast also Hunger und ich soll uns Essen beschaffen, ja?"

„Ja."

„Ich hatte gedacht, dass ich von jetzt an bedient werde." Seine Augen funkelten belustigt.

„Damit bin ich durchaus einverstanden, aber nicht heute."

„Wieso nicht heute?"

„Das ist doch völlig klar. Die Frau sollte sich einfach nicht mit Augenringen blicken lassen, wenn sie es vermeiden kann."

Er schnaubte halb empört, halb belustigt: „Nun gut, mein holdes Weib, heute Morgen sollst du deinen Willen haben, aber gewöhn' dich nicht zu sehr daran." Egmont küsste mich auf die Stirn. Dann erhob er sich und warf sich seine Sachen über, betrachtete mich kopfschüttelnd und lief anschließend aus der Tür.

Ich sah an die Decke und schaute jedoch direkt hindurch, während ich den gestrigen Tag nochmals vor meinem geistigen Auge ablaufen ließ. Ich war gerade mitten in der Hochzeitszeremonie, als Egmont hereingestürmt kam.

Seine Augen schossen gehetzt zu mir herüber: „Wir müssen sofort alles vernichten, was du mitgebracht hast."

„Was?" Ich sprang förmlich aus meinem Bett, als er schon meine Sachen vom vergangenen Tag ins Feuer warf. Meine Polyesterhose schmolz zunächst zu fadenziehenden Tropfen, nur um gleich darauf in einer hellen, stark rußenden Flamme aufzugehen.

„Egmont, was soll das?"

Er antwortete mir nicht. Stattdessen blickte er sich suchend im Raum um. Ich wusste, wonach er suchte, bevor er fündig wurde und stürzte nach vorn, zwischen ihn und meinen Rucksack.

„Geh beiseite", stieß er atemlos aus. „Sie werden dich mitnehmen, wenn sie irgendetwas davon finden.

„Okay", ich hob beschwichtigend meine Arme, „lass mich nur herausnehmen, was ungefährlich ist, ja?"

Es war der erste Moment, in dem er mich wahrnahm. „Gut, aber mach schnell", stieß er gepresst hervor.

Während ich meinen Rucksack auf dem Lager auskippte, fragte ich mich, wovor er so schreckliche Angst hatte. Ich gab ihm den leeren Rucksack, den er sofort in die Flammen warf. Meine komplette Garderobe, immerhin noch zwei Hosen und zwei Tuniken folgten im hohen Bogen ihren Vorgängern. Inzwischen hingen dunkle Rauchschwaden im Haus und ich wusste, dass sie auch nach draußen zogen. Ich gab Egmont Müsliriegel, Geldscheine und mein Portemonnaie.

Mein altes 'Lexikon der Antike', das mir meine Großeltern zum Studienbeginn gekauft hatten, musste Egmont mir gewaltsam aus meinen verkrampften Fingern lösen. Ich schluchzte auf, als es ihm gelang, weil es das Einzige war, das mich noch an sie erinnerte.

„Es muss sein, Liuba mina", sagte Egmont beschwichtigend.

Das Letzte, was ich jetzt noch besaß, waren fünf Gold- und zehn Silbermünzen.

Als er das Buch gerade in die Flammen warf, ertönte eine schrille Frauenstimme von der Tür.

Merlinde war so außer sich, dass sie förmlich schrie: „Also ist es wahr. Kunella hatte die ganze Zeit recht."

Ich war nach wie vor nackt und griff nach meinem Hochzeitskleid. Während ich hineinstieg, ging Egmont langsam auf Merlinde zu.

„Es ist nicht, wie du denkst", sagte er.

Sie zeigte anklagend mit dem Finger auf mich: „Sie ist eine böse Hexe, die Schadenszauber wirkt." Sie atmete japsend.

„Merlinde, bitte reg dich nicht so auf, das ist nicht gut für dein Kind." Dass ich das nicht hätte sagen sollen, sah ich an ihren Gesichtern. Ich machte mir so furchtbare Sorgen um sie, dass ich nicht daran dachte, wie das wirken könnte. Egmont fuhr wie angestochen zu mir herum und Merlinde erbleichte.

„Kunella hat mich gewarnt, dass du mein Kind verflucht hättest. Ich habe ihr nicht glauben wollen. Aber jetzt ...", weiter kam sie nicht. Stattdessen fasste sie sich mit schmerzverzerrtem Gesicht an ihren Bauch. Ich rannte auf sie zu, um sie zu stützen, aber sie kreischte panisch: „Weiche von mir, du Ausgeburt Helheims."

Ich sah ein, dass ich ihr so nicht helfen konnte, und wandte mich stattdessen an Egmont: „Du musst Marada holen, schnell."

Als er losgerannt war, versuchte ich leise auf sie einzureden, aber sie schien mich nicht zu hören. Sie sank auf die Knie und ich sah, wie sich ihr Kleid schnell mit Blut tränkte. Da wusste ich, dass sie das kaum überleben konnte.

Selbst in meiner Zeit starben Frauen an Fehlgeburten. Wer sollte sie in dieser Zeit, in dieser Wildnis retten? Wenn Marada nicht irgendeinen unglaublich guten Zauber kannte, sah ich Merlinde heute vermutlich zum letzten Mal. All das schoss mir durch den Kopf, während ich auf Hilfe wartete. Als Merlinde zur Seite kippte, sprang ich vor und fing ihren Kopf auf. Sanft bettete ich sie in meinem Schoß. Sie wimmerte leise und so schmerzerfüllt, dass mir Tränen des Mitgefühls über die Wangen liefen.

So fanden sie uns, als sie nach gefühlten Stunden endlich kamen. Egmont, Marada und hinter ihnen ein kreidebleicher Eduard.

„Geh weg von ihr", herrschte er mich in seiner Verzweiflung an.

Ich stand so schnell auf, wie es ging, ohne Merlinde wehzutun. Ihren Kopf legte ich in Eduards Hände. Er zischte: „Verschwinde!"

Ich sah Egmont verzweifelt an, in der Hoffnung, dass er etwas anderes sagen würde. Doch den Gefallen tat er mir nicht. Stattdessen sagte er: „Geh!", und zog mir damit den Boden unter meinen Füßen weg. War das der Mann, der noch kurze Zeit vorher liebevoll mit mir gescherzt hatte?

Ich wusste es nicht. Ich rannte im Leinenkleid und ohne Schuhe in die kalte Winterluft. Der hart gefrorene Schlamm stach mir in die Fußsohlen. Mein blutgetränkter Kleidersaum schlug mir kalt um die Waden. Doch in meiner Sorge und Angst um Merlinde merkte ich es kaum. Ich rannte aus dem Dorf. An der Koppel hielt ich an und ließ mich am Waldrand auf den Boden sinken. Ich schrie, ich weinte, ich tobte und ich betete um das Leben meiner Freundin und doch wusste ich, dass es sinnlos war. Sie hatte so viel Blut verloren. Nach einer Weile des sinnlosen Widerstandes gegen das Schicksal wurde mir schlecht und mein Kopf schmerzte höllisch.

Es dauerte nicht lang, da bekam ich Besuch. Es war der große Hund, der mich schon beim letzten Mal gefunden hatte. Er legte sich neben mich und kroch so nah an mich heran, dass ich Mühe hatte, mein Gleichgewicht zu halten. Nachdem er ausgiebig meine Hände beschnüffeln durfte, gestattete er es mir, ihm den Kopf zu kraulen. Er war schön warm. Ich legte meinen Kopf auf seinen Hals. Seine Gegenwart beruhigte mich.

„Ich weiß gar nicht, wie du heißt", flüsterte ich ihm ins Ohr. „Oder zu wem du gehörst."

Mein Gehirn stellte fest, dass ich meine Hände und Füße nicht mehr spürte. Meine Arme liefen blau an. Es war ein bisschen, als wäre ich zu lange im kalten Wasser geblieben. Bestimmt wurden meine Lippen schon blau. Ich wusste nicht, wohin ich gehen sollte. Aus meinem zu Hause war ich unsanft hinausgeworfen worden. Marada hielt sich ebenfalls dort auf, also konnte ich auch nicht zu ihr. Ich wusste, dass es wichtig wäre, ins Warme zu gehen. Doch ohne Egmont gab es keinen warmen Herd, zu dem ich hier gehörte. Ich tat mir nicht leid. Gestern hatte ich mich zum ersten Mal in meinem Leben wahrhaftig geliebt gefühlt. Was konnte man mehr vom Leben erwarten? Ich war mir unschlüssig, ob ich aufstehen oder ein wenig schlafen sollte. Doch je länger ich darüber nachdachte, umso sicherer wurde ich, dass schlafen die bessere Option war. Ich argumentierte, dass meine Beine mich sowieso nirgendwohin tragen würden, dass es sinnlos sei, an einen Ort zu gehen, wo einen keiner haben wollte, dass mein neuer bester Freund neben mir mich schon wärmen würde und, letztlich etwas trotzig, dass mich hier ohnehin niemand vermissen wird. Vielleicht war schlafen keine ganz so gute Idee, aber für mich fand ich den akzeptablen Kompromiss, nur ein bisschen die Augen zu schließen und mich auszuruhen. Ich wollte nicht schlafen.

„Bei allen Göttern, Emma, was tust du hier draußen?"

Egmonts Hand verbrannte förmlich meine Schulter. Ich versuchte, ihn wegzuschieben. „Lass mich schlafen", nörgelte ich erschöpft..

„Das werde ich ganz sicher nicht tun." Egmont machte Anstalten mich hochzuheben, aber ich schlug wie wild um mich und fiel unsanft auf mein Hinterteil.

Als meine eiskalte Haut auf den Boden traf, zwiebelte es. „Au", stieß ich empört hervor.

„Du bist störrisch wie ein Maulesel. Ich hätte nicht übel Lust, dich hier erfrieren zu lassen."

„Tu's doch", erwiderte ich bockig. Was kümmerte es ihn überhaupt?

„Das könnte dir so passen. Aber eins sage ich dir. Ich habe eine Frau verloren, ich werde alles in meiner Macht stehende tun, dass das nicht noch einmal geschieht."

„Was kümmert es dich?"

„Was es mich kümmert?", er schaute fassungslos drein. „Was meinst du denn bitte damit?"

„Du hast mich weggeschickt, was soll das Theater?" Ich saß nach wie vor auf meinem schmerzenden Hintern. Das hinderte mich aber keineswegs daran, ihn zornig anzustarren.

„Du fragst mich was das Theater ...", er sprach es aus, als ob es etwas Anrüchiges wäre, und wurde mit jedem folgenden Wort ungläubiger. „... das Theater? Soll?"

„Ja."

„Ich habe keinen Schimmer, was das heißt, aber es scheint nichts Nettes zu sein."

Wenn er diese Redewendung nicht verstand, würde er mit 'einen Affen machen' oder 'sich echauffieren' wahrscheinlich auch nichts anfangen können, dachte ich und kramte nach etwas Altertümlicherem.

„Egmont, worüber regst du dich so auf?", versuchte ich es noch mal „Du hast gesagt, ich solle gehen!"

„Ja, aber doch nicht weg, nur aus dem Haus."

„Das einzige Haus in eurem Dorf, in das ich vielleicht ein bisschen gehören könnte, ist deines. Was bitte glaubst du, wohin ich gehe, wenn du mich hinauswirfst?"

Er hockte sich zu mir hinunter: „Emma, ich wollte dich doch nur beschützen."

„Indem du mich aufforderst zu gehen? Im Winter, im Leinenkleid?"

„Ich dachte, du gehst in die große Halle", sagte er matt.

„Egmont, ich bin voller Blut."

„Hast du dich verletzt?"

Ich schnaubte verzweifelt: „Es ist Merlindes Blut."

Sein Blick wurde stumpf, als ich ihren Namen sagte, doch ich konnte nicht anders, ich musste einfach fragen: „Wie geht es ihr?"

„Sie ist tot." Er sagte es nüchtern, aber ich sah, wie das alte Misstrauen wieder in ihm aufglomm, ich wusste, was er wissen wollte, bevor er fragte: „Woher wusstest du es?"

Ich schüttelte unwillig meinen Kopf, weil ich mit seinen Worten meinen letzten Hoffnungsfunken begraben musste. Ich hätte nicht geglaubt, dass ich noch Tränen in mir hatte, aber sie flossen schon wieder. Ich musste mich erst sammeln, bevor ich einen Ton herausbrachte. Dann erklärte ich: „Ich wusste es nicht. Ich habe es allenfalls geahnt.

Selbst in meiner Zeit ist eine Fehlgeburt eine gefährliche Sache und auch bei der Geburt stirbt noch immer jede tausendste Frau. Besonders, wenn man die Blutung nicht stoppen kann." ich zuckte hilflos mit meinen Schultern. Er verstand auch so.

„Eduard ist halb wahnsinnig vor Schmerzen über den Verlust seiner Frau."

„Es tut mir so leid für ihn. Sie war so ein gütige Seele."

„Komm, du musst ins Warme."

„Nur, wenn du mir etwas versprichst."

„Was denn?"

„Versprich mir, dass du mich nicht wieder weg-schickst."

„Ich verspreche es. Wenn du wieder gehen musst, gehe ich mit dir. Nun komm." Er reichte mir seine Hand und zog mich mit nach oben. Als das Blut in meine eingeschlafenen Beine floss, fühlte es sich an wie Tausende Nadelstiche in mei-nen Füßen. Ich taumelte. Egmont fing mich auf, bevor ich fiel.

„Langsam", mahnte er mich.

„Das wird ein langer Heimweg." Ich sah mir die dreihundert Meter Weg zweifelnd an.

„Ich kann dich tragen", bot er galant an.

„Nein, das wäre nicht richtig", befand ich. Es schien mir ungehörig undankbar, Schmerzen zu haben, während Merlinde keinen Atemzug mehr tun konnte.

Egmont schien mich ohne weitere Erklärung zu verstehen.

Doch er bestand darauf, mir seinen Mantel umzulegen.

Jeder Schritt war eine Tortur. Je mehr mein Blut in Bewegung kam, umso stärker wurden meine Schmerzen. Ich musste mehrmals verschnaufen. Am liebsten hätte ich laut geschrien, aber ich hatte die ganze Zeit Merlindes Bild vor Augen, wie sie in meinen Armen verblutet war. Das zwang mich, mich zusammenzureißen. Als wir am Haus ankamen, scheuerte eine Magd den Eingang.

Drinnen lag Merlinde auf dem Lager, auf dem Egmont und ich unsere Hochzeitsnacht verbracht hatten. Ich hatte gewusst, dass die meisten Menschen in dieser Zeit zwischen ihrem dreißigsten und vierzigsten Lebensjahr starben, aber zu sehen, wie schnell sich das Blatt wenden konnte und ein geliebter Mensch für immer ging, war ein Schock für mich.

Neben ihrem Lager kniete Eduard und starrte auf Merlindes wächsern wirkendes Gesicht. Er sah zehn Jahre älter aus als am Tag zuvor. „Schick sie weg!", verlangte er, ohne aufzusehen.

„Eduard, das ist mein Haus und sie ist meine Frau. Sie hat das gleiche Recht hier zu sein wie du."

„Merlindes Blut klebt an ihren Händen." Eduard drehte sich um und zeigte anklagend auf mich.

„Bitte Eduard, Merlinde war meine Freundin und ich liebte sie wie eine Schwester", beteuerte ich.

„Sie hatte furchtbare Angst vor dir."

„Ich verstehe nicht wieso, ich habe ihr nie etwas getan."

„Kunella hat es ihr gesagt.", er knurrte fast.

„Was hat sie ihr gesagt?" Nun war ich völlig verwirrt.

„Dass du gesagt hast, dass unser Kind krank wird, wenn sie dich, Gwendolin und Landogar besucht. Sie sagte, dass du Merlinde mit einem Schadenszauber belegen wolltest und sie dich nur mit Mühe davon abbringen konnte!", seine Worte klangen leise und bedrohlich.

„Was? Wie kommt sie nur dazu?"

„Ich weiß es nicht, sag du es mir", forderte er.

Kunella musste mich abgrundtief hassen. Das war die einzige logische Erklärung.

„Eduard, lass es gut sein!" Egmonts Stimme schnitt die Unterhaltung ab, bevor ich etwas erwidern konnte.

„Ist sie das wirklich wert?"

Ich drehte mich weg. Dem wollte ich mich nicht stellen. Ich war es sicher nicht wert, dass heute gleich zwei Menschen sterben, weil sich einer furchtbar über mich aufgeregt hatte. Aber ich war nicht weit genug weg, um die Antwort zu überhören.

„Eduard, sie ist für mich, was Merlinde für dich war. Emma ist mein Leben. Ich liebe sie."

Dann nahm Egmont mich an die Hand und wir zogen zu Almudis und Bernhard, solange Merlindes Totenwache andauerte. Unser Lager teilten wir uns mit Gwendolin und Landogar. Sie drängelten und schoben, aber ich war sehr froh, ihren Atem zu hören und ihren Herzschlag zu spüren, weil das die Bilder und die Albträume fernhielt.

Ich ging nicht in unser Haus, während Merlindes Leichnam dort lag.

Drei Tage später wurde außerhalb des Dorfes ein Holzstapel aufgeschichtet, auf den man Merlinde bettete. Ihr Schmuck und ihr Schwert wurden ihr beigelegt. Nach einem Gebet an Hel zündete Eduard den Stapel an.

Niemand vergoss eine Träne, aber ich sah in allen Gesichtern, dass sie noch lange um Merlinde trauern würden.

Beim anschließenden Festmahl konnte ich, wie auch die letzten Tage, nichts zu mir nehmen. Ich wusste, dass ich es nicht hätte verhindern können. Dennoch gab ich mir die Schuld an Merlindes Tod. Wäre ich nicht hier erschienen, würde sie noch leben. Ich sah mich in der Runde um. Bis auf Eduard waren alle so freundlich zu mir wie vor ihrem Tod. Am liebsten hätte ich mich in ein dunkles Loch verkrochen und wäre nicht wieder aufgetaucht. Doch man war hier so fest eingewoben, dass es einem die Luft zum Atmen nehmen konnte. Und doch waren die Menschen freier, als sie es zu meiner Zeit je sein könnten. Es gab klare Regeln und sie zu übertreten konnte den Tod bedeuten. Befolgte man sie aber, war man sicher und geborgen in der Sippe aufgehoben. Ich sah zu Eduard und seufzte. Stumpf starrte er auf seinen Teller. Er sah so verloren aus.

Seit Tagen nicht gesehen hatte ich dagegen Kunella. Ich wunderte mich nicht wirklich darüber, es war mehr eine Feststellung, die beiläufig ins Bewusstsein drang, nur um sofort wieder abzutauchen. Ich war jedenfalls nicht traurig darüber.

Egmont berührte mich am Arm: „Du musst etwas essen."

„Ich kann nicht. Ich glaube nicht, dass ich es bei mir behalte."

„Dann nimm wenigstens etwas Brot."

Es tat mir leid, dass er sich Sorgen machte, daher brach ich ein Stückchen vom Brot ab und schob es mir in den Mund. Ich kaute ewig darauf herum. Als ich es endlich herunterschluckte, war es schon Zeit zu gehen. So gingen die Tage dahin. Eine Blasenentzündung und Eduards stumpfer Ausdruck in den Augen waren für lange Zeit das Einzige, das mich stündlich an den verhängnisvollen Tag von Merlindes Tod erinnerte.

16.

*M*ein Trübsinn schwand etwas, als die ersten wärmeren Sonnenstrahlen sich nach der Welt ausstreckten.

Ich vermutete, dass etwa Mai war, weil meine Familie sich auf Ostara vorbereitete. Die Schafe würden bald lammen und sogar mein großer Freund, der Hund, würde Nachwuchs bekommen.

Ich kam langsam über Merlindes Tod hinweg. Es war nicht so, dass ich sie vergaß, aber der Schock darüber verblasste nach und nach. Auch die Albträume, in denen ich sie unter meinen Händen verbluten sah, wurden seltener.

Nach dem Frühmahl wollte Marada mit mir Kräuter sammeln gehen. Ich fühlte mich verantwortlich, weil ich ihren Brennnesselvorrat bereits vor Wochen aufgebraucht hatte. Nicht, dass ich damit viel Erfolg gehabt hätte. Ich musste noch immer regelmäßig die Latrine aufsuchen und, obwohl ich aß wie ein Spatz, war ich ganz aufgeschwemmt.

Inzwischen versuchte ich, mich sogar vor den Mahlzeiten zu drücken.

Einerseits hoffte ich, dass Egmont sich weniger Sorgen machte, während ich lustlos mein Essen auf dem Teller hin und her schob. Andererseits konnte ich kaum ertragen mit anzusehen, wie Eduard litt. Er starrte jedes Mal trübsinnig in seine Mahlzeiten und im Gegensatz zu mir bestand er nur noch aus Haut und Knochen. Ich hätte ihm gern geholfen. Doch wann immer er merkte, dass ich in seine Richtung sah, starrte er mich den Rest der Zeit so finster an, als wäre ich sein persönlicher Dämon.

Ich schloss ihn in meine Gebete ein, doch mehr konnte ich nicht für ihn tun.

„Bist du so weit, Liebes?" Marada riss mich mit ihren Worten aus meinen trüben Gedanken. Als ich mich zu ihr umwandte, sah ich im Augenwinkel, dass Egmont sie bittend ansah. Ich leierte leicht entnervt mit den Augen. Er hatte sie also mal wieder auf mich angesetzt. Das erklärte auch, warum er mich gedrängt hatte, ihre Einladung anzunehmen.

Ich schüttelte in mildem Tadel meinen Kopf. Er konnte es einfach nicht lassen. Aber ich konnte es ihm nicht wirklich verdenken, dass er Marada um Hilfe bat. Offenbar war er mit seinem Latein am Ende.

Ich musste lächeln, als mir diese Redewendung aus meiner Vergangenheit in den Sinn kam.

Egmont hatte mir wochenlang gut zugeredet, dass es nicht meine Schuld sei und dass Frauen in seiner Zeit oft in der Schwangerschaft oder bei der

Geburt starben. Er tröstete mich, wann immer ich schluchzend und schweißgebadet erwachte. Überhaupt schien er ein unerschöpfliches Reservoir an Geduld für mich zu besitzen.

Er versuchte nicht einmal, sich mir anders als freundschaftlich zu nähern. Er überschüttete mich mit Aufmerksamkeiten, doch er rührte mich, von Küssen und Umarmungen abgesehen, nicht an.

Ich legte meine Hand auf seine und sagte: „Danke, Egmont. Ich liebe dich."

Er lächelte matt und zuckte entschuldigend mit seinen Schultern. Ich nahm in diesem Moment zum ersten Mal richtig wahr, wie erschöpft er sein musste. Seine Augenringe hatten sich seit unserem Hochzeitstag tief eingegraben und dunkel gefärbt. Ich beschloss, ihm zuliebe endlich aus dem Schneckenhaus, in das ich mich verkrochen hatte, herauszukriechen. Umso besser, dass Marada mich dabei unterstützen würde. Ich küsste Egmont zum Abschied, nahm einen Korb von Marada und sagte: „Ich bin so weit."

Wir liefen eine Weile schweigend nebeneinander her und genossen das aufgeregte Zwitschern der Vögel um uns herum.

„Emma?"

„Ja, Marada?"

„Weißt du, was mit dir los ist?"

Ich war verwirrt: „Wie meinst du das?"

„Liebes, ich meine die Anzeichen?"

„Es tut mir leid Marada, ich kann dir nicht folgen. Was meinst du?"

Sie seufzte: „Das habe ich vermutet."

„Marada?"

„Ich denke, du erwartest ein Kind."

„Das kann nicht sein." Ich wurde rot, als ich mir vorstellte, wie ich dieser respektablen Dame erklärte, warum es nicht sein konnte. Doch sie schien nicht vorzuhaben, mir auszuhelfen. Daher stotterte ich: „Also wir, wir haben nicht ...", mehr brachte ich nicht heraus.

„Nicht ein Mal?" Marada wirkte überrascht.

„Doch schon, in der Nacht nach unserer Hochzeit." Gott, war mir das peinlich. „Aber trotzdem, das hätte ich doch gemerkt." Ich hatte es überzeugend vorbringen wollen, aber das gelang mir irgendwie nicht.

„Liebes, wann hast du zum letzten Mal geblutet?"

Ich konnte nicht fassen, dass sie mich das so offen fragte. Aber andererseits war sie die Hebamme und Heilerin und viel naturverbundener als irgendwer in meiner Zeit.

„Ich weiß es nicht", gab ich zu. „Ich dachte, das liegt an der Aufregung. Wegen Merlinde." Die letzten beiden Worte hatte ich kaum hörbar gehaucht.

„Das ist möglich, aber es spricht noch mehr dafür." Sie klang so schrecklich sicher, als sie das sagte.

„Was denn?"

„Anfangs war dir übel. Widersprich mir bitte nicht." Sie sah mich mitfühlend an und fuhr dann erbarmungslos fort: „Trotzdem du kaum etwas isst, bist du nicht abgemagert. Deine Brust und dein Bauch sind angeschwollen und der Hund schleicht die meiste Zeit um dich herum.

Ach, und nicht zu vergessen, diese fortdauernde Blasenschwäche."

Ich musste zugeben, dass sie in allen Punkten richtig lag. Was mich wieder gedanklich zu Merlinde brachte. „Marada, ich habe Angst", gab ich freimütig zu.

Sie nahm meine Hand und tätschelte sie leicht. „Letztlich kannst du dich jetzt nur noch damit abfinden."

„Warum?" Ich war unsicher, was sie meinte.

„Das erste Drittel der Zeit ist bereits vorüber. Solltest du jetzt versuchen, das Kind loszuwerden, ist es sehr wahrscheinlich, dass du es nicht überlebst."

„Ich will es doch nicht loswerden." Ich hatte es gesagt, ohne groß darüber nachzudenken. Aber ich würde es nie loswerden wollen, da war ich mir völlig sicher. Ich legte schützend meine Hand auf meinen Bauch.

„Dann ist es ja gut."

„Warum denkst du, dass ich es loswerden möchte?"

„Weil du nicht gut für dich sorgst."

Das konnte ich schlecht leugnen, wenn ich ehrlich über die letzten Wochen nachdachte.

„Mach dir keine Vorwürfe, Liebes. Du kannst es ja jetzt besser machen."

„Danke, Marada."

„So, wir sind da." Sie sagte das so beiläufig, dass ich mich fragte, ob wir gerade ein welterschütterndes Gespräch geführt hatten. Meine Welt hatte es gehörig auf den Kopf gestellt.

Wir standen auf einer sonnendurchfluteten Lichtung. Es gab viele Kräuter, die ich nicht kannte, aber Brennnesseln entdeckte ich sofort. Bevor ich mich daran machte, sie zu pflücken, musste ich noch etwas Wichtiges erfahren. Ich wandte mich Marada zu und fragte: „Weiß es Egmont?"

„Ja, er weiß es", gab Marada zu, doch sie sah dabei aus, als ob sie mir etwas Wichtiges verheimlichte.

„Aber?", hakte ich nach.

„Er denkt, du möchtest es nicht."

„Oh." Ich verstand plötzlich, wie es für ihn aussehen musste, dass ich nicht ordentlich aß und immerzu apathisch Löcher in die Luft stierte.

„Hat er dich gebeten, mit mir zu reden?"

„Ja, ich denke schon. Obwohl er es nicht so gesagt hat."

„Ich verstehe." Jetzt, wo ich das wusste, wollte ich so schnell wie möglich zu ihm zurück, um dieses Missverständnis aufzuklären. Ich musste mich regelrecht zwingen, mich auf meine Arbeit zu konzentrieren.

Als wir endlich zurückkehrten, war ich wie aufgezogen.

Marada nahm mir meinen Korb ab. „Nun lauf schon!", sagte sie belustigt.

„Danke, Marada!", ich umarmte sie und suchte nach Egmont.

Ich entdeckte ihn bei Albin an der Schmiede.

„Egmont!", rief ich und flog auf ihn zu.

Er wirbelte mich im Kreis herum und lachte. „Ich muss Marada in Zukunft immer mit dir reden lassen, wenn du dann so glücklich wiederkommst."

„Untersteh dich.", ich boxte ihn leicht gegen die Schulter.

Er stellte mich wieder auf die Füße, ließ mich aber nicht los. „Nun, mein holdes Weib, wie kommt es, dass du jetzt so froh bist?"

„Ich erwarte dein Kind.", inzwischen grinste ich dümmlich.

„Ja, ich weiß."

„Vielleicht wäre es hilfreich gewesen, wenn du dein Wissen mit mir geteilt hättest."

„Aber, ich dachte, du bist unglücklich darüber.", er sah mich ratlos an.

„Wie kommst du nur darauf?"

Doch im Grunde kannte ich die Antwort schon. Mein Benehmen hatte ihn zu dieser Annahme verleitet.

„Es tut mir leid, dass ich mich so habe gehen lassen", entschuldigte ich mich bei ihm. Betreten sah ich zu Boden.

Er legte seine Hand unter mein Kinn und zwang mich sanft, ihn wieder anzusehen. „Warum warst du dann so verzweifelt?"

„Egmont, meine Freundin ist gestorben, weil sie sich meinetwegen aufgeregt hat."

Das hatten wir doch ausführlich besprochen.

„Emma, sie ist nicht deinetwegen gestorben. Man erleidet doch nicht gleich eine Fehlgeburt, weil man sich mal aufregt."

Ich sah das anders, aber es brachte nichts, sich darüber zu streiten.

„Du schenkst mir ein Kind." Ehrfürchtig streichelte er meinen Bauch.

„Nein!" Eduards verletzter Schrei hallte über die Straße. Ich sah zu Egmont auf. Er sah seinem davonlaufenden Bruder besorgt hinterher.

„Willst du zu ihm gehen?"

„Ich weiß es nicht.", er seufzte schwer. „Ich wünschte, ich könnte ihm auch Marada auf den Hals hetzten, dass sie es ihm austreibt."

„Ich fürchte, sie kann ihm nicht eröffnen, dass er schwanger ist und ihm damit einen Grund zum Leben geben."

„Nein, das kann sie wohl nicht."

„Na, ihr zwei, was gibt es?", fragte Albin, der aufgehört hatte geschäftig herumzuräumen.

„Emma erwartet unser Kind", sagte Egmont strahlend.

„Das sind gute Neuigkeiten", stellte er fest. „Wann wird es so weit sein?"

Er brachte mich damit in Verlegenheit, ich hatte noch nicht ausgerechnet,

wann der Entbindungstermin sein würde. Wenn ich jetzt in der zwölften Woche war und die Schwangerschaft vierzig Wochen dauerte ... Weiter kam ich nicht, denn da sagte Egmont schon: „Im Gilbhart."

„Wie hast du das so schnell errechnet?", fragte ich erstaunt.

„Liuba mina, du vergisst, dass ich mehr Zeit hatte, es auszurechnen."

„Kann sie dann noch mitkommen?" Albin sah mich abschätzig an.

„Mitkommen? Wohin mitkommen?"

Egmont sah Albin empört an: „Albin! Das war eine Überraschung."

„Entschuldige", murmelte Albin.

„Egmont, wohin mitkommen?", bohrte ich nach.

„Zum Thing zur Sommersonnenwende", gab Egmont widerwillig preis.

„Oh ja."

„Du willst also mit?"

„Ja, das will ich mir doch nicht entgehen lassen."

„Sehr schön.", er sah froh aus.

„Vergiss nicht, das mit dem Pferd zu erwähnen."

Mir entglitten meine Gesichtszüge ein wenig. „Pferd?", wiederholte ich zweifelnd. „Was für ein Pferd?"

„Danke, Albin, ich glaube, du wolltest etwas schmieden, ist es nicht so?"

Albin trat mit erhobenen Händen den Rückzug an. „Schon gut, schon gut."

„Mpf", machte Egmont.

Irgendwie machte das Albin entschieden zu großen Spaß. Ich wandte mich meinem Ehemann zu: „Egmont, mit einem Pferd möchte ich ...", weiter kam ich gar nicht.

„Emma, sei nicht albern, wir können unmöglich dorthin laufen", unterbrach er mich.

„Dann bleibe ich vielleicht doch lieber hier", beschloss ich.

„Bitte, Emma, wir alle gehen."

Ich sah ihn unentschlossen an.

„Ich möchte dich so gern dabei haben." Seine Stimme wurde tief und schmeichelnd, als er das sagte.

Ich seufzte und rollte mit den Augen, weil ich merkte, dass er mich gerade dazu brachte, etwas zu tun, wovor ich wahnsinnige Angst hatte. Aber wenn er so mit mir sprach, konnte ich nicht widerstehen. „Ich kann es mir ja mal ansehen."

„Ja, komm." Er wusste genau, dass er mich gerade um den Finger gewickelt hatte.

„Nur, dass das ganz klar ist: Ich werde es mir ansehen. Das bedeutet nicht anfassen und ganz sicher nicht reiten."

„Versprochen. Außer du willst es." Er ergriff meine Hand und zog mich hinter sich her zur Koppel.

Dort standen schon Gwendolin und Landogar und sahen mit großen Augen der weißen Stute zu, die ihnen sanft gelbe Löwenzahnblüten aus den Händen fraß.

„Sie ist sehr schön, Egmont."

„Und sanft wie ein Lamm", erwiderte er.

Sie sah wirklich sehr geduldig aus, aber im Moment versuchte ja auch niemand, auf ihr zu reiten.

„Los, komm. Sie tut dir nichts.“

Ich zog skeptisch eine Braue hoch.

„Los, komm, sein kein Frosch.“

„Woher hast du diesen Spruch?“, ich schnaubte amüsiert.

„Na, du sagst den doch immer, wenn du mutig sein willst.“

„Ich sage das laut?“

„Ja.“, er lachte mich an. „Nun komm schon.“

Ich ging in sehr respektvoller Geschwindigkeit auf das Pferd zu. Na gut, ich schlich. Im Schneckentempo. Aber ich kam ihr näher. Sie roch nach warmem Heu.

„Hier Mama.“ Gwendolin hielt mir lächelnd ein paar Blütenköpfe hin. Dass sie es mir zutraute, ließ mir gar keine Wahl. Wie könnte ich ein kleines Mädchen enttäuschen? Egmont hatte das eingefädelt. Ich sah ihn grinsen und sagte: „Nicht, dass du dir einbildest, ich wüsste nicht, dass das dein Plan war.“

Daraufhin grinste er noch breiter. Ich schnaubte belustigt, streckte meine Hand aus und sie legte drei große Blüten darauf.

Wo der weiße Saft herausquoll, färbte sich meine Haut schwarz.

Ich musste mich zwingen meinen Arm auszustrecken, doch die wachsamen Augen unserer Kinder verfolgten jede Sekunde. Ich war stolz auf mich, dass ich nur leicht zitterte, als das Pferd mit seinem weichen Maul sanft die Blüten von meiner Hand klaubte.

„Willst du noch mal?" Landogar hielt mir nun seine Faust hin. Ich sah Egmont zornig an. Na, warte, dachte ich, das werde ich dir heimzahlen. Er pfiff unschuldig eine Weise und tat so, als ob er nichts bemerken würde.

„Ja gerne, mein Schatz", sagte ich an Landogar gewandt und er ließ ein paar zerknitterte Löwenzähnchen auf meine Hand kullern.

Das zweite Mal war deutlich einfacher, aber es würde nicht mein neues Lieblingshobby werden. Daher sagte ich, als Gwendolin mir erneut Löwenzähne anbot: „Jetzt bist du dran. Ich kann sie ja später noch mal füttern."

Egmont lachte leise in sich hinein. Als ich daraufhin resigniert mein Gesicht verzog, schien ihn das nur weiter aufzuheitern.

„Es ist schön, dass ich dich mit so kleinen Maßnahmen so wunderbar erheitern kann." Er konnte es einfach nicht lassen zu grinsen, daher setzte ich nach: „Es geht eben nichts über ein einfaches Gemüt."

Er sah einen Moment so verdutzt aus, dass ich losprustete vor Lachen.

„Na warte." Egmont fing mich und kitzelte mich durch.

An diesem Tag kehrte die Leichtigkeit in mein Leben zurück. Wir erzählten zuerst Gwendolin und Landogar, dass sie ein Geschwisterchen bekämen und später auch allen anderen. Alle schienen sich darüber zu freuen. Alle bis auf einen: Eduard. Inzwischen sah er mich regelrecht mordlüstern an, wann immer ich aufschaute.

17

*E*gmont und ich unternahmen von nun an jeden Tag einen Spaziergang zur Koppel. Ich wusste, dass er wollte, dass ich mich an die Stute gewöhnte und sie sich an mich. Ich konnte es ihm nicht verübeln. Pferde waren hier nun einmal das wichtigste Transportmittel. Und da ich vermutlich den Rest meines Daseins hier fristen würde, versuchte ich mich damit abzufinden. Außerdem genoss ich jede Minute mit ihm. Er wusste Vieles über seine Welt, was ich noch nie gehört hatte. Ich fragte ihm regelrecht ein Loch in den Bauch über die Römer. Er hatte zwei Jahre in Rom verbracht und auf dem Rückweg Albin und Kunella aufgelesen.

Bis ich zum ersten Mal auf der Stute saß, sollten dennoch weitere vier Wochen vergehen.

Gwendolin und Landogar begleiteten uns jeden Tag oder sie waren schon dort, wenn wir ankamen. So auch an diesem Tag. Nur, dass Egmont heute einen Sattel an den Zaun gehangen hatte.

Ich sah ihn fragend an.

Er tat so, als habe er es nicht bemerkt.

Nun gut, dachte ich, dann musste ich deutlicher werden. „Egmont, ich werde sie nicht reiten."

„Du? Wieso solltest du das auch tun?", er sah mich beinahe erstaunt unschuldig an.

Doch so einfach ließ ich ihn nicht davonkommen. „Für wen ist denn der Sattel, wenn nicht für Schneeflocke?"

„Du hast ihr einen Namen gegeben?"

„Lenke nicht vom Thema ab." Ich wippte leicht ungeduldig mit meinem Fuß. Ich musste mich vielleicht an die Stute gewöhnen, aber ich mochte es überhaupt nicht, gedrängt zu werden.

„Och, der.", er zog seine Worte in die Länge, als ob ihm der Sattel gerade erst wieder eingefallen war.

„Egmont."

„Der ist für Gwendolin und Landogar."

„Ach, wirklich?", fragte ich sarkastisch.

„Ja, sie betteln mich schon seit Tagen darum, auf der Stute reiten zu dürfen."

Ich wusste, dass das stimmte, die beiden waren völlig vernarrt in Schneeflocke. Dennoch wurde ich das Gefühl nicht los, dass mein Semnone etwas im Schilde führte.

„Mir gefällt der Name, den du für sie ausgesucht hast."

„Wirklich?", ich freute mich über seine Zustimmung.

„Ja, er passt sehr gut zu ihr. Sie ist so sanft wie eine Schneeflocke, die zur Erde gleitet."

Das war nicht der Grund, weshalb ich diesen Namen gewählt hatte.

Er erriet meine Gedanken und fragte verwundert: „Wie bist du auf den Namen gekommen?"

„Nun ja, sie ist weiß oder besser gesagt gräulichweiß. Aber ich wollte sie nicht Graupelschauer nennen."

Egmont lachte herzlich. „Nein, das hätte wahrlich nicht zu ihr gepasst!"

Ich genoss die Heiterkeit, die sein Lachen in mir auslöste.

„Emma, was auch immer heute passiert, denke daran: ich liebe dich!"

Bevor ich auch nur nach Luft schnappen konnte, hatte er sich schon über den Weidezaun geschwungen.

„Wer will als Erster?", rief er lachend und sah mich dabei fragend an.

Ich schüttelte belustigt meinen Kopf.

„Ich wollte dir nur die Gelegenheit geben, bevor die beiden Schneeflocke in Beschlag nehmen." Er wies auf Gwendolin und Landogar, die wie wild auf und ab hüpften und „Ich, ich, ich." kreischten.

„Die Große zuerst", entschied Egmont und sattelte das Pferd. Anschließen hob er seine Tochter schwungvoll nach oben. Für eine Siebenjährige hielt sich Gwendolin perfekt, während Egmont sie einmal um die Koppel führte. Dabei erklärte er ihr alles genau und sie lauschte aufmerksam. Nachdem sie eine Runde gedreht hatten, war Landogar an der Reihe. Er war nicht so gut wie seine Schwester. Doch das machte er mit Eifer wieder wett. Sein Gesicht glühte wissbegierig, als Egmont auch ihm erzählte, was es über Pferde zu wissen gab. Schneeflocke trottete gleichmäßig dahin und machte keinerlei Anstalten, sich gegen ihren kleinen Freund zu wehren.

Kaum waren sie zurück, wollte Gwendolin wieder durch den Zaun klettern.

„Warte", sagte Egmont.

Ich wusste sofort, dass er mich hereinlegen würde. Mal wieder.

„Erst ist Mama dran."

Ich sah in die erwartungsvollen Gesichter der Kinder und gab auf. Diese Runde ging an Egmont. Als ich über den Zaun stieg, stützte er mich galant.

„Ich hatte mit mehr Widerstand gerechnet", gestand er freimütig ein.

„Sagen wir es mal so, ich weiß, wann ich eine Schlacht verloren habe. Aber freu' dich nicht zu sehr, falle ich vom Pferd, dreh ich dir persönlich den Hals um!", versprach ich Egmont flüsternd, während ich ihn liebenswürdig anlächelte.

„Och, die Mühe kannst du dir sparen."

„Was?"

„Na mir den Hals umzudrehen. Das erledigt Marada dann für dich."

„Hat sie das gesagt?"

„Unter anderem.", er sah aus wie ein gescholtener kleiner Junge.

„Von diesem Gespräch musst du mir unbedingt mehr erzählen."

„Keine Ablenkungsmanöver."

Er hatte mich erwischt. Ich ging zur Stute und schwang mich hinauf. Da sie so viel kleiner war, als die Pferde die ich kannte, ging das auch gut mit einem kleinen Schwangerschaftsbauch. Schneeflocke tänzelte nicht einmal.

Meine Panik legte sich ein bisschen.

„Soll ich dich führen?", fragte er vorsichtig.

„Wir wollen es nicht noch schlimmer machen, als es schon ist, einverstanden?"

„Ja", bestätigte er schmallippig. Ich griff nach den Zügeln, ritt eine Runde im Trab und schwang mich dann herunter. Gwendolin und Landogar klatschten begeistert. Egmont starrte mich hingegen an, als wäre ich eine Erscheinung.

„Was?"

„Aber du kannst ja reiten."

„Ich habe doch nie etwas anderes gesagt." Ich fragte mich, wie er darauf kam.

„Aber warum hast du dann solche Angst vor Pferden?"

„Gesunder Respekt, trifft es eher", stellte ich klar.

„Ja, und warum?", hakte Egmont nach.

„Ich wurde mal von einem Hengst so fest getreten, dass mein Unterschenkel gebrochen war."

„Das hast du überlebt?"

„Ich glaube, wir reden lieber später darüber." Ich zeigte auf Gwendolin und Landogar. „Ich glaube, du hast ihnen versprochen, dass sie noch einmal reiten dürften."

Egmont sah mich zwar immer noch erwartungsvoll an, doch er drang nicht weiter in mich. „Komm Gwendolin, du bist wieder dran."

Als er Schneeflocke führte, setzte ich mich in das duftende Gras und reflektierte über meine unnötige Angst. Schneeflocke war wirklich so lammfromm, wie Egmont es versprochen hatte. Ich hatte es genossen, auf ihr zu reiten. Angst war wahrlich kein guter Ratgeber.

Die Kinder wären vermutlich bis spät in die Nacht weiter geritten, wenn Egmont nicht mit Nachdruck auf das Abendmahl hingewiesen hätte. Ihnen fiel ein, dass sie einen Bärenhunger hatten und sie stoben zur großen Halle davon.

Ich ging zu Egmont, der Schneeflocke gerade absattelte.

„Sie hatten einen schönen Nachmittag." Ich zeigte in die Richtung, in die sich Gwendolin und Landogar davongemacht hatten.

„Du brauchst gar nicht abzulenken."

„Ich weiß nicht, was du meinst", sagte ich ehrlich.

„Du kannst reiten."

„Es sieht ganz so aus."

„Wie hast du den Bruch überlebt?"

„Das ist nicht so ungewöhnlich."

„Doch, das ist durchaus ungewöhnlich. Du hinkst nicht einmal."

Ich fragte mich unwillkürlich, wie viele Menschen an einer Unterschenkelfraktur in seiner Zeit starben. „Egmont, in meiner Zeit sterben Menschen nicht so schnell. Es gibt viel bessere Heiler und bessere Medizin."

„Weißt du, was man bei einem Bruch tun muss?"

„Ein glatter Bruch muss nur geschient werden. Aber wenn der Knochen splittert, müssten die Splitter herausgeholt werden, andernfalls entzündet sich das Bein und man bekommt eine Blutvergiftung."

Er sah mich an, als wäre ich vom Mond. Irgendwie hatte er nicht erwartet, dass ich etwas Nützliches wissen könnte. „Hast du das auch in der Schule gelernt?"

„Ja."

„Kannst du mir das alles beibringen?"

„Ich glaube nicht, Egmont. Das würde sehr lange dauern. Außerdem weiß ich gar nicht alles gut genug, um es jemandem beizubringen.

„Wie lange bist du zur Schule gegangen?"

„Fünfzehn Jahre."

„Du hast fünfzehn Jahre nur gelernt?" Ich war mir ziemlich sicher, dass einem Augen nicht so leicht aus dem Kopf fielen, aber als ich ihn ansah, stellte er mein Vertrauen in mein Wissen auf eine harte Probe.

„Ja, ich bin mit sechs Jahren zur Schule gekommen und war gerade fertig, als ich hierher kam."

Er blieb stehen.

„Egmont? Geht es dir gut?"

„Ich möchte alles wissen, was du mir beibringen kannst."

Ich dachte an Algebra, Französisch, Physik, Biologie und all das, was in meiner Zeit normal gewesen war. Wie sollte ich ihm „Flugzeuge" erklären oder „Strom"?

„Egmont, das meiste würde dir wie Zauberei vorkommen."

„Zauberei ist doch etwas Gutes." Er sah mich offen an kniff dann aber die Augen zusammen: „Oder meinst du Schadenszauber?"

„Nein, es sind keine Schadenszauber."

„Dann möchte ich es wirklich gerne lernen."

Ich versuchte es ihm auszureden: „Egmont, das meiste würdest du mir ja doch nicht glauben."

„Erzähle mir das Ungewöhnlichste, das du gelernt hast."

Ich überlegte einige Zeit und entschied mich für Transportmittel. „Es gibt viel schnellere Fortbewegungsmittel als Pferde. Einige heißen Autos, sie sind ein bisschen wie ein Karren, nur ohne Pferd und sie bestehen ganz aus Metall. Von hier bis nach Köln würde man damit nur sechs Stunden brauchen. Aber es gibt noch andere, zum Beispiel ein Flugzeug. Damit braucht man bis nach Köln nur eine Stunde."

„Was ist eine Stunde?", Egmont beugte sich interessiert zu mir.

Ich dachte darüber nach, wie man eine Stunde am besten beschreiben könnte. In diesem Moment vermisste ich Wikipedia.

„Wenn man den Tag zur Tag-und-Nacht-Gleiche in zwölf Stücke teilt, dann erhält man zwölf Stunden."

Egmont schwieg so lange, dass ich befürchtete, dass es zu viel für ihn gewesen ist. „Egmont?", fragte ich vorsichtig.

„Du willst ernsthaft behaupten, dass ihr eine Strecke, für die wir neun Tage benötigen, im zwölften Teil eines Tages zurücklegen könnt?"

„Ja."

„Das klingt sehr nach Zauberei", gab er unumwunden zu. „War das schon das Wildeste, wovon du weißt?"

„Nein."

„Gut, aber erzähle es mir besser nach dem Essen."

„Wenn du das möchtest.", ich wollte ihm zeigen, dass er eine Wahl hatte.

„Emma, ich möchte alles von dir wissen. Dann werde ich vielleicht schlau aus meiner Frau."

„Du möchtest aus Frauen schlau werden? Und da fragst du ausgerechnet mich?"

„Nein, ich möchte nur zum Seelengrund einer Frau tauchen und das bist du. Darum frage ich dich."

„Aber warum?"

„Warum? Das ist doch sonnenklar. Ich liebe dich. Brauche ich noch einen Grund?", er klang ratlos.

„Nein, das brauchst du nicht." Ich wusste, dass viele Männer nicht mal das Notwendigste wissen wollten, um ihre Frauen zu verstehen, daher erkannte ich, welch großes Geschenk er mir machte. „Danke, Egmont."

Statt einer Antwort küsste er mich ausgiebig. Ich rang nach Atem, als er schon sagte: „Und nun komm, Weib, lass uns schnell essen. Ich kann es kaum abwarten, noch mehr Fantastisches zu hören. Fliegendes Metall." Er schüttelte den Kopf. „Am Ende kann Metall noch schwimmen oder Menschen reisen zu den Sternen."

Ich beschloss, dass ich ihm davon besser später berichtete. Nicht, dass er noch überschnappte.

Nach dem Essen ging die Fragestunde erst richtig los. Egmont hatte wörtlich gemeint, was er sagte. Er wollte alles wissen. Die kommenden sieben Wochen fragte er mich völlig aus. Er beschloss sogar, dass ich ihm lateinische Buchstaben beibringen sollte. Das verschob ich allerdings auf später. Sogar als wir uns drei Tage vor der Sommersonnenwende auf den Weg zum Thing machten, stellte er mir leise Fragen, die ich, so gut es, ohne gehört zu werden, ging, beantwortete. Wir ritten einen ganzen Tag in südwestlicher Richtung. Ab und zu kamen wir an einem Gehöft vorbei, doch die meiste Zeit umgab uns Wildnis. Ausgedehnte Laubwälder wechselten sich mit Mooren ab. Ich liebte die Natur und hatte irgendwie erwartet, dass ich mich trotz schmerzendem Hinterteil, entspannen könnte. Aber anstatt ruhiger, wurde ich immer aufgekratzter, je näher wir unserem Ziel kamen. Irgendwann konnte ich mich nicht mehr auf Egmonts Fragen konzentrieren. Ich rieb ungeduldig meine Stirn, weil ich mich partout

nicht daran erinnern konnte, wie das einfache Ein-
maleins ging.

„Emma, brauchst du eine Pause?" Egmont
beugte sich besorgt zu mir hinüber.

„Ich glaube schon, wenn das geht."

„Ich sage Bernhard kurz Bescheid. Kann ich dich
so lange hier lassen?"

„Ja, natürlich."

Egmont schien sich darüber nicht so sicher zu
sein wie ich. Dennoch preschte er nach vorn. Ich
sah ihn an Albins Ochsenkarren vorbeireiten und
registrierte, wie er sich zu Bernhard beugte.
Schneeflocke lief gemächlich hinter dem Hufge-
klapper der anderen Pferde her, ohne, dass ich sie
antreiben musste. Ich hatte kaum Zeit, darüber
froh zu sein, schon war Egmont wieder an meiner
Seite.

„Komm, lass uns kurz absteigen."

Ich nickte benommen. Ich hatte seit meinem
ersten Ritt mit Schneeflocke jeden Tag längere
Ausflüge auf ihr unternommen. Ich schloss daraus, dass mein Unwohlsein nicht an der Reise lag.

Egmont half mir von Schneeflocke herunter und
nahm mich beschützend in seine Arme.

„Du bist ja ganz blass, Emma. Komm, lass uns
ein paar Schritte gehen."

Es schien mir ein guter Vorschlag zu sein, um meinen Kreislauf anzukurbeln. Daher stimmte ich zu.

Egmont führte mich den Weg entlang und achtete darauf, dass ich nicht versehentlich daneben trat. Ich schnupperte, um meine Vermutung zu prüfen und kam zu dem Schluss, dass der modrige Geruch ebenfalls dafür sprach, dass wir uns im Moor befanden.

„Lass mich etwas trinken", bat ich Egmont und wir gingen zu Schneeflockes Proviantasche. Egmont reichte mir eine Feldflasche aus Bronze. Ich sah sie erstaunt an. Ich hatte nicht gedacht, dass Feldflaschen schon so alt waren. Ich trank etwas Wasser und fühlte das Leben durch meine Adern pulsieren. Dabei verschluckte ich mich fast, als das Baby in mir trat. Es war das erste Mal, dass ich es deutlich spürte. Ich fasste mir an den Bauch. Da trat es wieder.

„Emma?" Egmont klang alarmiert.

„Egmont, es hat mich getreten!", ich hörte das ungläubige Staunen in meiner eigenen Stimme.

Egmont starrte mich stumm an.

„Komm, gib mir deine Hand." Ich legte seine Hand auf die Stelle, wo ich es gespürt hatte.

„Ich merke nichts."

„Lass uns kurz ...", ‚warten', hatte ich sagen wollen, doch da trat es schon wieder zu.

„Oh, es tritt", staunte Egmont nun auch.

Wir standen noch einige Minuten wie angewurzelt da und sannen fassungslos über das große Wunder, das in mir heranwuchs. Auch das Wissen darüber, dass Millionen von Frauen dieses Wunder bereits erlebt hatten, milderten meine Ehrfurcht nicht. Es war der Moment, in dem ich mich in mein Kind verliebte. Ich wusste, dass ich über mich hinauswachsen würde, um es zu beschützen. Von nun an sah ich unser Baby als eigenständiges Geschöpf und redete mit ihm.

Ich erzählte ihm von der Welt und was ich gerade tat und ich sang ihm leise Wiegenlieder vor.

Wir hatten die anderen bald eingeholt. Egmont sah mich immer wieder an, als könnte er es nicht fassen, dass wir ein Kind bekamen. Es war, als wäre es bisher nur ein Gerücht gewesen, das sich soeben bestätigt hatte.

Nach einiger Zeit kamen wir an einen großen Fluss. Da wir vom Semnonengebiet aus die ganze Zeit nach Südwesten gereist waren, vermutete ich, dass es sich um die Elbe handelte. Danach ritten wir noch etwa zwei Stunden. Ich dachte während dieser Zeit über mögliche Namen für unser Kind nach. Allerdings verwarf ich die meisten schnell wieder, weil sie viel zu modern oder, noch viel schlimmer, zu römisch waren. Schließlich fand ich

'Erik' und 'Marada' seien gute Namen. Ich wusste, dass ich das noch mit Egmont besprechen musste. Zumal ich keinen Schimmer hatte, nach welchem Schema hier Namen vergeben wurden. Ich beschloss ihn danach zu fragen, wenn wir wieder zu Hause ankamen.

Als wir unser Ziel erreichten, traute ich meinen Augen kaum. Ich sah auf eine riesige Zeltstadt. Bernhard führte uns zu einem freien Platz. Dort luden wir unsere Sachen ab und die Männer banden mehrere lange Holzstangen auf. Sie sahen aus wie die Gerüste von Indianerzelten. Anschließend wurden sie mit Tierfellen bedeckt. Die Fellseite zeigte nach außen. Ein Zelt war groß genug, dass zwei Erwachsene und mehrere Kinder darin schlafen konnten. Ich nahm an, dass wir uns ohnehin die meiste Zeit draußen aufhalten würden. Es war schon sehr warm und würde keine Entbehrungen bedeuten. Wir legten unsere Mäntel und den Proviant hinein, dann machte Egmont mich mit anderen Semnonenfamilien bekannt. Bis auf zwei Menschen konnte ich mir keine Namen merken. Eine war eine sehr alte Frau. Sie musste noch viel älter sein als Marada. Ihr Name war Isolde. Der andere war ein junger Mann, der mich die ganze Zeit anstarrte, als würde er einen Geist sehen. Sein Name war Dankward. Er war ein Bruder von Bertrun und Minna. Sie sah ich nicht. Vermutlich war sie gerade irgendwo beschäftigt. Da ich immer noch eifersüchtig auf sie war, hatte ich aber vielleicht auch nicht gründlich nach ihr gesucht.

Als es dämmerte, wurden im ganzen Lager Feuer entzündet. Es roch überall nach Eintopf und dazu wurde Brot gegessen. Die Männer tranken ausgelassen Bier und Met und wir Frauen zogen uns baldmöglichst in unsere Zelte zurück. Nicht, dass ich hätte schlafen können, sie machten mehr Lärm als eine verängstigte Hammelherde. Sie sangen auch nicht, sie grölten. Ich wünschte mir sehnlichst, ich hätte Ohropax mitgebracht. Wenigstens schliefen Gwendolin und Landogar. Sie hatten sich in ihre Umhänge gekuschelt und schnarchten leise vor sich hin.

Ich wünschte mir, dass Egmont bald zu mir kommen würde. Aber ich wartete vergebens. Irgendwann hielt ich es nicht mehr aus. Ich rollte mich zur Seite und stemmte mich hoch. Die Schwangerschaft war mir inzwischen deutlich anzusehen. Ich musste etwa in der fünfundzwanzigsten Woche sein. Ich tröstete mich damit, dass ich nur noch fünfzehn Wochen vor mir hatte.

Dann würde ich unser Kind endlich in den Armen halten. Ich machte mir zwar Sorgen über die Entbindung, aber den Gedanken verdrängte ich, so gut ich konnte.

Ich kroch zum Ausgang, doch konnte Egmont nirgends sehen. Enttäuscht legte ich mich wieder hin. Er kam weit nach Mitternacht und stank furchtbar nach Bier.

Ich tat so als würde ich schlafen.

Am folgenden Morgen begaben sich die Männer zum Thingplatz. Frauen und Kinder waren nicht zugelassen. Ich hörte ab und an, wie sie ihre Speere aneinander schlugen. Sie nannten sie Framen.

Ich hatte mich schon gewundert, wozu Egmont und Bernhard diese mitgebracht hatten. Normalerweise trugen sie nur Schwerter. Wir Frauen putzten Gemüse, sammelten Holz und kochten. Dieser Abend verlief nicht anders als der erste und am folgenden Tag wurde das Thing fortgesetzt.

In meinem Kopf summte es bereits am Morgen so stark, dass ich keinen klaren Gedanken fassen konnte. Ich dachte, dass es am Schlafmangel lag. Irgendwann hielt ich es nicht mehr aus und fragte Marada, ob ich spazieren gehen könnte. Sie schien erstaunt zu sein, stimmte mir aber zu. Ich lief einige Zeit planlos im Lager umher, doch die Essensgerüche verstärkten die dumpfe Vibration nur. Daher wandte ich mich vom Lager ab und lief in Richtung eines Waldes. Nachdem ich die Menschen hinter mir gelassen hatte, ging es mir etwas besser, das Brummen aber blieb.

Es war jetzt auch nicht mehr nur in meinem Kopf. Es stieg vom Boden unter meinen Füßen auf und setzte sich durch meinen Körper fort, als wäre ich eine Stimmgabel. Da mein Kopf am weitesten vom Boden entfernt war, vibrierte er am stärksten.

Nach einigen weiteren Schritten bildete ich mir ein, ein tiefes Summen zu vernehmen. Ich konnte mich nicht daran erinnern, jemals ein so intensives, dunkles Geräusch vernommen zu haben. Ich ging immer weiter geradeaus. Je weiter ich ging, desto intensiver wurden die Vibrationen.

Die ganze Luft schien zu flackern. Ich hatte meine Augen auf den Boden geheftet, um nicht zu fallen, doch als der Weg vor mir immer grüner wurde, hob ich langsam meinen Blick. Zwanzig Schritte vor mir stand ein Menhir. Er war so groß wie ich und auf der breiten Seite waren ein Kreis und drei Striche eingeritzt. Der Stein gab pulsierend das grüne Leuchten von sich. Er zog mich zu sich, als würde er mich rufen: ,Komm, ich bringe dich Heim.' Ich dachte nichts. Ich fühlte nur die Geräusche und sah das Licht. Ich ging langsam darauf zu und streckte meine Hand aus. Ich fühlte, wie sich die Energie des Steins in meine Fingerspitzen schob. Es war warm und kribbelte leicht. Ich fühlte schon beinahe den rauen Stein unter meinen Fingern, als ich am Arm gepackt und von dem Stein weggerissen wurde.

18

*E*gmont, was tust du hier?"

„Das frage ich mich auch. Aber vor allem frage ich mich, was du hier tust.", er schüttelte ungehalten seinen Kopf.

„Warum?"

„Lass uns hier verschwinden, bevor jemand sieht, dass wir ungefesselt den Hain betreten haben!"

„Warum bist du nicht beim Thing?"

„Ich habe vom Thingplatz aus gesehen, wie du in Richtung Götterstein gelaufen bist." Er sah sehr verärgert aus.

„Ich wusste nicht, dass es hier ist."

„Dafür bist du aber sehr zielstrebig hierher gelaufen!" Es klang vorwurfsvoll. Egmont zog mich am Ellenbogen rückwärts aus dem Hain.

„Wenn du mich verlassen willst, können wir das auch anders regeln.", er klang gekränkt.

„Ich bin nur dem Geräusch gefolgt und dann habe ich den leuchtenden Stein gesehen." Ich stutze. „Warum sollte ich dich verlassen wollen?"

„Nach allem, was du mir über deine Welt erzählt hast, dachte ich, dass du vielleicht lieber wieder dorthin möchtest."

„Aber da bist nicht du."

Er schien nicht zu hören, was ich gesagt hatte. „Du siehst den Stein leuchten und du hast ihn gehört?" Egmont klang entsetzt, er hatte uns inzwischen umgedreht und brachte mit so großen Schritten Raum zwischen uns und den Stein, dass ich fast rennen musste, um Schritt zu halten.

„Ja."

„War das gestern auch schon so?"

„Nicht so stark, nein."

„Gut!"

Jetzt verstand ich überhaupt nichts mehr. „Was meinst du mit: 'gut'?"

„Gut, dann werde ich dich hier wegbringen."

„Aber wieso?" ich sah ihn besorgt an: „Und wohin?"

„Wir werden ein Stück nach Süden reiten und morgen zurückkommen."

„Du, kannst du bitte etwas langsamer gehen?", fragte ich atemlos.

„Ja, sicher.", er wirkte gehetzt, verlangsamte aber sein Tempo.

Nachdem wir bei den anderen Frauen angekommen waren, erklärte Egmont Almudis, dass er und ich weiterreisen und am Folgetag zurückkehren würden. Er bat sie, auf Gwendolin und Landogar aufzupassen, solange wir weg waren. Egmont wartete ihre Zustimmung kaum ab, da sattelte er schon unsere Pferde und warf unsere Mäntel und die Proviantaschen auf ihre Rücken.

Ich wusste nicht, wohin wir ritten, aber es dauerte den ganzen Nachmittag. Dann hielt Egmont plötzlich an und richtete zum ersten Mal seit Stunden das Wort an mich: „Hörst du das Geräusch noch immer?"

Ich lauschte angestrengt, konnte aber kein Summen mehr hören. Auch das Vibrieren in meinem Kopf hatte aufgehört. Ich schüttelte meinen Kopf.

„Dann verbringen wir die Nacht hier." Er sah plötzlich sehr müde aus.

Ich machte einen Schritt auf ihn zu. Doch er wandte sich ab und sagte: „Ich gehe Holz sammeln. Bleib hier."

Ich wusste beim besten Willen nicht, was in ihm vorging, aber solange er nicht mit mir sprach, konnte ich nichts tun. Ich ließ mich auf dem Boden nieder.

Es dauerte nicht lang, da kam er mit Holz zurück. Es wurde ein wenig kühler, aber ich vermutete, dass er das Feuer nicht anzündete, weil ihm kalt war. Ich schauderte beim Gedanken an Wölfe und Bären oder was sich noch so alles hier herumtreiben könnte.

Nachdem er Brot und Käse und unsere Mäntel geholt hatte, setzte er sich mir gegenüber. Er teilte das Essen und reichte mir die Hälfte.

„Danke, Egmont."

Er nickte schwach.

Wir aßen schweigend, doch ich hätte es nicht einmal gemerkt, wenn ich auf einer Schuhsohle herumgekaut hätte. Ich starrte die ganze Zeit sorgenvoll zu Egmont. Er seinerseits stierte ins Feuer.

Irgendwann wurde mir der Trübsinn zu viel: „Egmont, bitte sprich mit mir."

„Was soll ich denn sagen?", es kam so tonlos hervor, dass ich es über das Knistern des Feuers kaum hörte.

„Fang doch bitte damit an, mir zu sagen, was dich so verstört."

„Das weißt du doch."

„Sieh mal Egmont, Frauen in anderen Umständen sind keine sehr geduldigen Wesen. Sage es mir einfach."

Er seufzte, rang sich endlich zu einer Entscheidung durch und fragte: „Willst du mich verlassen, Emma?"

Ich zögerte keine Sekunde: „Nein, Egmont, das will ich nicht. Aber wie kommst du denn nur darauf?"

„Deine Welt scheint so viel besser zu sein. Daher dachte ich ...", er zuckte mit den Schultern.

„Ach, sie hat auch ihre Tücken", stellte ich klar. Ich stand auf und setzte mich zu ihm. „Aber weißt du, was ihr größter Fehler ist?"

„Nein."

„Da bist nicht du!" Dass er mich ansah, ließ mich hoffen, wir könnten das demnächst lösen. „Egmont, ich liebe dich. Warum sollte ich da irgendwohin gehen wollen?"

Er wog meine Worte ab.

„Davon abgesehen weiß ich gar nicht, wie ich zurückgehen sollte."

„Aber ich weiß es." Er sah wieder ins Feuer. „Zumindest glaube ich, dass ich es weiß."

„Hm", machte ich. Ich wusste nicht, ob ich das wirklich wissen wollte.

„Es ist der Götterstein. Er hat dich zu mir gebracht."

„Du meinst den Stein in dem Hain?", ich konnte es kaum glauben.

„Ja, Emma, genau diesen."

„Warum glaubst du das?"

„Weil ich dich dort gefunden hatte."

Ich war einen Moment sprachlos. Vielleicht war es auch eine Stunde.

„Warum hast du mich denn nicht gewarnt?" Noch während ich fragte, fiel es mir wie Schuppen von den Augen. „Das war ein Test! Du wolltest sehen, ob ich dich verlasse."

Er sah betroffen aus, machte aber keinen Versuch zu widersprechen.

„Weißt du was, ich bin noch hier, aber im Moment wünschte ich, ich wäre auf dem Mond. Du hast den Test auch nicht bestanden." Ich ging wieder auf meine Seite und drehte mich demonstrativ vom Feuer weg. Egmont versuchte nicht einmal, sich zu entschuldigen. Ich streichelte meinen Bauch und flüsterte meinem tretenden Baby zu: „Reg dich nicht auf, mein Liebling, alles wird wieder gut."

Am frühen Morgen weckte mich Pferdewiehern. Es war nicht Schneeflocke. Sie rupfte neben mir Grashalme. Egmont war nicht da. Na toll, dachte ich resigniert. Ich hörte Männer reden. Sie sprachen nicht Westgermanisch. Der Singsang war völlig verkehrt. Ich lauschte angespannt. Als ich ihre Sprache einordnen konnte, geriet ich in Panik. Sie sprachen Latein. Römer. Dann fluchte ich etwas, was eine ehrbare Frau unter keinen Umständen denken und schon gar nicht aussprechen sollte. Was machten Römer so weit im Germanengebiet? Dafür war es doch noch viel zu früh. Es war das Jahr 9 vor Christus. Denk nach, Emma, trieb ich mich an. Ich stand auf und sah mich genau einem Römer gegenüber.

„Konsul Drusus!", schrie der Römer.

Drusus, der Drusus? Ich warf meinen Mantel über, um größer zu erscheinen und auch, damit sie mein Zittern nicht sahen. Der Römer vor mir war höchstens einen Meter fünfzig. Dummerweise saß er auf einem Pferd. Ich wusste, dass es über Drusus eine Legende gab. Irgendeiner meiner Geschichtslehrer hatte sie mich mal auswendig lernen lassen. Aber das war ewig her. Er war in Germanien vom Pferd gefallen. Nachdem eine Germanin ihm etwas weisgesagt hatte. Ich fragte mich gerade, ob ich den Spruch noch zusammenbekommen würde, als ein weiterer Römer neben dem ersten erschien. Er saß ebenfalls auf einem Pferd. Er war nicht viel größer als der andere. Ich musterte ihn interessiert. Die Büste, die ich im Jubelparkmuseum in Brüssel von ihm gesehen hatte, sah ihm nur sehr entfernt ähnlich. Er schien auf etwas zu warten. Ich sah meine Gelegenheit und wollte sie nutzen. Ich machte mich so groß ich konnte und rezitierte mit kräftigerer Stimme als mir zumute war die Weissagung: „Wohin noch willst du endlich, du unersättlicher Drusus? Nicht vergönnt ist dir dies alles zu schauen. Darum eile hinweg, denn schon nahe ist dir sowohl deiner Taten als auch deines Lebens Ziel." Der Mann, den ich für Drusus hielt, starrte mich schockiert an. Ich war mir ziemlich sicher, dass er mich verstanden hatte, hatte ich doch Altlatein mit ihm gesprochen. Dann wendete er, ohne auch nur ein Wort an mich zu richten, sein Pferd und preschte davon.

Der andere Römer folgte ihm mit entsetztem Gesichtsausdruck.

Ich atmete erleichtert aus und fiel wieder in mir zusammen.

Hinter mir landete jemand im Gras. Ich quiekte erschrocken und fuhr herum. Ich war erleichtert, als ich Egmont vor mir sah. „Was hast du dort oben gemacht?"

„Römer ausgekundschaftet."

„Na, ich hoffe, es war erfolgreich", sagte ich zuckersüß. „Ich hatte auf deine Unterstützung gehofft."

„Du bist sie doch ganz gut ohne mich losgeworden."

„Ja", gab ich zu. „Aber das konntest du ja vorher nicht wissen."

„Stimmt."

„Mpf", gab ich unbestimmt von mir.

„Wird er sterben?"

„Ja, wir alle werden sterben."

„Du weißt genau, was ich meine. Wird er demnächst sterben?"

„Das ist sehr wahrscheinlich."

„Woran?"

„Soweit ich weiß, fällt er vom Pferd und bricht sich den Unterschenkel. Die Wunde entzündet sich und er stirbt."

„Hast du ihn gerade verflucht?" Seine Stimme schwankte bedrohlich.

Es entbehrte nicht einer gewissen Ironie, dass ihn von allem, was ich ihm erzählte hatte, ausgerechnet mein Geschichtswissen zu der Annahme verleitete, ich sei eine böse Hexe.

„Egmont, so ist das nicht."

„Wie bitte ist es denn?" Sein Ton machte mir klar, dass es egal war, was ich jetzt sagte. Trotzdem versuchte ich ihm zu erklären, dass ich es in Büchern gelesen hatte.

Er schwieg und auch ich hing meinen Gedanken nach.

„Ich habe dir ein Geschenk besorgt", sagte er irgendwann zu mir.

„Warum?" Mein Gehirn war gerade viel zu vernebelt, als dass ich ganze Sätze hätte bilden können.

„Es war eigentlich deine Morgengabe, aber dann überschlugen sich die Ereignisse." Er hielt mir einen Dolch hin. „Hier, bitte."

„Hast du keine Angst, dass ich dir damit schaden könnte?"

„Nein."

„Ach, aber mit Worten geht das schon?"

„Emma, gegen einen Fluch kann man sich nicht wehren. Gegen jemanden mit einem Messer schon."

Ich nahm es ihm langsam aus der Hand. Es hatte einen schönen elfenbeinfarbenen, polierten Horngriff, der sich weich in meine Hand schmiegte. Seine Klinge sah so aus wie die von Egmonts Schwert.

„Es ist sehr schön, woher hast du es?"

„Das hat Albin mir aus Köln mitgebracht."

„Erinnere mich daran Albin zu fragen, wie es in Köln war."

„Warum willst du das tun?"

„Ich war noch nie in Köln und es interessiert mich."

„Du meinst, Köln gibt es in deiner Zeit noch?"

„Ja, es wird ziemlich groß."

„Weißt du, in wie vielen Jahren du geboren wirst?"

„Es dauert noch fast zweitausend Jahre bis dahin."

Es verging eine Ewigkeit, bis er wieder etwas sagte und es war nichts, was ich hören wollte. „Du musst dorthin zurück."

„Nein. Ich will nicht dorthin zurück. Du hast ja keine Ahnung, wie es dort ist." Ich dachte an die Gewalt, die allein ich persönlich erlebt hatte. Im Gegensatz dazu ging es hier höchst zivilisiert zu und der Krieg war noch weit weg.

„Aber vor allem will ich bei dir bleiben."

„Wir sollten zurückreiten", sagte er unvermittelt. „Sonst verpassen wir den letzten Abend."

Der Rückweg war nicht unterhaltsamer als der Hinweg.

Wir kamen so spät abends an, dass die Feuer schon brannten. Gwendolin und Landogar wollten noch einmal bei ihren Großeltern übernachten, daher ging ich nach dem Essen in ein leeres Zelt. Ich blies Trübsal und fragte mich, was hier gerade schief lief. Es war schon tiefe Nacht, als ich so weit war, mit Egmont zu sprechen, um unseren Haussegen wieder geradezurücken. Ich musste einige Zeit nach ihm suchen. Schließlich entdeckte ich ihn und das Blut gefror mir augenblicklich in den Adern. Minna saß auf seinem Schoß und küsste ihn. Egmont schlang die Arme um sie und erwiderte den Kuss.

Ich ging auf sie zu. Als ich direkt neben ihnen stand, sagte ich laut: „Lass mich raten, sie ist nur eine Freundin, ja?"

Sie fuhren auseinander.

„Wolltest du etwa nur, dass ich verschwinde, dass du wieder frei bist?"

„Ich kann so viele Geliebte haben, wie ich will. Dafür musst du nicht verschwinden."

Ich hörte, dass er betrunken war. Aber Kinder und Betrunkene sagten immer die Wahrheit. Offenbar sah er es so. Ich war so verletzt und zornig, dass ich das Messer in der Hand hielt, bevor ich darüber nachdachte.

„Wenn du nicht willst, dass ich dich und deine Dirne heute Nacht damit erdolche, dann behältst du es besser." Ich warf ihm das Messer vor die Füße. Die Schneide verfehlte seinen Fuß nur um Millimeter.

Ich stapfte wütend davon. Wieder vor unserem Zelt angekommen, fuhr mir ein heftiger Schmerz ins Kreuzbein. Anschließend zogen sich meine Bauchmuskeln krampfhaft zusammen. Es kam so plötzlich, dass ich unwillkürlich aufschrie.

„Emma." Albin war augenblicklich neben mir. „Emma." er legte mich vorsichtig ins Zelt. „Ich gehe Marada holen."

Sie musste es schon gewusst haben, so schnell, wie sie wieder zurück waren.

„Emma, meine Liebe, lass mich mal deinen Bauch sehen." Sanft lösten ihre pergamentenen Hände meine vom Bauch. Sie berührte ihn, als er sich schon wieder zusammenzog.

„Albin, geh Isolde holen und Egmont."

„Nein, nicht Egmont. Er ist dafür verantwortlich", presste ich mit zusammengebissenen Zähnen hervor.

Marada nickte zustimmend. „Sieh zu, dass du ihn trotzdem findest, aber lass ihn nicht herein."

Ich versuchte verzweifelt mich zu entspannen. Ich redete auf mein Baby ein, dass es noch nicht kommen durfte. Ich ließ alles mit mir machen, was Isolde und Marada einfiel. Sie malten mir Runen auf den Bauch, murmelten Beschwörungen und gaben mir ein gallebitteres Gesöff zu trinken. Ich trank und ich kämpfte. Doch, was ich da noch nicht wusste, war, dass manchmal auch der Mut einer Löwin das eigene Kind nicht retten konnte.

Es wurde geboren. Doch es schrie noch nicht. Marada legte mir einen viel zu kleinen Jungen auf die Brust. Ich wusste vorher, dass er sterben würde. In meiner Zeit hätte er vielleicht eine Chance gehabt zu leben, aber nicht hier. Er würde nicht atmen können. Uns blieben nur Minuten. Sobald die Nachgeburt kam, würde er keinen Sauerstoff mehr bekommen. Ich kann ihn noch nicht gehen lassen, dachte ich verzweifelt. Ich wollte schreien, aber das würde ich mir für später aufheben. Jetzt zog ich nur mein Kleid schützend über ihn und streichelte ihm sanft über sein winziges Näschen. Ich prägte mir jeden Millimeter seines Gesichtchens ein. Vor dem Zelt hörte ich Egmont mit Albin diskutieren. Mir war egal, was er wollte. Er hatte meinen kleinen Engel auf dem Gewissen. „Ich nenne dich Erik. Möge Nerthus deine unsterbliche Seele beschützen", flüsterte ich ihm noch zu, als mit einer letzten Wehe die Nachgeburt kam. Ich konnte meine Verzweiflung nicht länger zurückhalten. Mir liefen die Tränen heiß in mein Haar. Erik bekam keine Luft. Ich wusste, dass seine Lungenbläschen platzten, sobald Luft in die Lunge strömte. Ich fühlte, wie sich sein kleines Herz angstvoll beschleunigte. Ich konnte nichts für ihn tun, außer ihm zu zeigen, wie sehr ich ihn liebte. Ich küsste sein Köpfchen und strich ihm liebevoll über sein Gesichtchen. Dabei sang ich, wie ich es zuvor für ihn getan hatte. Ich sang meinem Sohn 'Guten Abend, Gute Nacht' genau einmal vor, dann hörte sein Herzchen auf zu schlagen.

19.

Ich weiß nicht mehr, wie sie mich ins Dorf zurückbrachten. Woran ich mich erinnere, ist, dass mein Kleid voll Blut war und ich Erik in meinen Mantel gewickelt umklammert hielt. Egmont sah ich am folgenden Morgen, aber als er auf mich zugehen wollte, schüttelte ich nur meinen Kopf. Was er sagte, ging ohnehin im Rauschen meiner noch ungeweinten Tränen unter. Das war so laut, dass ich ihn nicht mal absichtlich ignorieren musste. Die Beerdigung war drei Tage später. Ich ließ mein Baby in meinen Mantel gewickelt. Von Egmont hielt ich von dem Tag an Abstand. Hunger hatte ich keinen, daher musste ich in der Halle nicht neben ihm sitzen und wenn er versuchte mich anzusprechen, schüttelte ich immer nur meinen Kopf. Diesmal magerte ich ab und je dünner ich wurde, umso besser schien es Eduard zu gehen. Ich war froh, dass er sich erholte. Für Gwendolin und Landogar nahm ich mich zusammen. Ich versorgte das Haus und ich lernte zu weben. Marada nötigte mich, ab und zu etwas zu essen. Aber die meiste Zeit war ich so verzweifelt, dass ich mir wünschte, ich wäre ebenfalls gestorben. Ich verstand nicht, was Egmont dazu gebracht hatte, mit Minna anzubändeln, aber ich sah sie nicht wieder.

Ich saß auch oft bei Albin und sah ihm zu, wie er etwas schmiedete.

Als alle ein Jahr später wieder zur Sonnenwendfeier gehen wollten, lehnte ich es ab, sie zu begleiten.

Egmont wollte nicht so leicht aufgeben.

„Emma, bitte vergib mir."

Ich weiß nicht, zum wievielten Mal er mich darum bat. Ich sagte auch dieses Mal wieder: „Ja, sicher."

„Komm doch mit zur Feier."

„Egmont, ich weiß nicht, ob dir bewusst ist, dass ich an diesem Ort an einem Abend die zwei Menschen verloren habe, die mir das Liebste auf der Welt waren."

Er sah mich abwartend an.

„Die Antwort ist nein!", stellte ich klar. Dass ich überhaupt wieder mit ihm redete, hatte er ohnehin nur seinen Kindern zu verdanken. Sie hatten mich mit großen Augen angefleht, ihrem Vater zu vergeben. Ich fand, er sollte sein Glück nicht überstrapazieren.

„Dann bleibe ich auch hier."

Sonst hatte ich immer argumentiert, warum er unbedingt gehen sollte. Diesmal änderte ich meine

Taktik. „Ja, wenn es das ist, was dich glücklich macht."

„Ich an deiner Stelle würde es mir aber noch einmal überlegen, du könntest dich diesmal ganz ungestört Minna widmen."

„Emma, es tut mir leid. Können wir nicht noch einmal von vorn anfangen?"

„Wie stellst du dir das vor? Soll ich mich erneut unter den Stein werfen?"

Es klopfte. Egmont ging zur Tür und öffnete sie für Marada.

Ich konnte mir lebhaft vorstellen, wie er sie angefleht hatte, mit mir zu reden. Sie hatte sich bisher geweigert, das auch nur in Betracht zu ziehen. Ich war neugierig, was sie dazu bewogen hatte, ihre Meinung zu ändern.

„Hailatju thik, Marada.", sagte Egmont fröhlich und ich resigniert.

„Hail, ihr zwei."

„Ich gehe dann." Egmont war so schnell weg, dass ich nichts dazu sagen konnte.

„Lass uns ein Stück gehen, Liebes."

„Ja, gut, Marada." Ich schnappte mir meinen selbst gewobenen Mantel. Er war mein Erstlingswerk. Hier und da war der Stoff ungleichmäßig und das, obwohl Marada mich geduldig angeleitet hatte. Aber mit seinen Unregelmäßigkeiten passte er zu mir. Seit mein Baby gestorben war, fühlte ich mich, als hätte ich lauter Fehler. Ich folgte ihr seufzend nach draußen.

Marada ging mit mir zur Koppel. Ich wollte dort eigentlich nicht hin. Schneeflocke zu sehen, rief mir die Ereignisse allzu deutlich ins Gedächtnis. Aber ich wollte Marada nicht verletzen, daher schwieg ich dazu.

Sie musterte mich einige Zeit schweigend. Ich begann schon zu hoffen, dass sie das Thema nicht anschneiden würde. Doch auf halbem Weg sprach sie mich schließlich an: „Emma, Liebes, du musst lernen zu vergeben."

Aha, da kam es dann doch auf mich zu, das unumgängliche Gespräch, dachte ich und holte tief Luft, um mich dem Unvermeidlichen zu stellen. „Es ist nicht so, dass ich nicht wüsste, wie das geht. Ich will ihm nicht vergeben!"

„Ich rede nicht von Egmont."

„Wem soll ich vergeben, wenn nicht Egmont?", verblüfft starrte ich sie an. Ich fragte mich, ob ich noch jemandem die Schuld daran gab. Minna kam mir in den Sinn.

„Ich meine dich. Du musst dir selbst vergeben."

„Aber ich habe doch gar nichts falsch gemacht?"

Marada schien mir nicht zu glauben. „Willst du mir sagen, dass du nicht ärgerlich auf dich bist, weil dein Körper das Kind nicht halten konnte? Oder darüber, dass du aus dem Zelt gegangen bist? Oder darüber, dass du dich so aufgeregt hast?"

Ich musste zugeben, das stimmte, was sie sagte. Nachdem meine größte Wut auf Egmont verflogen war, hatte ich mir wochenlang ausgemalt, wie anders jetzt alles hätte sein können, wenn ich im Zelt geblieben wäre. Oder wenn ich Drusus nicht sein Schicksal verraten hätte.

„Liebes, du konntest nichts dafür. Du solltest dir vergeben. Es kam alles so, wie es sein sollte. Man kann nur das Beste aus dem machen, was das Leben einem zuwirft."

Ich musste einige Schritte gehen, bevor ich das verdaut hatte. War es so, wie sie sagte? Ich hatte immer geglaubt, dass man sein Leben selbst in der Hand hatte. Vielleicht hatte mich mein früheres Leben überheblich werden lassen.

Im einundzwanzigsten Jahrhundert war es leicht gewesen, das Schicksal zu ignorieren. Kinder starben selten und die meisten Menschen wurden sehr alt. Und selbst, wenn man krank wurde, konnten Mediziner einem schnell helfen. Hier war das anders. Hier lehrte einen das Leben Demut und Dankbarkeit.

„Marada?"

„Ja, Liebes?"

„Hast du auch ein Kind verloren?" Die Frage kam mir gemein vor. Aber ich dachte, wenn sie es überstanden hatte, dann konnte ich das vielleicht auch.

Sie verzog traurig den Mund, bevor sie sagte: „Ja, Liebes, das habe ich."

„Das tut mir leid, Marada."

„Danke, Liebes."

„Wie bist du darüber hinweggekommen?"

„Man kommt nicht darüber hinweg. Aber mein Mann hat mich getröstet. Mir hat es geholfen, mit meinem Schmerz nicht allein zu sein."

„Und du meinst, ich sollte mich Egmont anvertrauen, nachdem er mich so verraten hat?"

„Ich weiß es nicht, Liebes. Ich sehe nur, dass ihr beide furchtbar leidet. Es könnte euch helfen, darüber zu reden."

Ich schwieg. Mir war es durchaus recht, wenn er litt. Das machte meinen Schmerz nicht ganz so sinnlos.

„Was kannst du ihm nicht vergeben?"

Ich ging in Gedanken noch einmal in diese Nacht. Er hatte mir Treue geschworen und anstatt sich schuldig zu fühlen, weil ich ihn bei einem Eidbruch erwischte, indem er Minna seine Zunge in den Hals schob, hatte er mich auch noch gedemütigt, indem er sagte, dass er so viele Geliebte haben könnte, wie er wollte. Vielleicht waren hier die Regeln anders, aber in diesem Punkt würde ich nicht mit mir verhandeln lassen. Entweder er hatte Geliebte oder eine geliebte Ehefrau.

„Ich kann ihm nicht vergeben, dass er mich erst betrogen hat und mir dann auch noch erklärte, dass sein Treueeid nichts wert war." Wütend schlug ich mit der Faust auf den Zaun. Wir hatten die Koppel endlich erreicht.

„Das war nicht richtig von ihm, obwohl es bei uns durchaus so ist, dass er auch Geliebte haben dürfte."

„Es mag sein, dass ihr euch damit abfinden könnt, ich kann das nicht." Allein die Vorstellung, dass er sich regelmäßig mit anderen Frauen traf, um mit ihnen zu schlafen, erzeugte Atemnot und Übelkeit in mir. Das wäre sicher anders, wenn ich mich ihm verweigert hätte, aber das hatte ich ja vorher nicht getan. Ich schüttelte frustriert mein Haupt.

„Wozu schwört ihr euch dann überhaupt Treue?" Das war mir einfach zu hoch.

Schneeflocke kam zu mir gelaufen und schnupperte an meiner Hand. Ich beugte mich hinunter, um ihr ein paar Löwenzahnköpfe abzupflücken. Mit weichem Maul nahm sie diese vorsichtig von meiner Hand. Ich strich ihr über die Nase.

Marada beobachtete mich neugierig. Dann sagte sie: „Emma, ich möchte dir gern alles weitergeben, was ich über Heilung und die Runen weiß."

„Ich weiß nicht, ob ich dafür die Richtige bin", erwiderte ich, ohne zu zögern.

„Da wirst du meinem Urteil vertrauen müssen. Ich glaube, dass du dafür die Richtige bist." Marada sah mich so erwartungsvoll an, dass ich ihr nichts abschlagen konnte.

„Ja, gut." stimmte ich zu. „Ich werde es versuchen."

Auf dem Rückweg fing Egmont uns ab.

Diesmal war es Marada, die sich zügig verabschiedete.

Ich schüttelte den Kopf über die beiden. Ich fühlte mich zum ersten Mal seit einem Jahr belustigt. Vielleicht hörte ich Egmont deshalb zu und ließ ihn nicht wieder abblitzen. Vielleicht lag es auch daran, dass er sich vor mir auf die Knie warf und mich anflehte: „Bitte, Emma. Es tut mir so leid. Bitte vergib mir."

„Wie konntest du mir das nur antun?", fragte ich traurig.

„Ich weiß es nicht. Ich hatte mich betrunken und bekam nicht aus dem Kopf, was du zu Drusus gesagt hattest und sie war einsam", schloss er lahm.

„Ach, na wenn das so ist, dann lass uns doch mal überlegen, ob ich nicht jemanden finde, der auch einsam ist. Eduard würde sich vielleicht eignen", sagte ich sarkastisch.

Egmont erhob sich und sagte warnend: „Ich verstehe, dass du wütend auf mich bist, aber treib es nicht zu weit."

„Minna wird morgen vermählt", fügte er nach einer Pause an.

„Und was bitte ändert es, wenn sie verheiratet ist? Vielleicht ist sie ja trotzdem manchmal einsam und dann kommt sie zu dir?!"

„Das würde sie nicht wagen."

Ich stutze: „Wie kannst du dir da so sicher sein?"

Er zog eine Braue in die Höhe, als wollte er wissen, ob das tatsächlich an mir vorbeigegangen sein konnte.

„Nun?", hakte ich nach.

„Emma, wenn sie einen Geliebten hätte, dürfte ihr Mann über sie richten."

„Was ist denn so die übliche Strafe für Ehebruch, wenn ihn die Frau begeht?"

Ich war nicht sicher, ob ich das wirklich wissen wollte, aber andererseits hatte mich eine morbide Neugierde gepackt.

„Ihnen wird das Haar geschoren und sie werden nackt aus dem Dorf getrieben. Und ihre Sippe muss den Brautpreis zurückzahlen."

„Aber das läuft ja auf eine Todesstrafe hinaus."

„Ja." Er sah sehr zufrieden darüber aus, dass ich verstand.

„Das würdest du nicht wagen."

„Warum nicht? Es ist mein gutes Recht."

Er sagte es so selbstgefällig, dass ich ihm am liebsten die Augen auskratzen wollte. Stattdessen sagte ich: „Nun, ich würde zum Stein gehen, in meiner Zeit wäre das nicht so ein Drama, kahl geschoren und nackt irgendwo aufzutauchen. Zumindest würde man nicht dafür sterben."

Was immer er erwartet hatte, das war es nicht. „Du würdest dich deiner gerechten Strafe entziehen?"

Mir fiel die Kinnlade herunter. „Du hast den Nerv, in diesem Zusammenhang von gerecht zu sprechen?" Ich pikte ihm bei jedem Wort mit meinem Zeigefinger gegen die Brust.

Er zuckte nicht einmal. „Ja, du weißt doch vorher, was dir blüht, wenn du es tust."

„Ach, wenn das so ist, mein holder Gatte, dann möchte ich dir gerne jetzt schon mitteilen, was dir blüht, wenn du dich noch einmal mit einer anderen Frau einlässt." Ich machte eine unheilvolle Pause, bevor ich ihm eröffnete: „Ich werde dich entmannen!"

Egmont erbleichte.

„Ich bin froh, dass wir uns verstehen." Ich war auch froh, dass wir wieder miteinander sprachen, auch wenn 'miteinander zoffen', es besser beschrieb. Ich hatte Egmont vermisst.

Ich weiß nicht, was er in meinen Augen gesehen hatte, doch er kam rasch auf mich zu und nahm mich in den Arm. „Emma, es tut mir so leid. Bitte vergib mir, dass ich dich so sehr verletzt habe." Irgendwie erwischte er mich ohne Deckung. Sein Duft und seine Wärme machten es mir unmöglich, mich ihm wieder zu entziehen und ich fragte mich, wie wir es so weit hatten kommen lassen. Wie ich es hatte so weit kommen lassen können. Ich sank gegen ihn und teilte endlich meinen größten Schmerz mit meinem Ehemann: „Ich vermisse unser Kind", schluchzte ich in seine Tunika.

„Liuba mina, ich vermisse ihn auch." Es klang so qualvoll, dass es mir leidtat, dass ich ihn ausgeschlossen hatte.

„Ich habe dich vermisst, Emma." Er schob mich ein Stück von sich weg: „Hättest du mich entmannt, hätte die Strafe nicht härter sein können als dein bekümmertes Schweigen. Ich werde keine andere Frau mehr anrühren!"

Ich fühlte, dass ich ihm, jetzt, da er es ehrlich bereute, auch vergeben konnte. Es würde noch einige Zeit dauern, bis ich ihm wieder vertraute, aber ich konnte ihm nicht mehr gram sein.

Ich dachte an die vielen Versuche, die er unternommen hatte, mit mir in Verbindung zu treten. Es war erstaunlich, dass er es nicht leid geworden war.

„Danke, dass du mir Marada geschickt hast." Diesmal war ich froh darüber, dass er diesen Weg gesucht hatte.

„Vielleicht hätte ich sie eher überzeugen müssen, mit dir zu sprechen."

„Eher wäre ich nicht so weit gewesen."

„Ja, das hat sie wohl gewusst."

„Egmont?"

„Ja?"

„Danke, dass du mich nicht aufgeben hast. Dass du uns nicht aufgegeben hast."

Er überlegte lange, was er darauf sagen sollte. Schließlich brachte er hervor: „Emma, du bist mein Leben und meine Liebe. Das wirst du immer sein, auch wenn ich Fehler mache."

„Ich will nicht zu dem Thing, Egmont."

„Dann bleiben wir beide hier", versprach er und küsste mich auf die Stirn.

inige Tage später machten sich die anderen, ohne uns vier, auf den Weg zum Thing. Egmont, Gwendolin, Landogar und ich genossen die Zeit, die wir für uns hatten. Egmont und ich gingen jetzt jeden Tag zusammen zu Eriks Grab und legten frische Blumen darauf.

Wir nutzten die Zeit auch, um uns auszusprechen. Eines Abends sagte er: „Ich bin vor dem Zelt halb wahnsinnig geworden, weil ich nicht wusste, was geschieht."

„Ich wusste es, aber ich konnte mich dir in diesem Moment nicht zeigen. Ich war so verletzlich und offen und ich hätte deine Nähe mit ihrem Geruch an dir nicht eine Sekunde ertragen."

Wir lagen nebeneinander auf der Wiese und sahen in die Sterne. Egmont nahm meine Hand und bat mich, ihm von unserem Kind zu erzählen. Ich beschrieb ihm haarklein, was ich in den fünf Minuten erlebt hatte. Mir flossen noch immer die Tränen, wenn ich bloß daran dachte. Als ich alles gesagt hatte, bat mich Egmont mit tränenschwerer Stimme: „Bitte schließe mich nie wieder aus."

„Bitte tue mir so etwas nie wieder an", erwiderte ich.

„Ich verspreche es", sagte er sofort.

„Ich verspreche es", erwiderte ich.

Mit jeder Minute und jedem gewechselten Wort gewöhnten wir uns mehr aneinander. Er gab mir den Dolch wieder und brachte mir Blumen.

Als die anderen wiederkamen, brachten sie auch jemanden mit. Es war Kunella. Ich versuchte es so gefasst wie möglich zu ertragen, doch sie machte es mir so schwer sie konnte. Alle freuten sich, dass sie wieder da war und sie liebte die Aufmerksamkeit, die nur verloren geglaubten Kindern zuteil wurde. Die Einzige, die sich nicht freute, sie zu sehen, war ich.

Ich hatte ein ungutes Gefühl. Sie plante irgendetwas und sie beobachtete uns häufig gedankenverloren. Vor allem Egmont und mich. Auch, dass ich versuchte, diesen Eindruck meinen angespannten Nerven zuzuschreiben, half nicht ihn loszuwerden.

Sie war zu allen liebenswürdig, sogar zu mir und das war es, was mich misstrauisch machte. Es dauerte nicht sehr lange, da bat Eduard sie, sich doch bei den Mahlzeiten neben ihn zu setzen und sie begann, ihn zu umgarnen. Sie bediente ihn und brachte ihn zum Lachen. Eigentlich sollte ich mich für die beiden freuen. Doch ihre Zuneigung sah für mich unecht aus. Vielleicht, weil sie Egmont noch immer anschmachtete, sobald sie sich unbeobachtet fühlte. Oder weil sie nicht glücklich lächelte, wie Verliebte das normalerweise taten.

Da es Eduard nicht aufzufallen schien und er die Zeit mit ihr genoss, beschloss ich, dass mich das nichts anging. Ich hatte ohnehin beide Hände voll zu tun. Marada hatte einen Tag nach ihrer Rückkehr begonnen, mich zu unterrichten. Sie ging morgens mit mir in die Natur, dann sammelten wir Kräuter und sie erzählte mir alles, was sie darüber wusste. Wenn die Sonne hoch am Himmel stand, gingen wir zum Dorf zurück und hängten die Kräuter zum Trocknen auf. Nachmittags unterrichtete sie mich in Weissagung mit und ohne Runen und am Abend erklärte sie mir die Sternbilder und wie man die Jahreskreisfeste ermittelte.

Bei den Mahlzeiten weilten meinen Gedanken noch oft bei dem Gehörten. Ich versuchte es zu wiederholen, bis ich es sicher wusste. Am darauf folgenden Morgen erwartete Marada, dass ich alles vom Vortag wiederholen konnte.

Als der Herbst in den Winter überging, erzählte Marada mir die Stammesgeschichten und Göttersagen. Die Nachmittage und Abende blieben jedoch gleich. Ich fiel jeden Abend erschöpft auf unser Lager. Meist reichte meine Kraft gerade noch, mich an Egmont zu kuscheln.

Als Kunella sich wieder sicherer wähnte, warf sie mir auch wieder böse Blicke zu. Es schien sie zu ärgern, dass Marada mich ausgewählt hatte, irgendwann ihre Nachfolgerin zu werden.

Ich dachte auch, dass es besser sein könnte, wenn Marada sie unterwies. Daher sprach ich sie eines Abends darauf an.

„Marada, warum hast du nicht Kunella ausgewählt? Sie scheint sich doch schon mit Zauberei auszukennen und sie ist von hier, kennt eure Sitten." Aber ich hoffte so, dass sie verstand, was mich umtrieb.

Sie lachte krächzend: „Aber Liebes, ich hoffe, dass du mehr bei mir lernst als

nur Zauberei."

„Marada, bitte. Sag es mir, warum du mich ausgesucht hast?"

„Als Seherin hat man große Macht. Aber große Macht und Niedertracht richten mehr Schaden an, als ein Zauber es je könnte. Ich habe dich ausgewählt, weil du ein gutes, mitfühlendes Herz hast. Das scheint mir die beste Voraussetzung zu sein, eine wohlwollende Ratgeberin zu werden."

Ich sah ein, dass das stimmte, doch ich wunderte mich auch, dass sie Kunella offenbar ähnlich einschätzte wie ich.

Meine Ausbildung dauerte schon zwei Jahre, als Eduard Kunella bat, seine Frau zu werden. Der triumphierende Blick, den Kunella bei der Bekanntgabe in meine Richtung warf, veranlasste mich, meine Silber- und Goldmünzen im Wald zu vergraben. Ich fand mich selbst ein wenig paranoid, während ich es tat, aber wenn mich Maradas Unterweisungen eines gelehrt hatten, dann war es, dass man auf seine Ahnungen hören sollte.

Sie feierten ihre Vermählung im Spätherbst. Albin führte seine Schwester zum Altar. Bei dieser Zeremonie wurde ein Schwein geopfert. Ich war froh, dass Egmont mich vorab darauf hingewiesen hatte. Sonst hätte mein neues Kleid gleich Blutflecke abbekommen. Glück hin oder her, ich hatte Wochen gebraucht, es zu nähen. Eduard war bis über beide Ohren in seine Braut verliebt und auch Kunella sah mit sich und der Welt zufrieden aus. Als das Paar seine Gelübde sprach, dachte ich an unsere Hochzeit zurück. Wir hatten mit den schlechten Zeiten begonnen, aber Egmont hatte seither sein Versprechen gehalten und unsere Beziehung war nun wieder vertrauensvoll. Natürlich war ich nicht mehr so wild verliebt wie zu Beginn unserer Ehe. Doch an diese Stelle war eine starke Freundschaft und tiefe Liebe getreten. Ich sah zu Egmont und stellte fest, dass er mich beobachtete. Ich strahlte ihn zärtlich an.

Egmont raunte mir zu: „Meine Liebe, wenn du nicht möchtest, dass ich das ganze Ritual verpasse, solltest du das lassen."

„Was denn?", ich grinste ihn selig an.

Kunella wurde gerade von Eduard über die Schwelle getragen.

Egmont schnaubte amüsiert. „Ich wüsste zu gern, was du gerade denkst."

„Bist du sicher?"

Ich sah mich demonstrativ um.

„Ja, ich möchte zu gern wissen, was du ausgeheckt hast."

„Ich denke, ich liebe dich und ich möchte ein Kind von dir."

Egmont verschluckte sich und bekam einen furchtbaren Hustenanfall. Mit hochrotem Kopf starrte er mich an, als hätte ich etwas ganz und gar Ungehöriges von ihm verlangt.

„Soll ich dir auf den Rücken klopfen?" Ich sah unschuldig zu ihm hoch, als hätte ich nichts damit zu tun und machte mir nur Sorgen um ihn.

Er nickte hustend.

„Arme hoch", befahl ich in bester Heilerinnenmanier. Als er die Arme erhoben hatte, trommelte ich leicht auf seinem Rücken. Bis der Hustenanfall vorüber war, waren alle anderen bereits in der großen Halle verschwunden.

„Emma, bist du dir sicher?"

„Ich hätte gedacht, dass dich das freut?"

„Das tut es."

„Aber?"

„Aber ich habe Angst um dich."

„Ich habe keine Angst um mich. Ich habe inzwischen bei einigen Geburten geholfen. Sie sind alle gut gegangen. Es gibt keinen Grund, warum das nicht bei mir auch so sein sollte."

Er dachte ernsthaft darüber nach. Nach einiger Zeit sah er mir prüfend ins Gesicht und fragte: „Ist es wirklich das, was du dir wünschst?"

„Ja, ich möchte, dass ein Wunder unserer Liebe die Zeit überdauert."

„Es würde mein Glück vervollkommnen."

„Ist das ein ,Ja'?"

„Ja, lass es uns versuchen."

„Oh, Egmont." Ich fiel ihm um den Hals und küsste ihn. Doch diesmal war es kein unschuldiger Kuss.

Nach einer Weile löste er sich atemlos von mir und meinte trocken: „Ich denke, wir sollten jetzt lieber eine Pause einlegen. Sonst begatte ich dich gleich hier und das gäbe ein schönes Hochzeitsspektakel."

Ich wurde knallrot und nickte nur zustimmend.

Die Feier konnte mir gar nicht schnell genug enden. Egmont schien es ähnlich zu gehen. Er rutschte unruhig auf seinem Stuhl hin und her und warf mir am laufenden Band verheißungs-volle Blicke zu.

Ich schmeckte nicht, was ich aß. Ich glaube, ich war nervöser als die Braut. Ich wurde so hibbelig, dass ich den Drang unterdrücken musste, unablässig zu kichern.

Als das Brautpaar endlich ging, wäre ich am liebsten in die Nacht hinaus gerannt, um mich abzukühlen. Naja, oder um mit Egmont zu verschwinden. Ich musste den Impuls mühsam unterdrücken.

Doch alle Aufregung konnte nicht verhindern, dass ich einen Gesprächsfetzen zwischen Bernhard und Marada auffing.

„Kannst du sehen, ob sie bis zu uns vordringen werden, Mutter?"

Ich sah ihn neugierig an.

Marada antwortete jedoch ausweichend: „Komm morgen zu Emma und mir. Wir werden dir raten."

Oh, wie gemein, dachte ich. Ich würde die ganze Nacht kein Auge zutun. Aber das hatte ich eigentlich ohnehin nicht vorgehabt. Ein leises Lächeln umspielte meine Lippen.

„Darf man fragen, was dich erheitert, Liuba mina?" Sein Atem streifte heiß über meinen Hals, als er mich ansprach.

Ich musste mich anstrengen, normal weiter zu atmen, bevor ich sagen konnte: „Ich dachte gerade, dass ich diese Nacht kein Auge zumachen würde und als ich schon anfangen wollte, mich darüber zu ärgern, kam mir in den Sinn, dass ich das gar nicht wollte."

„So. Nun, ich denke, wir können uns jetzt zurückziehen. Die Zeit, bis unsere Kinder gebettet sind, wird uns auch so lang genug erscheinen", versprach er mir.

Ich machte mir nicht die Mühe, mit Worten darauf einzugehen. Ich stand auf und hielt ihm meine Hand hin.

„Wollt ihr euch schon zurückziehen?", fragte Albin belustigt.

Ich brachte kein Wort heraus, stattdessen wurde ich rot.

„Ja, Emma wird morgen wieder von Marada lernen, da sollte sie besser ausgeruht sein", antwortete Egmont.

„Ich bin mir nicht sicher, dass euer jetziges Verschwinden Emmas Lernen zuträglich sein wird.", er lachte in sich hinein. „Mir scheint, ein kaltes Bad wäre hilfreicher."

Jetzt glühte ich, doch Egmont lachte ebenfalls und sagte: „Wir werden es in Betracht ziehen. Bis morgen, Albin."

Als wir mit unseren Kindern die Halle verließen, lachte Egmont noch immer in sich hinein.

Bis Gwendolin und Landogar schliefen, unterhielten wir uns leise.

„Marobod hat zu einem Thing eingeladen", sagte Egmont.

Marobod, Marobod ... überlegte ich, und obwohl mir der Name etwas sagte, konnte ich ihn nicht einordnen. Darum fragte ich: „Zu welchem Stamm gehört er?"

„Er ist der Herrscher der Makromannen."

„Müsst ihr nach Süden dafür reisen? Oder wo trefft ihr ihn?"

„Nein, wir reisen nach Osten zum heiligen See."

Ich fragte mich, ob der heilige See und Heiligensee in Berlin dieselben Orte waren. „Warum ist der See euch heilig?"

„Dort wohnt Nerthus."

Ich sah ihn ratlos an. „Wie kann eine Göttin in einem See wohnen?"

„Es gibt dort einen Priester, der weiß es, wenn die Göttin gegenwärtig ist. Er begleitet ihren von Kühen gezogenen Wagen durch unser Land. Freudvoll sind dann die Tage, festlich all die Orte, welche die Göttin ihres Besuches und Eintretens würdigt. Wir beginnen dann keine Kriege und alle Waffen ruhen. Wenn Nerthus genug von uns Sterblichen hat, wird ihr Wagen zum heiligen See geführt. Dort angekommen wird Nerthus von

Sklaven im See gebadet, die der See hernach verschlingt."

„Sie sterben?"

„Ja."

„Aber warum tun sie es dann?" Ich war total schockiert.

„Emma, es ist eine große Ehre, der Göttin zu dienen."

Ich dachte darüber nach, wie abwegig es wäre, dass Menschen in meiner Zeit einer Sache so verschrieben waren, dass sie ihr Leben dafür geben würden. Es gab allenfalls einige wenige davon.

„Tun sie das freiwillig?"

„Ja, sie werden erwählt."

„Na, gut", schloss ich und wechselte das Thema. „Was möchte Marobod von euch?"

„Ich denke, dass er einen Pakt mit uns schließen will, falls es mit den Römern zum Kampf kommt."

„Tiberius." Unwillkürlich kam mir Drusus' Bruder in den Sinn. Nach dessen Tod hatte Tiberius die Eroberungsfeldzüge in Germanien fortgeführt.

„Du kennst ihn?"

„Ich habe von ihm gehört."

„Wirst du mir sagen, was du über ihn weißt?"

„Ja, aber ich weiß nicht so viel über ihn. Er ist Drusus' Bruder und wird Augustus auf den Thron folgen. Außerdem wird er irgendwann einen Pakt mit den Semnonen schließen."

„Geschieht das noch dieses Jahr?"

Ich rechnete kurz nach. Es war das Jahr sieben vor Christus. Bis zu dem Vertrag mit den Römern würde es noch zwölf Jahre dauern. „Nein, das geschieht nicht dieses Jahr. Ihr solltet den Pakt mit den Makromannen jedoch ernstlich in Betracht ziehen."

„Warum?"

„Ich denke, das ist es, was Tiberius von uns fernhält."

„Ich werde es mir merken." Egmont drehte sich vom Rücken auf die Seite. Seinen Kopf auf dem Ellbogen abstützend, sah er mich staunend an. „Es ist unglaublich, dass du ausgerechnet zu mir gekommen bist."

„Ja, und ich bin sehr dankbar dafür", flüsterte ich.

Sein folgender Kuss war der Auftakt zu unserer zweiten Liebesnacht.

Ich genoss es in vollen Zügen, ihn auf diese Weise an mich zu binden. Es schien ihm ähnlich zu gehen. Als wir endlich schliefen, verblassten die Sterne bereits.

21.

*I*ch war so hoffnungslos spät aufgewacht, dass ich das Frühmahl ausließ und mich direkt auf den Weg zu Marada machte. „Lass sie nicht sauer sein", bat ich stumm. Doch es sollte noch dauern, bis ich bei ihr ankam.

Ich war gerade an Eduards Haus vorbeigekommen, als sich mir Kunella in den Weg stellte.

„Hailatju thik, Kunella", grüßte ich sie abwesend und wollte um sie herum gehen. Stattdessen fand ich mich mit aufgeschürften Händen auf dem Boden wieder. Ich kochte vor Zorn. Dieses Miststück hatte mir ein Bein gestellt. Ich erhob mich und sah sie wütend an.

„Meine Güte, eine tollpatschige Dirne. Was Egmont an dir findet, ist mir ein Rätsel." Sie machte ein abfälliges Geräusch und ging mir nichts, dir nichts davon. Ich war viel zu verdattert, um darauf zu reagieren.

Als ich zum Brunnen gehumpelt war, wusch ich mir die Wunden aus. Ich stellte fest, dass mein neues Kleid ein Loch auf Kniehöhe hatte und Blut mein Bein hinunter lief. Ich seufzte.

Monatelange Arbeit hatte sie in Sekunden zunichtegemacht.

Nachdem ich halbwegs sauber war, ging ich zurück zu Egmonts Haus. Das Kleid warf ich wutentbrannt ins Feuer. Dass ich es hätte flicken können, kam mir gar nicht in den Sinn. Ich zog das Kleid vom Vorabend wieder an.

Dann drehte ich mich zur Tür und fing dabei Egmonts Blick auf.

„Emma, ist alles in Ordnung?"

Ich wollte nicht, dass sich Kunella auf so gemeine Weise in unsere Gespräche drängelte. Ich hatte ja ohnehin keine Beweise. Darum wich ich aus: „Sicher." Dann verschwand ich schnell aus der Tür, sodass er mich nicht mit Fragen löchern konnte.

Marada erwähnte mein spätes Erscheinen mit keinem Wort. Sie strich mir Salbe auf Hände und Knie. Dann ging mein Unterricht weiter, als wäre nichts geschehen.

In den folgenden Tagen fing Kunella mich immer Mal wieder ab. Meist beschränkte sie sich darauf, mich mit Schimpfworten zu betiteln. Doch sie wurde vorerst nicht wieder handgreiflich. Bei den Mahlzeiten flüsterte sie Eduard häufig etwas zu, was ihn dazu brachte, mich finster anzustarren.

Ich habe niemandem davon erzählt, weil ich meinte, dass es sich nur um Lappalien handelte. Niemand würde mich noch ernst nehmen, wenn ich wegen solcher Kindereien um Hilfe bat. Anfangs bemerkte ich auch nicht, dass Kunella sich mit ihren Bosheiten steigerte. Vielleicht lag es daran, dass ich die Schimpfworte nicht als unterschiedlich schlimm erkannte. Vielleicht war ich einfach zu beschäftigt mit der Ausbildung bei Marada. Nach einigen Wochen begann Kunella, mir offen zu drohen. Da ich aber so viel anderes im Kopf hatte, vergaß ich es meist wieder, bevor ich Egmont sah. Über Eduard machte ich mir ohnehin viel größere Sorgen. Inzwischen sah er mich nur noch wütend an. Er vermied es, auch nur ein einziges Wort mit mir zu wechseln. Ich wünschte, ich wüsste, was Kunella ihm einflüsterte. Es war unheimlich zuzusehen, wie ihre giftige Saat langsam aber stetig aufging.

„Emma?" Egmont riss mich aus meinen finsteren Gedanken. Wir saßen gerade beim Abendmahl. „Willst du mir nicht endlich sagen, was dich bedrückt?"

Ich sah zu Kunella. Sie sah noch einen Moment böse aus, dann lächelte sie freudestrahlend Egmont an. In dem Moment beneidete ich sie um ihre schauspielerischen Fähigkeiten. Jetzt winkte sie uns auch noch.

Ich schüttelte verblüfft meinen Kopf. „Nicht hier." Nach dieser Show würde Egmont mich sicher nicht ernst nehmen, und wer könnte es ihm verübeln, dachte ich resigniert.

Egmont hakte nicht nach und ich kam nicht auf seine Frage zurück, weil ich es für lächerlich hielt, mich deswegen so aufzuregen. Der Winter ging vorbei und es näherte sich Ostara, als ich merkte, dass ich wieder schwanger war. Mein Bauch wölbte sich bereits leicht nach vorn, aber man konnte es noch nicht sehen, wenn ich mein Kleid trug. Ich hatte es schon einige Zeit vermutet, wollte aber warten, bis die ersten zwölf Wochen vorüber waren, um Egmont eine Enttäuschung zu ersparen, sollte das Kind nicht bleiben. Nun war diese Zeit um und ich ging zu Egmont, um es ihm zu sagen, doch bevor ich zu Wort kam, sagte er: „Hailatju thik, Emma. Wir haben gerade beschlossen, dass wir morgen schon zum Thing reisen werden. Das Wetter ist noch unstet, daher möchte Bernhard lieber zwei Tage mehr für die Reise einplanen."

„Werdet ihr alle reisen?"

„Nein, nur Bernhard und ich. Eduard möchte Kunella in ihrem Zustand nicht allein lassen."

„Erwartet sie sein Kind?"

„Ja, er hat es mir heute Morgen gesagt."

Ich nickte. „Und Albin?"

„Albin wird ebenfalls hier bleiben. Er muss Schwerter schmieden und einiges vor der Aussaat in Ordnung bringen."

Ich überlegte, dass es sehr unfair gegenüber Bernhard wäre, auch Egmont hier zu binden. Sicher konnte ich es ihm auch sagen, sobald er wiederkam.

„Wann werdet ihr wieder hier sein?"

„Wirst du mich vermissen?"

„Ja, ich werde die Tage bis zu deiner Rückkehr zählen", sagte ich ehrlich.

„Danke, es bedeutet mir sehr viel, dass du das sagst." Egmont umarmte mich und küsste mich auf den Scheitel. „Bernhard rechnet mit einem Mond."

„Achtundzwanzig Tage also?"

„Ja."

„Gut." Ich lächelte und löste mich aus seinen Armen. „Ich gehe jetzt besser zu Marada, sie wird mich schon erwarten."

„Bis nachher, Liuba mina."

Ich floh in der Hoffnung, dass er meine Besorgnis nicht bemerken würde. Bei dem Gedanken, dass ich vier Wochen allein mit Kunella und Eduard blieb, rieselten mir Angstschauer über Arme und Rücken.

Ich war nicht weit gekommen, da begegnete ich auch ausgerechnet Kunella. Ich wusste ja, dass

Schwangere geruchsempfindlich waren, dachte ich bei mir, aber dass sie es schaffte, mich immer allein anzutreffen, konnte sie wohl kaum erschnüffelt haben. Auch wenn es anders fast nicht zu erklären war.

Um zu Marada zu gelangen, musste ich an ihr vorbei. Ich wusste, dass sie mich nicht so davonkommen lassen würde. Mein Magen zog sich schmerzlich zusammen.

„Ich weiß, dass du eine böse Hexe bist, die Merlinde getötet und Egmont vergiftet hat. Aber mit mir wirst du das nicht machen."

Aha, dachte ich, das ist ja interessant, sie war hier also das Opfer. Das schien mir an Ironie kaum noch zu überbieten.

„Hailatju thik, Kunella. Ich habe schon gehört, dass du ein Kind erwartest", sagte ich gelangweilt.

„Und ich habe nichts von dem getan, was du behauptest", fügte ich an.

„Ich schwöre, dass ich nicht eher ruhen werde, bis du dafür bezahlt hast", giftete sie mich an. Ich sah auf ihren Bauch, er hob sich deutlich ab. Aber eigentlich konnte das nicht sein. Ich war etwa zur Zeit ihrer Vermählung schwanger geworden. Außer ..., überlegte ich, außer sie war bereits schwanger, als sie heiratete. Egal wie, ihre Paranoia nervte mich gewaltig.

„Geh mir einfach aus dem Weg, Kunella."

„Du weißt, dass er dich nicht liebt, oder?"

„Ich weiß nicht, wovon du sprichst", sagte ich betont langsam, um mich nicht zu verraten.

„Dein sogenannter Gatte."

„Ach, und woher weißt du das so genau?", hakte ich nach und wünschte mir, ich hätte es lassen können nachzufragen.

„Minna", sie lächelte entzückt. „Er hat sie besucht, nachdem ihr verheiratet wart."

„Kunella, ehrlich, das weiß ich doch schon längst." Ich versuchte, meine Angst vor ihr zu verbergen.

„Ach so, dann weißt du sicher auch, dass sie ihm einen gesunden Sohn geboren hat, oder?", fragte sie gehässig nach.

Hätte sie mich ins Gesicht geschlagen, hätte es kaum mehr schmerzen können.

„Wann ...", ich räusperte mich, um das plötzlich auftretende Schwindelgefühl zu verdrängen. „... wann ist er geboren?"

Sie wusste genau, was sie mir antat. Ich sah es an ihrem verzückten Lächeln und doch habe ich es nicht kommen sehen. „Er ist in der Julnacht vorletztes Jahr geboren."

Es war mir egal, ob sie meinen Schmerz sah. Wenn das stimmte, dann war Egmont nach dem Thing weiterhin zu ihr gegangen.

Ich brauchte dringend Abstand von ihr. Ich rang nach Luft. Dann drehte ich mich um, doch bevor ich weglaufen konnte, packte sie mich hart am Arm und versetzte mir den Todesstoß: „Ich sage doch, er liebt dich nicht. Er liebt Minna, aber sie musste einen anderen heiraten, weil er an dich gebunden war."

Ich legte mein Gesicht in meine Hände. Ich wollte mich so dringend verstecken. Doch sie machte keine Anstalten mich loszulassen.

„Kunella!" Wie ein Peitschenhieb hallte Albins Stimme durch die Luft. Sie ließ mich sofort los und sah unschuldig ihren Bruder an.

„Hailatju thik, Albin."

„Spar dir das Kunella, ich habe genau gehört, was du zu ihr gesagt hast. Sei froh, dass du nicht mehr unter meiner Obhut stehst. Aber das wird ein Nachspiel haben."

Kunella lief erst rot an und rannte dann weg.

„Emma?", er sagte es leise, wie man mit kleinen Kindern spricht.

Ich ließ meine Hände sinken. Was immer er sah, es bewog ihn, mich tröstend zu umarmen. An seiner Schulter vorbei sah ich Salgardis, die auf dem Weg zu uns war, entsetzt nach Luft schnappen und sofort wieder umkehren. Ich schob Albin weg und zeigte auf Salgardis. Doch bevor ich etwas sagen konnte, fiel mir eine Bewegung bei Albins

Haus auf. Es war Kunella, die so siegesgewiss aussah, dass mich kaltes Entsetzen packte.

„Du musst zu deiner Frau gehen", herrschte ich Albin beinahe an.

„Was?"

Ich zeigte in die Richtung, in die Salgardis verschwunden war.

Kunella gackerte lauthals, als Albin verstand und losrannte, um seine Ehe zu retten.

Ich wartete den ganzen Tag angespannt darauf, dass etwas geschah. Doch der erwartete Tumult blieb aus. Zuerst fragte ich mich, was der Grund dafür sein könnte. Doch als sie beim Abendessen wieder auf Eduard einredete und Egmont und mich freundlich anlächelte, wusste ich, dass sie warten würde, bis Bernhard und Egmont losgeritten waren. Aber ich wollte und konnte Egmont trotzdem nicht hier halten. Das Wohl seines Stammes hing davon ab, dass sie gingen. Außerdem hatte sie mein Vertrauen in ihn massiv erschüttert. Mir war bewusst, dass es ihre Absicht gewesen war, mich zu isolieren. Das war ihr meisterlich gelungen. Es würde seinen Lauf nehmen, was auch immer sie plante. Das sah ich in diesem Augenblick glasklar vor mir. Ich versuchte den Mut zu finden durchzustehen, was immer kam. Für meine Kinder Gwendolin, Landogar und unser Baby.

Egmont war mit seinen Gedanken beim Thing. Das und meine Bemühungen ihm vorzuspielen, dass alles in Ordnung sei, ließen ihn am folgenden Morgen ahnungslos davonreiten.

Ich hatte gedacht, dass sie nicht viel länger auf ihre Rache warten wollte, doch Kunella wartete nicht nur geduldig, sie spielte auch Katz und Maus mit mir, indem sie mich besonders freundlich behandelte.

Wann immer sie mich beim Abendessen sah, lächelte sie. Ich fragte mich schon entnervt, wozu das gut sein sollte, aber als ich hörte, dass Almudis zu Marada sagte: „Ist Kunella nicht nett? Sie ist ein so liebes Kind." Da hatte ich verstanden, dass meine Vernichtung vollkommen werden würde.

Ich erwog nicht einmal, mich davor zu drücken, indem ich floh. Ich weiß nicht warum. Ich vermute, es lag daran, dass ich Gwendolin und Landogar nicht einfach im Stich lassen konnte.

Egmont war schon eine Woche fort, als Kunella endlich zuschlug. Sie hatte sich ihr Vorgehen sehr gut überlegt.

Ich sah, wie sie Salgardis beim Morgenmahl ermutigend zunickte. Salgardis drehte sich zu ihrem Gatten herum und klagte: „Wie konntest du nur? Wenn ich dir nicht genug war, hättest du dann nicht wenigstens versuchen können, es vor mir zu verbergen?"

Alle anderen Geräusche waren verstummt. Albin starrte seine Frau nur bestürzt an. Er hatte von nichts gewusst.

„Doch stattdessen hast du dir die Frau meines Bruders zu deiner Dirne gemacht." Bei diesen Worten zeigte sie anklagend auf mich.

„Wie konntest du ausgerechnet mit ihr Unzucht treiben?!"

Albin schüttelte nur in stummem Entsetzen seinen Kopf.

„Beruhige dich, Schwester, wir werden Klarheit in die Angelegenheit bringen." Eduard hatte gesprochen, als ob es ihn eigentlich nichts anginge.

Genau genommen ging es ihn nichts an, aber er war das Oberhaupt, solange sein Vater weg war und mein Mann, dem ich sonst unterstellt war, war mit ihm gegangen, damit ging die Verantwortung für mich wohl auf Eduard über. Ich stellte in diesem Moment zum ersten Mal fest, dass es ein schwerer Fehler gewesen war, Egmont nicht zu sagen, was vor sich ging. Aber für diese Reue war es jetzt zu spät.

Dann wandte Eduard sich mir zu. Er sah aus, als wäre ich etwas sehr Widerwärtiges, mit dem man nichts zu tun haben wollte. Er sagte: „Du stehst unter Hausarrest, bis dein Mann wiederkommt."

Kunella zischte empört, doch Eduard missdeutete das Geräusch als Mitgefühl: „Schweig, Weib", wies er sie barsch zurecht. „… bis dein Mann wiederkommt oder wir einen Beweis für deinen Ehebruch finden. Geh jetzt zu Egmonts Haus."

Ich erhob mich steif. Sie würden keinen Beweis finden, weil es keinen geben konnte. Insofern würde Egmont wiederkommen und hoffentlich einsichtiger sein als meine persönlichen Racheengel. Mit hoch erhobenem Kopf und geradem Blick schritt ich gemessen aus der Halle. Gwendolin und Landogar durften nicht zu mir. Doch überraschenderweise kam Marada mich besuchen. Sie brachte mein Abendessen.

„Hailatju thik, Liebes."

„Hailatju thik, Marada." Mir war so elend zumute, dass ich ganz grün im Gesicht war. Hoffentlich verdächtigte sie mich nicht auch.

„Ich weiß, dass du nichts dergleichen getan hast", eröffnete sie mir unumwunden.

„Danke, Marada. Aber woher willst du das wissen?"

„Das ist ganz einfach, Liebes. Ich habe dich und Egmont in den letzten Wochen beobachtet."

„Wie soll sie das überzeugen?"

„Das muss sie nicht überzeugen, nur Egmont."

„Aber, er hat", ich stockte verletzt. „Er ist weiter zu Minna gegangen und sie haben ein Kind bekommen."

„Wer hat dir denn diesen hanebüchenen Unfug erzählt?"

„Kunella", sagte ich leise.

„Das hätte ich mir denken können." Sie sah wütend drein. Dann verlangte sie streng: „Erzähl es mir. Alles."

Und ich erzählte ihr, wie Kunella mich wochenlang gequält und gepeinigt hatte, dass Albin mir geholfen hatte und dass ich ein Kind von Egmont erwartete.

Sie hörte mir geduldig zu. Nur einmal unterbrach sie mich und beschimpfte Kunella als „Diese hinterhältige Weibsperson." Nur meine Schwangerschaft schien sie genauso zu beunruhigen wie mich.

„Weiß Egmont, dass du sein Kind in dir trägst?"

„Nein, ich wollte es ihm sagen, aber, nun ja ...", wie sollte ich ihr bloß erklären, dass ich ihn erst in Ruhe seine Reise machen lassen wollte?

„Warum hast du dich denn nicht Egmont anvertraut?" Sie schüttelte ungehalten ihr weißes Haupt.

„Ich wollte nicht, dass er meinetwegen hier bleiben müsste, obwohl er es nicht wollte", sagte ich kläglich. Ich hörte selbst, wie dumm das klang. Ich sah auf meine Hände und studierte die zwei Ringe, die darauf steckten.

Marada legte weich ihre Hand um meine und drückte sie.

„Ich bin zuversichtlich, dass Egmont rechtzeitig zurück sein wird."

„Und falls nicht?"

„Falls nicht, werden wir Nerthus anflehen, dich zu beschützen."

Ich schluckte. Wenn das der ganze Plan war, sollte ich vielleicht doch lieber weglaufen. Aber ich wusste, dass ich zu stolz war, das zu tun. Vielleicht hatte aber auch ihr Ehrgefühl schon zu sehr auf mich abgefärbt. Wie auch immer, ich würde bleiben und hoffen, dass Egmont vorher kam.

Die Tage verstrichen. Doch von Egmont und Bernhard war nichts zu sehen. Ich hatte angefangen, im Stützbalken eine Strichliste zu führen.

Siebenundzwanzig, achtundzwanzig, neunundzwanzig, dreißig. Nur Egmont kam nicht. Mein Bauch zeichnete sich inzwischen deutlich unter dem Kleid ab. Da mich außer Marada niemand besucht hatte, machte ich mich auf alles Mögliche gefasst, als ihnen am einunddreißigsten Tag die Geduld ausging und sie mich holen kamen. Ich war ohnehin erstaunt, dass Eduard so lange den Einflüsterungen seiner Frau widerstanden hatte. Alle Dorfbewohner warteten draußen, als ich mit

Marada, zum ersten Mal seit vier Wochen, vor diese Menschen trat.

Wir gingen zur großen Linde, wo die anderen bereits warteten.

„Seht nur, wie ihr Leib sich wölbt!", kreischte Kunella triumphierend, als ich vor sie getreten war.

Ich sah Eduard an, dass er damit sein letztes Beweisstück gegen mich gesammelt hatte. Almudis wandte mir demonstrativ den Rücken zu, von ihr war also keine Hilfe zu erwarten.

„Das ist Egmonts Kind", sagte Marada.

Doch so leicht machte es mir Eduard nicht: „Das ist unmöglich. Egmont selbst hat mir erzählt, dass er seit seiner Hochzeit nicht mehr bei ihr gelegen hat."

Ich war geschockt, warum hatte Egmont mich vor seinem Bruder so bloßgestellt?

„Ich schwöre, dass ich ebenfalls nicht bei ihr lag", unternahm Albin einen letzten Versuch mich zu verteidigen. Doch es war vergebene Liebesmüh.

„Bei irgendwem muss die Dirne aber gelegen haben," schaltete sich Kunella ein. „Damit hat sie Ehebruch begangen und muss bestraft werden." Ich hatte den Eindruck, dass sie es kaum erwarten konnte, mich in den Staub zu treten. Aus ihrer

Stimme sprach Vorfreude darauf, mich zu quälen. Ich schauderte.

„Eduard, du hast nicht das Recht, über sie zu richten.", versuchte Marada ihn zur Vernunft zu bringen. Doch es half nichts. Es war so abgesprochen und so würde es sein. „Ich befinde dich des Ehebruchs für schuldig", sagte Eduard so laut, dass es alle hören konnten.

Jemand trat mir von hinten in die Kniekehlen. Da ich nicht darauf gefasst war, knickte ich ein und fiel hart auf meine Knie.

„Mama", weinte Gwendolin.

Doch Almudis wies sie streng zurecht: „Sei froh, dass diese Dirne nicht deine wahre Mutter ist." Da flehte Gwendolin nur noch mit ihren schönen blauen Augen nach mir. Sie und Landogar taten mir mehr leid als ich mir selbst.

„Ich liebe dich, Gwendolin, und dich auch, Landogar", zwang ich mich zu sagen. Ich sah sie an, als wäre all das nicht so schlimm, was sie mir antaten. Die Demütigungen waren mir nicht so wichtig, wenn es ihnen nur gut ging. Nicht für all meine Kinder musste das hier schlimm enden.

Kunella schor mein langes Haar mit einem Rasiermesser. Es schien ihr eine besondere Freude zu bereiten, mir die Haare regelrecht auszureißen und wenn sie nicht das tat, dann mir in die Kopfhaut zu schneiden. Ich biss meine Zähne krampfhaft zusammen, dass sie nicht auch noch sah, wie sehr es mich verletzte, mein langes Haar auf den Boden fallen zu sehen. Dann riss sie mir meine Ringe von den Fingern und steckte sie sich selbst an.

„Dieser Ring gehörte meiner Großmutter", begehrte ich auf. Doch statt einer Antwort schlug sie mir mit der Handrückseite so heftig ins Gesicht, dass mir die Wange aufplatzte. Ich fühlte das Blut heraussickern und heiß darüber laufen, widerstand jedoch dem Bedürfnis, die Stelle zu berühren, dass nicht noch Schmutz in die Wunde gelangte.

„Steh auf", herrschte Kunella mich an. „Dir gehört jetzt nichts mehr. Nicht einmal Egmont." Bei diesen Worten riss sie mir das Kleid und die Tunika herunter.

In ihrem Hass sah sie so beseelt aus, dass mir schlecht wurde. Sie war ein Monster geworden, weil sie nicht dankbar annehmen konnte, was das Leben ihr schenkte. Ihr Ehemann nahm inzwischen Weidenruten in die Hand. Kunella hielt mich an den Schultern fest, dass ich nicht, wie es üblich war, weglaufen konnte. Eduard schlug mit der Wut eines Verzweifelten zu. Traf meinen Rücken, mein Gesäß und meine Oberschenkel. Ich wusste, wie es war, verprügelt zu werden, meine Eltern hatten mir diese Behandlung oft genug angedeihen lassen, wofür ich sie hasste. Aber in diesem Moment dachte ich, dass die Schläge meiner Eltern gegen das hier harmlos gewesen waren. Die Ruten hinterließen brennend heiße Striemen auf meiner Haut. Tränen schossen mir in die Augen und ich keuchte vor Schmerzen, wann immer Eduard mich traf.

„Das ist dafür, dass du Merlinde umgebracht hast.", er zischte es wieder und wieder wie ein Mantra.

Ich habe bis zwanzig mitgezählt, dann hörten die Schläge auf wundersame Weise auf.

„Es reicht", hörte ich Albin knurren. „Du willst sie doch nicht umbringen."

Es war keine Frage, eher eine Drohung. „Lass sie sofort los, Kunella."

Ich hoffte, dass sie widersprechen würde, aber den Gefallen tat sie mir nicht. Ich fiel wie ein Sack auf meine Hände und blieb liegen.

Marada rieb mir mit einer Salbe meinen glühenden Rücken ein. Es hätte mich nicht gewundert, wenn es gezischt hätte wie Wasser auf einer heißen Herdplatte.

„Komm, Liebes." Sie half mir langsam auf, dann flößte sie mir Wasser ein. „Du musst hier weg." Ich humpelte an ihrem Arm aus dem Dorf.

Als wir das Dorf verlassen hatten, holte sie hinter einem Busch ein Bündel mit Kleidern hervor.

Sie half mir vorsichtig, die Sachen überzuziehen, ohne meine Rückseite zu streifen. Den Mantel legte sie mir über den Arm und gab mir einen Beutel mit Brot und Käse.

„Es tut mir so leid, Liebes."

„Du kannst doch nichts dafür, Marada."

Sie wechselte einfach das Thema: „Du kannst Schneeflocke mitnehmen. Ich glaube nicht, dass Egmont etwas dagegen hätte."

„Das ist lieb von dir, Marada, aber ich kann mich kaum um mich kümmern. Ich könnte nicht gut für sie sorgen und ich kann zur Zeit nicht einmal sitzen, geschweige denn reiten."

„Nun gut, Liebes, wie du meinst."

Marada liefen Abschiedstränen über das Gesicht. Ich umarmte sie vorsichtig. „Danke, Marada", murmelte ich noch einmal, dann ging ich davon, ohne mich noch einmal umzudrehen.

22.

Kaum war ich aus Maradas Sichtweite ver-schwunden, als mir Albin in den Weg trat.

„Es tut mir so leid, Emma", sagte er mit tränen-erstickter Stimme.

„Du kannst ja nichts dafür." Mein Lächeln geriet recht schief.

„Ich habe dir etwas mitgebracht.", er reichte mir ein Bündel.

„Was ist das?"

„Etwas zu essen, Kleidung, ein paar Münzen und der Armreif."

„Aber der gehört doch Salgardis."

„Als sie gesehen hatte, was sie heute mit dir gemacht haben, hat sie sich geschämt. Sie wollte gern, dass du ihn bekommst."

„Wusste sie, dass er von mir ist?"

„Ich habe es ihr heute gesagt, das hat wohl ihr schlechtes Gewissen noch verschlimmert."

Ich merkte, dass ich weitergehen sollte, wenn ich nicht in unmittelbarer Umgebung des Dorfes übernachten wollte. Es gab tatsächlich nichts Schmerzhafteres, was ich mir im Moment hätte vorstellen können. „Ich muss gehen", sagte ich widerwillig.

„Du könntest in der Nähe bleiben und wir bringen dir Essen. Wenn Egmont wiederkommt ...", weiter kam er nicht, weil ich entsetzt gekeucht hatte. Ich wollte auf gar keinen Fall, dass Egmont mich so vernichtet zu Gesicht bekam. Ich schüttelte den Kopf und sagte: „Wie lange würde es dauern, bis Kunella davon Wind bekommt? Nein, Albin, das geht auf keinen Fall." Wer weiß, in was sich eine Furie sonst noch verwandeln konnte, fügte ich schaudernd in Gedanken hinzu.

„Du hast recht", stimmte er traurig zu. „Wohin wirst du gehen?"

„Richtung Südwesten." Ich würde zum Götterstein gehen. Hoffentlich brachte er mich in eine andere Zeit. Mir war fast egal, welche Zeit. Alles schien mir besser, als hier zu bleiben, wo mich jeder, der mich sah, für eine Ehebrecherin halten würde. „Grüß Salgardis von mir. Ich bin ihr nicht gram."

Dann wandte ich mich um und ließ Albin allein zurück.

Ich aß ab und zu etwas Brot und manchmal fühlte ich mein Baby und ich war erleichtert, dass es geblieben war. Diesen Verlust hätte ich nicht auch noch ertragen, nachdem ich schon alles andere verloren hatte.

Ich versuchte, mich tagsüber an der Sonne und nachts am Polarstern zu orientieren. Geistig war ich in einer Schockstarre. Anfangs durchdrang nichts meinen dumpfen Schutz. Ich dachte nichts und sah nichts außer dem Weg unter meinen Füßen. Ich kam nur langsam voran. Aber die bloße Vorstellung, welche Schmerzen nur der Versuch mich hinzulegen, mir bereiten würde, halfen mir weiterzutrotten. Es wurde zwar langsam wärmer, aber die Nächte waren noch immer eisig. Es war Anfang Mai und ich erinnerte mich schwach, wie meine Oma mir mal von den Eisheiligen erzählt hatte. Sie hatte mich immer so geliebt, wie ich war. Dummerweise weichte der Gedanke an die Wärme, die ich in ihrem Haus gefühlt hatte, meinen Schutz auf. Der Gegensatz zu meiner Situation war einfach zu groß. Meine Verzweiflung drückte mich auf die Knie. Ich hätte nichts dagegen tun können. Als die Tränen der Unsicherheit endlich emporstiegen, überwältigten sie mich einfach. Das geschah am dritten Tag meiner einsamen Wanderung. Ich versuchte logisch zu denken, doch das gelang mir einfach nicht. Also beschloss ich hier zu schlafen, bis ich wieder gehen konnte. Ich legte mich vorsichtig seitlich auf den Bauch. Meine Rückseite brannte nach wie vor wie Feuer. Ich nahm mir vor, in der Elbe ein Bad zu nehmen, sobald ich sie erreichte. Ich musste auch meine

Wasserflasche wieder füllen. Es war die bronzene, die mir Egmont auf meiner letzten Reise zum Stein gegeben hatte. Warum war er nur nicht rechtzeitig zurück gewesen, wie er es versprochen hatte? Ich wollte nicht, dass er sah, was sie aus mir gemacht hatten. Sie hatten mich auf allen Ebenen besiegt. Das würde meinem Semnonen nicht gefallen. Er war so stolz. Einen Moment erlaubte ich mir den Gedanken, dass er mich vielleicht suchen würde, schalt mich jedoch im nächsten Augenblick eine Närrin. Er konnte gar nicht nach mir suchen wollen. In seinen Augen musste ich eine verurteilte Ehebrecherin sein, zum Tode verurteilt durch Verbannung. Ich schlief einige Stunden unruhig. Dann erhob ich mich mühsam und setzte meinen Weg fort. Ich musste mich verlaufen haben, denn bis ich die Elbe endlich erreichte, waren schon fünf Tage vergangen. Ich legte meine Kleidung ab. Mit der Tunika riss ich versehentlich Schorf von meinem Rücken. Ich jaulte leise und ließ sie, wo sie war. Also ging ich angekleidet hinein, um den Schorf erst aufzuweichen, bevor ich sie auszog. Ich war froh, dass Albin mir noch Sachen mitgegeben hatte, dann musste ich das nasse Stück nicht wieder anziehen.

Das kalte Wasser umströmte angenehm meine Haut. Ich wusch auch meinen Kopf, auf dem kurze Stoppeln nachgewachsen waren. Ich vermisste das Gewicht meiner Haare und das Sicherheitsgefühl, das sie mir gaben, wenn sie meinen Rücken hinunterflossen. Es hatte zwölf Jahre gedauert, bis sie so lang gewesen waren. Kunella wusste genau, dass sie mir einen Teil meiner Selbst nahm, als sie meinen Kopf schor. Und zum ersten Mal, seit ich sie kannte, war ich einfach nur wütend auf sie. Bisher hatte sie mir leidgetan. Aber jetzt begann ich, sie zu hassen. Ich war noch nicht so weit, dass ich mich rächen wollte, aber mein Mitgefühl war bei ihr verschwendet, das war mir jetzt bewusst. Ich nahm mir vor es ihr nicht mehr zu schenken und sollte sie je wieder versuchen, mich oder jemanden, den ich liebte, zu quälen, würde ich sie grün und blau schlagen, das schwor ich mir.

Nachdem ich gebadet und meine Flasche aufgefüllt hatte, entschied ich mich, in Richtung Norden zu gehen, weil ich vermutete, dass ich dort die Holzbrücke finden würde, die wir beim letzten Mal genutzt hatten.

Es dauerte nur einen halben Tag, bis ich darauf stieß. Ich lief noch immer nicht schneller, aber ich spürte nicht mehr jede Erschütterung bis ins Mark. Ich lief am Abend über die Brücke und beschloss, eine Pause einzulegen. Bevor ich das Moor betrat, würde ich essen und schlafen. Es machte mir auch am Tag schon genug Angst, es allein zu durchqueren. Das Brot und der Käse aus Maradas Bündel hatte ich am Morgen aufgebraucht, darum öffnete ich jetzt Albins. Die Tunika hatte obenauf gelegen, daher hatte ich mir den Inhalt vorher nicht genauer angesehen. Ich legte Mantel und Kleid beiseite und schluckte, als darunter eine Hose zum Vorschein kam. Ich staunte darüber, was für ein umsichtiger Mensch Albin war. Ich war sehr froh, einen Freund zu haben, der mich so gut kannte. Ich zog die Hose umständlich unter mein Kleid und fühlte mich sofort deutlich besser. Dann kniete ich mich wieder vor das Bündel. Brot und Käse lagen darin, aber auch mein Dolch und zwei Ledersäckchen. Ich öffnete erst das eine. Es war randvoll mit römischen Münzen. Die meisten waren Denare, aber es waren auch etwa zwanzig Aurei darunter. Das war ein Vermögen. Sechzig Denare reichten, um einen Soldaten ein Jahr lang zu ernähren. Ich fragte mich erstaunt, wie Albin an diesen Schatz gekommen war. Dann verschloss ich den Beutel sorgsam und öffnete den anderen. Er enthielt meinen Schmuck. Ich war empört. Hätte ich gewusst, dass er davon nicht das Schwert für Egmont bezahlt hatte, hätte ich es nicht angenommen. Ich zog auch diesen Beutel wieder zu und begann zu essen.

Der nächste Morgen war neblig. Ich stärkte mich zunächst und wartete, bis es aufklarte. Der Pfad durch den Wald war erstaunlich gut zu erkennen. Ich ließ ihn trotzdem nicht einen Moment aus den Augen. Wenn mir eine Stelle zu dunkel schien, ging ich um sie herum. Bei dem Glück, das ich allein die letzten Wochen gehabt hatte, wollte ich es nicht darauf ankommen lassen. Am späten Nachmittag erreichte ich den Hain und blieb abrupt stehen. Ich hatte nicht weiter geplant als bis zu diesem Punkt und mein Ziel zu erreichen, brachte mich irgendwie aus dem Konzept. Ich starrte auf den Stein. Er leuchtete grün und brummte leise. Ein schnarchender Menhir, die Vorstellung amüsierte mich kurz. Doch vor allem war ich auch froh, dass er dieses Mal nicht so eine hypnotisierende Wirkung auf mich hatte wie beim letzten Thing. Unentschlossen setzte ich mich an Ort und Stelle nieder und grübelte über meine Möglichkeiten nach. Ich konnte versuchen, wieder in meine Zeit zu reisen. Doch ich wusste natürlich nicht, ob ich dort landen würde. Vielleicht kam ich in eine völlig andere Zeit. Meine Verzweiflung vor sechs Tagen hatte so weit nachgelassen, dass ich halbwegs vernünftig nachdenken konnte. Auch der pure Fluchtinstinkt, der mich da noch im Griff hatte, war vergangen. Ich wollte nicht von Egmont weg, das wusste ich mit absoluter Sicherheit. Aber ich hatte Angst, dass mir sehr viel Schlimmeres geschehen konnte als bisher, sofern ich in das Dorf zurückkehrte.

Falls Egmont noch immer nicht zurück war, könnten sie mich vielleicht auch töten. Oder sie könnten ihn überzeugt haben, dass ich schuldig wäre, wie sie es bei Almudis getan hatten. Meine Schwiegermutter hatte nicht einmal einen Versuch unternommen, mich zu verteidigen, geschweige denn, ihren Sohn davon abzubringen, eine Schwangere auszupeitschen. Bei der Vorstellung, dass sich das Ganze wiederholen könnte, wurde mir übel.

Also, zurückzukehren kam eher nicht in Frage. Ich dachte nach, welche Möglichkeiten ich sonst noch hätte. War es eine Option, in die nächste römische Stadt zu ziehen? Genug Geld, um dort-hin zu gelangen, hatte ich und Köln gab es auf jeden Fall schon. Doch was würde ich als kahl geschorene Schwangere dort tun? Das Geld würde ja nicht ewig reichen. Irgendwie müsste ich mein Kind ernähren. Über meine Grübeleien senkte sich die Nacht. Das Leuchten des Steins war nun viel intensiver. Es tauchte den ganzen Hain in gespenstisches Licht, mich eingeschlossen. Ich legte mich unentschlossen auf die Seite. Meine Gedanken begannen zu kreisen und ermüdeten mich, ohne mir Schlaf zu gönnen.

Irgendwann zog mir die Erschöpfung bleiern die Augen zu. Doch es war kein erholsamer Schlaf. Mein Unterbewusstsein schien beschlossen zu haben, dass es ein guter Zeitpunkt war, den Verrat und die schmerzlichen Erlebnisse zu verarbeiten. Ich träumte wirres Zeug von Kunella, Eduard und Almudis.

Jeder starrte mich auf seine Weise finster an. Als etwas leise neben mich plumpste, schreckte ich hoch und stieß prompt mit dem Kopf gegen etwas Hartes.

„Autsch." Ich fasste an meine anschwellende Stirn und sah in Egmonts Gesicht.

Er rieb sich sein Kinn.

Ich dachte, ich würde noch immer träumen. Ich kniff meine Augen zusammen, dann öffnete ich sie wieder. Er war nicht verschwunden. Ich war so froh ihn zu sehen, dass mir schon wieder Tränen in die Augen schossen. In Schwangerschaften heulte ich irgendwie andauernd, dachte ich frustriert über diese Schwäche.

„Hailatju thik, Emma", sagte er und sah mich mitfühlend an.

Mir ging auf, warum er so schaute. Ich schlug mir die Hände vor das Gesicht, dass ich die Abscheu, die unweigerlich folgen würde, nicht ertragen musste.

„Hailatju thik, Egmont", quetschte ich leise hervor und zog meine Beine an.

„Liuba mina, was haben sie dir angetan?" Er strich mit leichter Hand über meinen Kopf. Ich lehnte mich in seine Berührung, wie es ein Tier tut, wenn ein Mensch es liebkost.

Er wartete eine Weile vor mir kniend, bevor er sagte: „Emma, bitte sieh mich an."

Ich konnte seinem weichen Singsang nicht widerstehen und zog langsam meine Hände vom Gesicht.

„Es tut mir so leid, dass ich nicht da war, um dich zu beschützen."

Ich brauchte eine geschlagene Minute, bis ich begriff, dass er gar nicht mit mir schimpfte. „Du bist ja gar nicht wütend auf mich?!", sagte ich verblüfft.

„Warum sollte ich wütend auf dich sein?"

„Nun, ich wurde des Ehebruchs für schuldig befunden." Ich machte eine kurze Pause, bevor ich anfügte: „Das weißt du doch, oder?"

Sein Gesicht wurde zu einer wütenden Maske. „Ich habe davon gehört", presste er auf schmalen Lippen hervor.

Ich versteckte mich wieder hinter meinen Händen. Jetzt würde der Teil mit der Wut kommen. Das wollte ich nicht sehen. Doch diesmal zog er meine Hände sanft beiseite.

„Ich bin nicht wütend auf dich, Liuba mina. Ich weiß, dass du mich nicht betrogen hast."

„Aber woher?"

„Marada und Albin haben mich an der Koppel abgefangen und mich hinter dir her geschickt."

„Was haben sie gesagt?"

„Vor allem, dass Eduard und Kunella es sich gewagt haben, dich des Ehebruchs für schuldig zu erklären und was sie dir angetan haben."

„Ja, sie haben meine Schwangerschaft als Beweis angesehen."

„Das ist meine Schuld."

„Nein, das ist es nicht."

„Doch, ich hätte mit Eduard gar nicht erst über uns reden sollen, dann wäre er vielleicht zur Vernunft gekommen, bevor ...", er brach angespannt ab.

„Woher wusstest du, wo du mich findest?", wechselte ich das Thema.

„Das wusste ich nicht. Ich habe es vermutet. Doch als ich vor zwei Tagen hier ankam, warst du

nicht da. Ich hatte schon befürchtet, dass du ...", er zeigte mit zitternder Hand auf den Stein.

„Nein, ich hatte mich verlaufen."

„Das hatte ich mir auch zurechtgelegt. Ich bin sehr froh, dass ich dich gefunden habe, bevor du gehst."

Er wollte, dass ich ging. „Nein, ich will nicht von dir weg gehen. Bitte schick mich nicht weg", sagte ich heftig.

„Nichts läge mir ferner."

„Aber warum hast du dann gehofft mich zu finden, bevor ich gehe?"

„Ich wollte dich überzeugen zu bleiben."

„Oh."

„Bleibst du bei mir?"

„Das möchte ich. Aber ich kann nicht ins Dorf zurück, zurück zu Kunella und Eduard", stellte ich klar.

„Sie werden nicht so davonkommen."

„Sie windet sich doch immer wieder heraus", sagte ich resigniert.

„Dieses Mal nicht." Egmont klang völlig überzeugt.

„Warum glaubst du das?"

„Sie hatten kein Recht dich zu bestrafen, selbst wenn du schuldig gewesen wärst. Sie hätten dich vor ein Thing stellen müssen. Dort wäre über dich geurteilt worden und eine Strafe darf nur der gewählte Priester ausführen."

„Aber du sagtest doch, dass der Ehemann das hätte auch mit seiner Frau machen dürfen."

„Nein, aber nicht so.", er schüttelte angeekelt seinen Kopf.

Ich dachte an die entsetzten Gesichter von Marada und Albin und das Jammern von Gwendolin und Landogar. „Wie geht es unseren Kindern?"

„Warum fragst du?"

„Sie haben es mit angesehen und wirkten sehr verstört."

„Wir sollten schnellstens aufbrechen", beschloss Egmont und schwang sich auf die Füße.

Ich blieb, wo ich war.

„Kommst du?", hakte er nach.

Ich sah zweifelnd auf Donar, der neben mir graste.

„Wie, du willst nicht auf Donar reiten?" Egmont sah einen Moment verletzt aus. Dann verstand er. „Hast du starke Schmerzen?"

Ich nickte: „Ziemlich starke, ja."

„Kannst du gehen?"

„Ja." Es war mehr ein Humpeln, aber ich konnte mich immerhin fortbewegen.

„Das ist gut. Wir sollten die Nacht nicht hier verbringen." Er reichte mir seine Hand und zog mich hoch. Dann schnappte er sich Donars Zügel, warf meine Bündel auf dessen Rücken und fasste mich an der Hand.

„Warte, wie waren die Verhandlungen?"

„Wir haben eine Abmachung mit Marobod."

„Na, dann war es wenigstens für etwas gut, dass du fort warst."

Er schnaubte belustigt „Weißt du, man muss nicht allem etwas Gutes abgewinnen."

„Ich fühle mich dann besser."

Er betrachtete mich einige Zeit, als wäre er unschlüssig, ob das jetzt ein gutes Thema war. Dann sagte er in so auffällig beifälligem Ton, dass ich achtsam wurde: „Wann wolltest du mir eigentlich sagen, dass du unser Kind unter deinem Herzen trägst?"

„Sobald du wieder da bist."

„Du wusstest es bereits vor meiner Abreise, oder?"

„Ja", gab ich zerknirscht zu.

„Ts, ts, Emma. Warum hast du es mir nicht gesagt, dann wäre ich bei dir geblieben", sagte er tadelnd.

„Genau deshalb habe ich es dir nicht gesagt."

Er zog fragend die Augenbrauen nach oben und fragte: „Du wolltest mich loswerden?"

„Natürlich nicht."

„Warum hast du es dann verheimlicht?"

„Zuerst wollte ich nicht, dass dein Vater auch auf dich verzichten musste", sagte ich kleinlaut.

„Mh. Und dann?"

Mir kam das Gespräch mit Kunella wieder in den Sinn, dass wir am Tag vor seiner Abreise geführt hatten. „Kunella hatte mir gesagt, dass Minna ein Kind von dir bekommen hat." Ich starrte gebannt auf meine Füße und hoffte, dass das grüne Leuchten vom Götterstein das rote Glühen meiner Wangen verdeckte.

„Sie hat was getan?"

Also stimmte es. Ich hatte so gehofft, dass sie log.

„Emma, Minna kann gar kein Kind von mir empfangen haben. Soweit ich weiß, geht das schließlich nicht vom Küssen. Außerdem habe ich sie nach dem Thing nicht wiedergesehen."

Ich fragte mich, ob ich das glauben konnte, kam aber zu keinem Schluss.

„Emma, ich schwöre dir, dass ich die Wahrheit sage."

Wenn er schwor, musste es die Wahrheit sein. Ein Schwur wurde von ihm sicher nicht leichtfertig abgegeben.

„Bitte, Liuba mina, sieh mich an.", er klang unsicher.

Ich tat ihm den Gefallen.

„Ich liebe dich. Du bist der wichtigste Mensch für mich. Bitte schenke Kunellas Gemeinheiten keinen Glauben."

Ich nickte zustimmend.

„Darf ich dich küssen?", wollte er mit vor Sehnsucht brüchiger Stimme wissen.

„Ja." Ich hatte es kaum ausgesprochen, da sanken seine Lippen schon weich in meine. Dann lehnte er seine Stirn gegen meine und umfasste meinen Kopf mit beiden Händen. „Was auch geschieht, ich bin dein, mit Leib und Seele. Vergiss das nicht", hauchte er.

„Ich werde es mir merken", versprach ich und prägte diesen Moment fest in mein Gedächtnis.

„Sehr gut", bekräftigte Egmont mich. „Und nun komm." Er ließ meinen Kopf los und nahm wieder meine Hand. „Lass uns gehen."

Als ich loshumplte, knurrte er: „Das werden sie mir büßen." Er sagte es nur leise, aber die kalte Wut dahinter machte sein Versprechen bedrohlicher als ein Schrei es vermocht hätte.

Nachdem wir aus dem Wald getreten waren, legten wir uns nieder. Ich kuschelte mich eng an ihn und saugte sehnsüchtig seinen Duft ein. „Ich habe dich vermisst", murmelte ich schlaftrunken. Egmont lachte leise und sagte: „Ich habe dich auch vermisst, Liuba mina, und nun schlaf."

In dieser Nacht schlief ich zum ersten Mal seit vier Wochen erholsam. Am kommenden Morgen lagen wir noch genauso da, wie wir uns abends hingelegt hatten.

„Hailatju thik, Schlafmütze", begrüßte mich Egmont. Dann zog er mich an sich.

„Au", stieß ich unwillkürlich aus, als er dabei auf meinen Rücken drückte.

„Zieh dich aus! Ich will mir deinen Rücken anschauen", befahl er mir.

„Nein", wehrte ich ab. Ich wollte auf keinen Fall, dass er meinen Rücken so verunstaltet sah.

Er zog abschätzig eine Braue hoch. „Emma, entweder du ziehst dich freiwillig aus oder ich werde es tun, aber so oder so, ich werde mir jetzt deine Wunden ansehen", versprach er.

Ich hörte an seinem entschlossenen Ton, dass ich keine Wahl hatte, also legte ich Mantel und Kleid ab und zog mir die Tunika vorsichtig über den Kopf. Ich stellte erleichtert fest, dass sie wenigstens nicht am Schorf klebte. Meine Hose ließ ich an.

„Dreh dich um."

Ich tat wie mir geheißen. Kaum sah er meinen Rücken, keuchte er entsetzt. Dann fasste er sich wieder und verlangte: „Zieh die Hose aus."

Ich senkte beschämt meinen Kopf.

Er ging um mich herum, löste den Knoten und zog die Hose selbst herunter.

Ich hörte ihn hinter mir zischen: „Wer war das?"

Weil ich nicht sofort antwortete, knurrte er mich an: „Emma, verflucht noch eins. Wer war das?"

„Eduard und Kunella", flüsterte ich. Weiß der Himmel, warum ich mich so schämte. Aber ich fühlte mich, als wäre ich es gewesen. Ich unterdrückte den Impuls, sie zu verteidigen.

„Bei Nerthus, das werden sie büßen." Sein Knurren brachte meine Zellen zum Vibrieren.

Ich bekam eine Gänsehaut. „Kann ich mich bitte wieder anziehen?", fragte ich zitternd.

„Warte, Marada hat mir Salbe für dich mitgegeben." Egmont holte einen Tontopf aus einer Tasche und strich die Salbe auf meine Wunden.

Wie ich Marada einschätzte, hatte sie Birkenrinde in die Salbe gemischt.

Das dürfte zumindest die Schmerzen eine Weile lindern, dachte ich froh.

Als er fertig war, zog ich mich erleichtert wieder an. „Ich habe noch etwas Essen in einem Bündel", sagte ich, um das bedrückende Schweigen zu brechen. In dem Moment war ich froh, dass wir laufen konnten, so konnte sich Egmont etwas beruhigen, bevor er Kunella und seinen Bruder wiedersah. Wir aßen schweigend und machten uns auf den Weg.

Ich versuchte, Egmont von seinen Grübeleien abzubringen, indem ich Fragen zu der Versammlung am heiligen See stellte, doch er gab nur einsilbige Antworten und manchmal schien er mich überhaupt nicht zu hören.

Ab und zu fragte er, ob ich eine Pause bräuchte, aber meist verneinte ich es.

Als wir dann abends rasteten, fielen mir die Münzen und der Schmuck in Albins Bündel wieder ein.

„Egmont."

„Mhh", er starrte weiter vor sich hin.

„Ich muss dir etwas sagen."

Endlich sah er auf und fragte: „Was denn, Liuba mina?"

„Ich hatte doch Albin meinen Schmuck gegeben, dass er das Schwert für dich kaufen konnte."

Er wartete.

„Nun, er hat es nicht davon bezahlt."

„Wie kommst du darauf?"

Ich holte den Beutel mir meinem Schmuck heraus und reichte ihn hinüber. Egmont öffnete den Beutel und starrte auf das Topascollier. „Ist das Glas?"

„Nein, das sind Topase." Ich sah auf die schönen blassblauen Steine.

„Das sind echte Steine?" Er zog das Collier heraus und bestaunte das Funkeln.

„Ja, das sind echte Steine."

„Es wundert mich nicht, dass er sie nicht verkauft hat", meinte er.

„Warum nicht?"

„Allein dafür könntest du zehn Rinder bekommen."

„Du meinst, es ist zu viel wert?"

„Ja."

„Da ist noch etwas."

Er ließ das Collier wieder in den Beutel gleiten, zog ihn zu und reichte ihn mir. „Noch etwas?" Er sah neugierig aus.

Ich holte den anderen Beutel heraus und reichte ihn Egmont.

Er war diesmal nicht so erstaunt.

„Was meinst du, woher er so viel römisches Geld hat?", fragte ich.

„Emma, Albin ist ein Eisenschmied."

„Ja, und?"

„Die sind ziemlich begehrt."

„Aha", machte ich, auch wenn ich nicht wirklich verstand.

„Außerdem kommt er aus Gallien, dort sind Münzen viel üblicher als hier."

„Was hat ihn dann hierher verschlagen?"

Egmont seufzte: „Sein Dorf hat sich gegen die Römer gewehrt, da haben sie alle ermordet. Es sollte wohl eine Warnung an andere Dörfer sein."

„Wie haben Albin und Kunella das überlebt?"

„Sie waren an diesem Tag in die Stadt gefahren, um Eisen zu holen. Bei ihrer Rückkehr waren alle Dorfbewohner tot."

„Oh, wie schrecklich."

„Ja, das ist es." Er blickte traurig drein. „Jedenfalls wollten sie danach so viel Raum wie möglich zwischen sich und die Römer bringen. Sie nahmen alles Wertvolle mit und reisten nach Nordosten."

„Und wie sind sie bis zu euch gekommen?"

„Ich habe sie getroffen, als ich auf der Heimreise von Rom war."

Das erklärte, warum Kunella Egmont so anhimmelte. Er war gewissermaßen ihr Retter, der ihr ein neues Zuhause schenkte. Jetzt tat sie mir doch ein wenig leid.

Zwei Tage später erreichten wir Bernhards Dorf.

23

*I*ch fürchte, du wirst beim Thing gegen sie aussagen müssen", meinte Bernhard mitfühlend. Wir waren als Erstes zu seinem Haus gegangen. Ich sah Egmont unsicher an. Er drückte ermutigend meine Hand.

Am letzten Tag hatten wir dieses Thema ausführlich besprochen und er hat mir vor Augen geführt, dass sie unter keinen Umständen so davonkommen durften. Ich stimmte durchaus mit ihm überein, machte mir aber auch Sorgen, weil Egmont mir mögliche Strafen für die beiden aufgezählt hat. Eine war mir grausamer erschienen als die andere. Im schlimmsten Fall wurden sie zum Tod verurteilt und im Moor versenkt. Sie konnten aber auch aus der Gemeinschaft ausgestoßen werden, was ähnlich verheerend für sie war. Denn ohne Sippe war man auf sich allein gestellt und konnte praktisch nicht überleben. Oder sie zahlten eine angemessene Strafe als Wiedergutmachung. Sie straffrei davonkommen zu lassen, das kam mir nicht in den Sinn.

Aber ich wollte, im Gegensatz zu Egmont, auch nicht, dass sie starben und ich wollte auch nicht, dass eine Schwangere ausgepeitscht wurde.

„Ich möchte nicht, dass das vor dem Thing verhandelt wird", sagte ich so bestimmt, wie es mir möglich war.

Bernhard sah mich erstaunt an. „Aber sie können nicht ungestraft bleiben."

„Nein, das sollen sie auch nicht."

„Was also stellst du dir vor?"

„Ich möchte, dass sie Wiedergutmachung leisten und ich wünsche mir, dass du die Höhe festlegst. Außerdem werden wir, weil ich nicht glaube, dass sie Ruhe gibt, solange wir hier sind, zu den Alemannen umsiedeln."

„Nein!", rief Almudis entsetzt aus. „Du kannst mir nicht meinen Sohn und die Kinder nehmen."

„Schweig still, Weib!", herrschte Bernhard seine Frau an. „Du hast Glück, dass Emma so freundlich ist. Wenn es nur nach mir ginge, würdet ihr alle drei vor dem Thing landen."

„Aber ...", setzte Almudis an.

„Weißt du eigentlich, welchen Schaden du angerichtet hast? Dein Schwiegerkind, welches dein Enkelkind in sich trägt, auspeitschen und verjagen zu lassen? Bist du noch bei Trost? Zumal es keinem von euch zustand, über sie zu richten", er brüllte den letzten Satz förmlich.

Ich starrte Bernhard schockiert an. Er war sonst stets freundlich und ausgeglichen. Ich hatte ihn noch nie so erbost gesehen und es war eine Erfahrung, die ich nicht gern wiederholen wollte.

Almudis schien meine Gefühle zu teilen, jedenfalls sagte sie kein weiteres Wort.

Bernhard wandte sich mir wieder zu und klang so wohlwollend wie stets. „Ich werde darüber nachdenken. Bitte gib mir in paar Tage Zeit."

„Ja, natürlich", sagte ich, dann verließen wir sein Haus.

Anschließend suchten wir Gwendolin und Landogar. Ich vermutete, dass sie bei Marada waren.

Als wir die Tür zum Kräuterhaus öffneten, sprangen alle drei auf und meine Kinder schlungen sich mir um den Hals. „Mama! Mama, du bist wieder da", riefen sie durcheinander. „Ja, meine Süßen. Ich bin wieder da." Ich drückte sie fest an mich und strahlte Marada an.

„Lasst von eurer Mutter ab", sagte Egmont lachend und nahm die beiden auf den Arm.

Marada umarmte mich vorsichtig. „Wie geht es dir, Liebes?", fragte sie leise.

„Gut", sagte ich und es war nur ein wenig gelogen.

Sie erzählte mir, dass Kunella und Eduard unter Hausarrest standen. Bernhard hatte das angeordnet, nachdem er erfahren hat, was sie mit mir gemacht hatten. Dann scheuchte sie Egmont und die Kinder hinaus und besah sich meinen Rücken.

„Liebes, ich fürchte, es werden Narben bleiben."

„Das hatte ich schon vermutet, weil es so lange wehtat.", antwortete ich gefasst.

Sie trug neue Salbe auf. Dabei erzählte sie mir, dass Salgardis und Albin mich gerne sehen wollten. Ich bedankte mich und ging Egmont suchen. Ich wollte Salgardis nicht allein gegenüberstehen. Ich wusste nicht, was mich erwartete und war froh, dass er mich verstand und bereitwillig mit mir kam.

Salgardis entschuldigte sich sehr zerknirscht bei mir und ich sprach Albin auf die zwei Beutel an. Aber er wollte nichts davon hören, sie zurückzunehmen.

Als wir zum Abendmahl in die große Halle kamen, warteten bereits alle auf uns.

Ich hatte noch immer Schmerzen, wenn ich lief, daher humpelte ich zu meinem Platz. Die Knechte und Mägde starrten mich, genauso wie die Kinder, ungeniert an. Kunella und Eduard saßen bereits, sie sahen keineswegs wie reuige Sünder aus. Kunella trug sogar noch meine Ringe. Das versetzte mir einen Stich. Ich hätte nicht gedacht, dass sie so unverfroren wäre. Als sie sah, wohin mein Blick fiel, grinste sie mich höhnisch an. Ich blieb kurz stehen und dachte in diesem Moment nur, dass jeder bekam, was er verdiente. Ich bereute, dass ich mich für sie eingesetzt hatte.

„Emma?", flüsterte Egmont hinter mir: „Warum bist du stehen geblieben?"

Ich nickte in Kunellas Richtung. Er sah hin, als sie gerade mit der beringten Hand winkte. „Diese verdammte Hexe", fluchte er leise. Dann nahm er meinen Ellbogen und führte mich langsam zu meinem Platz.

Dann ging er zu Bernhard und sagte leise etwas zu ihm. Bernhard starrte nun seinerseits Kunella böse an.

Egmont setzt sich neben mich und ergriff meine Hand. Gleich darauf begann Bernhard zu sprechen. „Wie ihr sicher alle wisst, ist etwas ganz und gar Ungeheuerliches in meiner Abwesenheit geschehen. Meine Tochter Emma wurde nicht nur zu Unrecht eines Vergehens bezichtigt, es wurde auch über sie gerichtet und sie wurde bestraft. Beides hätte aber nur Egmont tun dürfen. Wir haben uns heute hier versammelt, um darüber zu entscheiden, welche Wiedergutmachung zu leisten ist."

Kunella sah nun weniger siegesgewiss aus als noch vor wenigen Minuten. Auch Eduard wurde blass. Er tat mir leid, weil Kunella ihn benutzt hatte und er es nicht mitbekommen hat. Aber er hatte sich dennoch zum Handlanger machen lassen.

„Kunella, tritt vor!"

Sie erhob sich unsicher, trat zwischen die Tische, vor Bernhards Platz blieb sie stehen.

Bernhard sah sie lange missbilligend an. Kunella wurde mit jeder Sekunde zappeliger. Als er endlich zu sprechen begann, war sogar ich erleichtert. Aber das währte nicht lange. „Ich bin sehr enttäuscht von dir. Du hast gezeigt, dass du nicht zu dieser Sippe gehörst, indem du deine eigene Schwester vorgeführt und Gewalt gegen sie angewendet hast."

Kunella schnappte empört: „Was hat sie erzählt?"

„Ich erwarte, dass du mich nicht unterbrichst", sagte Bernhard schneidend. „Du bist mit dem anbrechenden Morgen aus dieser Sippe verstoßen."

Ich saugte scharf die Luft ein und wollte schon widersprechen, doch Egmont drückte warnend meine Hand, daher hielt ich meinen Mund.

„Gib mir die Ringe, die Emma gehören", forderte Bernhard Kunella auf. Widerwillig zog sie diese vom Finger und warf sie vor ihm auf den Tisch.

„Setz dich!", sagte er barsch.

Kunella stolzierte zu ihrem Platz zurück. Nachdem sie sich gesetzt hatte, forderte Bernhard seinen Sohn Eduard auf, vor ihn zu treten. Auch ihn sah er lange prüfend an.

„Ich muss zugeben, dass mich dein Verhalten in besonderem Maße beschämt." Er hatte es ganz ruhig gesagt, doch auf Eduard wirkte es wie ein Schlag ins Gesicht. Er wurde rot und wankte. Doch er erwiderte nichts.

„Du kannst Emma Wiedergutmachung leisten, indem du ihr zehn Rinder zahlst oder mit deiner Frau in die Verbannung gehst."

Anstatt zu antworten, ging er auf mich zu und giftete mich an: „Das ist alles deine Schuld."

Egmont stand auf und stellte sich schützend vor mich: „Hättest du dich nicht von deinem Weib aufstacheln lassen, müsstet ihr nicht gehen."

Doch Eduard beachtete ihn gar nicht. Er fauchte mich einfach weiter an: „Das wirst du mir büßen."

Egmont knurrte ihn mit geballten Fäusten an: „Solltest du dich jemals wieder an Emma vergreifen, wirst du den Tag nicht überleben. Das schwöre ich bei meinem Leben."

Eduard wich vor seinem Bruder zurück. Er wandte sich wieder Bernhard zu und sagte: „Lieber verlasse ich das Land meiner Ahnen, als der Dirne, die meine geliebte Merlinde verzaubert hat, etwas zu geben."

„So sei es, du verlässt diese Sippe zusammen mit Kunella. Lass dir besser nicht einfallen, Emma bis dahin zu nahe zu kommen", drohte er seinem Sohn.

„Setz dich."

Nachdem Eduard wieder Platz genommen hatte, forderte er auch Salgardis auf vorzutreten. Dieses Mal sprach er sofort: „Lass dir eine Lehre sein, was angerichtet werden kann, wenn man schädlichen Einflüsterungen Gehör schenkt. Du wirst Emma Wiedergutmachung leisten, indem du alle Arbeiten übernimmst, die sie wegen ihren Verletzungen nicht mehr ausüben kann."

Salgardis fand offenbar, dass sie gut davon gekommen war. Sie senkte demütig ihren Kopf und antwortete artig: „Ja, Vater."

„Setz dich", forderte er sie auf. Aber es klang milde, nicht wie zuvor. Als Letztes forderte er seine Frau auf, nach vorn zu treten. Almudis stand stocksteif in der Mitte. Ihr regloser Blick war in die Ferne gerichtet. Sie tat mir leid, weil sie am wenigsten dafürkonnte und unnötigerweise vorgeführt wurde. Jetzt war ich es, die Egmonts Hand drückte. Ich war so angespannt, dass ich es nicht einmal merkte. Erst als er mir zuzischte: „Kannst du bitte meine Hand heil lassen?' ließ ich erst wieder locker.

„Du hast nichts dagegen unternommen, dass einer Schutzbefohlenen so übel mitgespielt wurde. Im Gegenteil, du hast sie noch beschimpft." Bernhard machte eine kurze Pause und fuhr dann traurig fort: „Almudis, ich bin sehr enttäuscht von dir." Almudis sah Bernhard verletzt an.

Doch sie sagte nichts zu seiner Maßregelung.

„Deine Wiedergutmachung gegenüber Emma besteht darin, dass du dich bei ihr entschuldigst und sie um Vergebung bittest", beschied Bernhard ihr.

Almudis war so eine stolze Frau. Ich wusste, dass das die schlimmstmögliche Strafe für sie war.

Almudis drehte sich zu mir und sagte steif: „Bitte entschuldige mein Fehlverhalten dir gegenüber, Emma."

Ich zerquetschte Egmont fast seine Hand.

Doch diesmal sagte er nichts dazu.

„Ich hoffe du kannst mir vergeben." Sie sah mich nicht dabei an. Doch da ich wusste, wie erniedrigend das für sie war, sagte ich schnell: „Ja, natürlich, Almudis."

„Setz dich!", sagte Bernhard barsch zu ihr.

Nachdem alle wieder ihre Plätze eingenommen hatten, begann das Abendmahl. Aber wir stocherten alle nur lustlos darin herum.

Ich war froh, als wir endlich gehen durften. Egmont begleitete unsere Kinder und mich an diesem Abend. In seinem Haus erwartete uns schon ein heimeliges Feuer.

Wir setzten uns auf das Lager und Egmont strich mir sanft über meine kurzen Stoppeln.

„Es fühlt sich an, als würde meine Hand darüber getragen", sagte er staunend.

„Mir sind sie entschieden zu kurz", stellte ich klar.

„Ach, das wird schon wieder", tröstete er mich und sah mich einige Zeit nur an.

„Gib mir deine Hand", bat er später leise. Nachdem ich sie ihm gereicht hatte, schob er meine Ringe auf den Finger und murmelte: „Meine Geliebte, du bist mein Leben."

Ich erwiderte: „Egmont, ich liebe dich." Ich war Nerthus so dankbar, dass sie mir dieses Leben, an seiner Seite, schenkte, als ich schon dachte, es würde enden. Kunella und Eduard verschwanden am folgenden Morgen aus unserem Leben. Ich wusste nicht, ob wir uns je wiedersehen würden, fürchtete aber, dass es dann kein gutes Aufeinandertreffen werden würde. Ich hatte nicht den Wunsch, mich von ihnen zu verabschieden und fühlte auch keine Schadenfreude. Trotz allem taten sie mir leid. Es würde schwer für sie werden, woanders Fuß zu fassen. Aber ich war froh, dass es nicht in meiner Macht lag, sie davor zu bewahren. Wahrscheinlich hätte ich es getan und keinen friedlichen Tag mehr verlebt.

Nachwort

Ich habe mich in diesem Buch so nah wie möglich an den vorliegenden Fakten orientiert.

Die Semnonen gab es tatsächlich. Sie werden unter anderem in Tacitus' „Germania" erwähnt. Auch der Semnonenhain und der Brauch der Sueben, zu welchen die Semnonen gehörten, eine Göttin auf dem Wagen durch das Land zu fahren, ist überliefert. Ich halte es durchaus für möglich, dass es sich dabei um den Tegeler See in Berlin gehandelt haben könnte. Er liegt nah am Heiligen See in Berlin und damit im Havelland, dem Kerngebiet der Semnonen.

Ihr Gebiet erstreckte sich um das Jahr 11 vor Christus von der Oder bis zur Elbe. Ich habe auch Karten gefunden, in denen es über die Elbe hinaus ging, z.B. In dem Buch „Brockhaus – Deutsche Geschichte in Schlaglichtern", 2. Auflage. Ich habe mich an letztere Darstellung gehalten, weil damit der „Götterstein" im Gebiet der Semnonen steht. Der Götterstein befindet sich bei Seehausen/Börde und kann heute noch besichtigt werden.

Das beschriebene Schwert, welches Emma während der Vermählung an Egmont übergibt, wurde im Jahr 1911 in der Donau auf Höhe der heutigen Gänsetorbrücke gefunden.

Die Weissagung an Drusus wurde von Lucius Cassius Dio überliefert. Angeblich sah Drusus eine übergroße Frau, die ihm seinen Tod vorhersagte. Drusus fiel darauf vom Pferd und starb etwa einen Monat später am Wundbrand. Auch wenn Drusus die Erscheinung für ein Göttin gehalten haben mag, ist es wahrscheinlicher, dass es eine germanische Seherin war. Römer wurden nur 1,50 m bis 1,60 m groß. Eine etwas größere Germanin könnte ihm also als besonders große Frau vorgekommen sein.

Marobod wurde 9 vor Christus König der Makromannen. Er schloss tatsächlich im Jahr 6 vor Christus einen Vertrag mit den Semnonen.

Die Bräuche und die Lebensweise habe ich ebenfalls übernommen. Das Leben innerhalb einer wohlhabenden Sippe könnte wirklich so ausgesehen haben, wie Emma es erfährt.

Die Semnonen sprachen westgermanisch. Freundlicherweise hat Professor Dr. Norbert Oettinger sich die Zeit genommen, diese für meine Sätze zu rekonstruieren. An dieser Stelle möchte ich mich dafür ganz herzlich bedanken.

Zitat:

„Die verwendeten Sätze stammen aus der westgermanischen Sprache des Jahres 0. Sie kann durch den Vergleich aller germanischen Sprachen mit Hilfe der Methoden der Indogermanischen Sprachwissenschaft rekonstruiert werden."

Prof. Dr. Norbert Oettinger

1. Ek afbringu thik hinana. - Ich bringe dich hier weg.

2. Ja, siu ist wund, Donar. - Ja, sie ist verletzt, Donar.

3. Rowa, Liuba, rowa. - Beruhige Dich, meine Geliebte, beruhige dich.

4. Liuba mina. - Meine Geliebte

5. Fadar, fadar, waknod. - Vater, Vater sie ist erwacht.

6. Hailatju thik, wib! - Hallo Frau!

7. Hailatju thik, man! - Hallo Mann!

8. Thurstus - Durst

9. Mahtu anastandan? - Kannst du aufstehen?

10. Wari that wib! - Beaufsichtige dieses Weib. oder Pass auf sie auf.

11. Hail - Hallo

12. Ja, ano. - Ja, Großmutter.

1 Aureus = 25 Denare

Quellen

Internet:

http://www.imperiumromanum.com/wirt-schaft/wert/preise_01.htm

https://derhonigmannsagt.wordpress.com/2014/04/20/germanische-und-keltische-feste/

https://de.wikipedia.org/wiki/Feldflasche

http://www.keltische-hochzeit.de/

https://de.wikipedia.org/wiki/Semnonen

https://de.wikipedia.org/wiki/Datei:Germanen AD50.png

http://www.germanen-und-roemer.de/lex027d.htm

http://www.theapricity.com/earlson/hfkg/germanen.htm

http://www.bernd-schubert.de/realienbuch/germanen.html

Die Informationen zum Knollenknaufschwert habe ich hier gefunden:

http://www.museum-digital.de/bawue/index.-php?t=objekt&oges=2505

Bücher:

„Die Geschichte der Germanen"
Arnulf Krause - Nikol Verlag 2012 - ISBN: 978-3-86820-184-0

„Die Welt der Kelten"
Arnulf Krause - Nikol Verlag 2012, ISBN: 978-3-86820-182-6

„Unsere Geschichte, von der Urzeit bis ins Mittelalter"
Wolfgang Korn und Flemming Bau - Theiss Verlag 2006, ISBN: 978-3-8062-1998-2

„Brockhaus – Deutsche Geschichte in Schlaglichtern", 2. Auflage.

ABOUT THE AUTHOR

Diana Schlößin wurde 1980 in Leipzig geboren. Im Alter von zehn Jahren bekam sie ihren ersten Bibliotheksausweis und las sich innerhalb von fünf Jahren einmal durch die ganze Kinderbibliothek. Mit fünfzehn meldete ihr Vater sie in der Erwachsenenbibliothek an, wo sie, mit dem Buch „Die Hexe von Paris" von Judith Merkle Riley, ihre Liebe zu historischen Romanen entdeckte.

Mehrere Dinge haben sie schließlich zum Schreiben geführt: das Horoskop von Liz Greene „Beruf und Berufung", eine Palmblattlesung, eine Handleserin und eine Meditation. Da sie sich trotz der ersten drei Hinweise noch immer nicht zutraute Bücher zu schreiben, begann sie zunächst Erfolgstagebuch zu führen. Im Oktober 2013 war sie endlich so verzweifelt, dass sie bereit war sich führen zu lassen und über die Frage meditierte, was sie tun sollte und für wen. Die Antwort war wieder Geschichten erzählen.

Das führte zu ihrem ersten Kinderbuch „Die kleine Maus – kommt auf die Welt!". Seither schreibt sie hauptberuflich und hat im November 2016 zum ersten Mal an der Novemberchallenge teilgenommen. Dabei entstand der historische Roman „Semnonenhain".